ルイス・キャロル

新訳

不思議の国のアリス
鏡の国のアリス

高山 宏　訳　建石修志 美術

ALICE

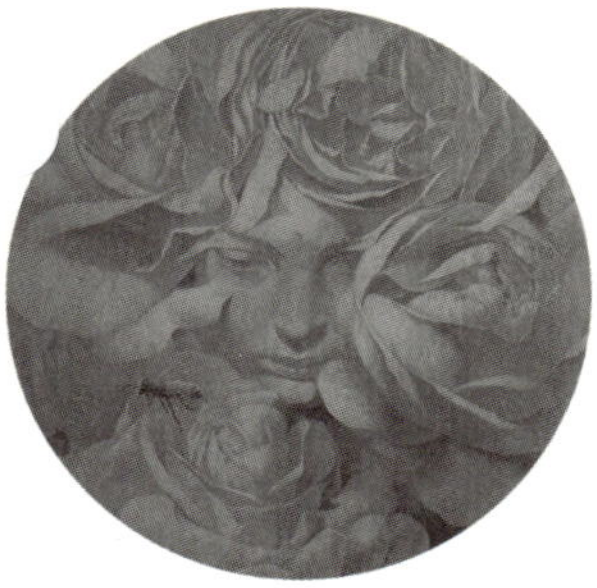

青土社

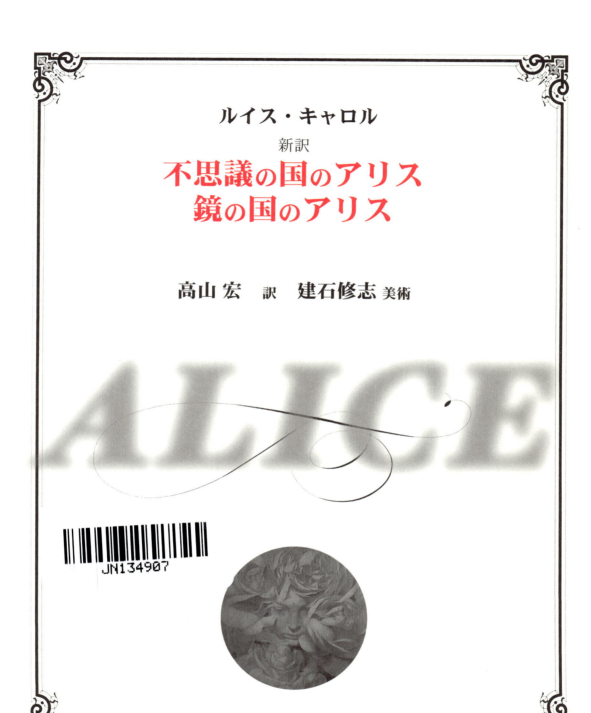

目次

不思議の国のアリス　5

第1章　うさぎ穴を落ちる　7
第2章　涙の池　16
第3章　コーカス競走と長い尾はなし　26
第4章　うさぎはビルを呼びにやった　32
第5章　イモムシは忠告した　40
第6章　ブタとコショウ　47
第7章　気がふれ茶った会　60
第8章　クィーンのクローケー試合　72
第9章　似而《にせ》海亀は語った　84
第10章　ロブスターのカドリール　92
第11章　だれがパイを盗んだか　100
第12章　アリスは証言した　110

鏡の国のアリス　119

第1章　鏡のお家　121
第2章　もの言う花の庭　135
第3章　鏡の国の昆虫たち　147
第4章　トゥィードルダムとトゥィードルディー　162
第5章　羊毛と水　177
第6章　ハンプティ・ダンプティ　188
第7章　ライオンとユニコーン　200
第8章　こりゃみどもが発明　209
第9章　女王アリス　224
第10章　ゆすぶって　241
第11章　めざめて　241
第12章　夢みたのはどっち　243

訳者あとがき　249

新訳　不思議の国のアリス　鏡の国のアリス

Lewis Carroll

Alice's Adventures in Wonderland
Through the Looking-Glass and What Alice Found There

不思議の国のアリス

Alice's Adventures in Wonderland

すべてかの黄金《きん》の午後《ひる》のこと
　我等すべりゆく　のんびり至極《しごく》に、
我等が櫂《かい》こぐのが　ちいさき腕《かいな》の
　ちいさきちからのゆえに。
ちいさき手が　我等の行く先
　案内《あない》せんとするも　かわゆし。

あゝむごき三人《みたり》や　そのような刻《とき》、
　そのように夢見《ゆめみ》の天《あま》がしたに、
力なき声に物語させようなどと、
　毛一本吹き動かせぬたえだえの息に！
哀れな声ひとつにいかで抗《あらが》えよう、
　一度に迫るみたりの舌に向い。

ひとり目おごそかに言い放つ、
　「はじめよ」との命《めい》、
優しき声音《こわね》で二人目が望む、
　「聞きたいのは変なお話！」
みたり目がその話の腰折ること、
　一分《いっぷん》にいったい幾《いく》そたび？

ほどもなくゆくりなき沈黙《しじま》、
　みたりとも追う　その念頭に、

6

夢の子がずっとさまようさま、
　新たな野の驚き一杯の地に。
そして鳥や毛物《けもの》と仲良く語るさま——
　すべて半ば本当のこととも信じ。

やがて物語も
　空想の泉涸《か》れて、
疲れたる者、弱々しく
　話やめんとして
「あとはまた今度」——すると声ども
叫ぶ、「今が今度！」となんとも楽しげ。

不思議の国物語はかくて成りぬ、
かくゆっくり、ひとつ、またひとつ。
珍なる事件、次々ひねり出されて、
　ついに全編の成る。
さあて家路《いえじ》ぞ、乗組たのし、
日も静かに暮れてゆく。

アリスよ！　お伽《とぎ》の物語受けとり、
やさしき手もて
わらべの夢が**記憶**の
　深秘《じんぴ》なる絆と混る辺《あた》りに置きたまえ、
遠《と》つ国《くに》に摘《つ》まれたる花たちの
　一遍路《へんろ》の枯れ萎《しお》れた花輪ともして。

第1章　うさぎ穴を落ちる

　アリスは土手で姉様《ねえ》の横に坐って、何もすることがないのに、これもう本当に退屈と思い始めておりました。一度か二度、その姉様が読んでいられた御本をちらちらとのぞき見などもしてみましたが、中には絵もなければ言葉のやりとりもないのでした。「一体何の役に立つのかしら」とアリスは思いました、「絵もおしゃべりもない本なんて？」

　それで心の中で思いますには（なにしろ暑い日でとても眠いし、頭がぼおっとしていたので、それだって大変だったのですよ）、デイジーを摘《つ》んで花輪つくるの楽しそうだけど、起き上って行ってデイジーを摘むのもなんだか面倒くさいわね。と、その時突然のことでしたが、ピンク色の目をした一羽の白うさぎが、アリスのすぐそばを駆け抜けて行ったのです。

　だからと言ってそうたいしたことじゃないのでした。うさぎが「おいおい！　おくれっちまうぞ！」とひとりごとを言うのが耳に入ってさえ、その時のアリスはたいして変なことのようには思わなかったのです（後《ご》日《じつ》改めて考えてみまして、このこと、やっぱりびっくりして良いことではなかったかと思ったのですが、その時は一切がいつものことのように思えたのです）。しかし、さすがにうさぎがあろうことか、胸着のポケットから時計を引っ張りだして、じっと眺めてから駆けだして行くと、アリスは飛び上ってしまったのですが、胸着にポケット、しかもそこから取りだす時計を持つうさぎなんて見たことないと突然気付いたからで、好奇心一杯、うさぎのあとを追って野っ原《ぱら》を横切ると、生垣の下の大きな穴にうさぎがぽんと飛びこうとしているのが丁度目に飛びこんできました。

　アリスもそのあとを追って飛び込んだのですが、全体どうやってまた出てくるのかとか考えていたわけがありません。

　うさぎ穴はしばらくトンネルのようにまっすぐ続いていたのが、突然下に落ちました。どれくらい突然だったかというと、止まらなくてはなど考える暇などさらにないまま、気付くとひょっとして非常に深い井戸かと思えるところをひゅんひゅん落ちていっているのでした。

　その井戸が非常に深いものだったのか、落ち方が非常にゆっくりだったのか、いずれにしろ時間はあったのでアリスは落ちて行きながら周りに目をやることができ、次にはどうなるんだろうと興味津々《しんしん》でした。ア

リスはまず下に目をやり、どういう所に着くか見ようとしましたが、闇は深く、何も見えませんでした。次に井戸の壁面に目をやると、食器棚やら本棚やらで一杯でした。あちこちに木釘にぶら下がった地図や絵が見えました。通りしなの棚のひとつから壺をとりました。「オレンジ・マーマレード」というラベルが貼ってありましたが、中はからっぽでアリスはとてもがっかりしました。かと言って落としてしまうと下の誰かを死なせてしまうかもしれないと思って、食器棚のひとつの傍《かたわ》らを通る時、巧《うま》くその中におさめました。

「ふうんだ！」とアリスはひとりごとを言いました。「こんなにも落ちたんだ、もう階段を転がり落ちるぐらい何でもない！　うちじゃ、皆、アリス、すごい勇敢とか言うのよ！　そう、家のてっぺんから落ちたって、とやかく言わないわ！」（言いたくても多分言えませんよね）

　ひゅっ、ひゅう、ひゅうん。こうやって落ちるばかりで終りってないのかしらね。「今まで何マイル落ちてるのかなあ」と、これは声に出しました。「なんだか地球中心に近いところみたいだけど。ええと、だったら四千マイルのはず、かな――」（アリスは学校の勉強でこんなようなことをいくつか習っていたわけだね。耳を貸してくれる相手がいないので、知識をひけらかしてもあまり面白くないのだったけれど、とにかくそうやって口に出してみるのは良いおけいこにはなりました）「――そう、大体そんな距離だわね。だとすると緯度と、経度はどれくらいのところに来てるのかしら」（といって、イドって何、ケイドとは何ということはまったくわからないのでしたが、口にして気持ちの良い大人っぽい言葉ではありました）

　またすぐに彼女はしゃべり始めます。「地球のどまん中を抜けて落ちていくのかしら。さか立ちしてる人たちの中に出ちゃったら面白いわ――たしか排斥人とか言うのよね――」（今度はだれも聞いていないのでとてもよかったと思ったのは、この言葉がまるで正しい言葉でないように思えたからです）「――いずれにしろ、どこの国かっては聞かなくちゃあならない。奥さま、すいません、ここはニュージーランドでしょうか、それともオーストラリアでしょうか」（と言いながら、ひざ折りのお辞儀をしようとしました――空中を落ちていきながらそんなふうにお辞儀するなんて変！　きみにだったら、できると思う？）「その女の人、そんなこと聞くなんてこの子はなんて物知らずなのっ、て思うわよね。だめっ、聞かないことにしようっと。きっと、どこかに書いてあるわよ」

　ひゅっ、ひゅう、ひゅうーん。他にすることもありませんでしたから、アリスはまたしゃべり始めます。「今夜ダイナは私がいないから、とってもさびしがるにちがいないわ」（ダイナというのは家で飼っている猫の名です）。「家のだれかがお茶の時間にダイナのお皿にちゃんとミルクをあげてくれるといいんだけど。ねえ、ダイナったら！　どうしてお前、ここに一緒にいてくれないの。そりゃあ空中だからネズミはいないわ。でもコウモリだったらつかまえられるし、コウモリならネズミとそっくりじゃないこと。でも、猫ってコウモリを食べるのかしら」ここまで言ったところでアリスはまたひどく眠くなり始め、夢みごこちのひとりごとで「猫ってコウモリ食べるのかしら、猫ってコウモリ食べるのかしら」と言うかと思えば、「コウモリって猫を食べるのかしら」と言うこともありましたが、どうしてかと言えばどのみち答えられない以上、どちらを問おうが別に同じだったからです。アリスは眠りに落ちているのがわかりましたし、ダイナと手をとり合い、熱心に「ねえ、ダイナったら、本当のことをお言い。お前、コウモリを食べたことがあって？」と聞いている夢を見始めたとたん、どさ、どさんっと、突然木切れと乾草の山の上に落ち、さしもの落下もそこで終ったのです。

アリスには少しのかすり傷さえなく、すぐにも立ち上がると、上を見あげましたが、頭上は真の闇でした。目の前には別の長い道があり、例の白うさぎがぴょこぴょこ走り去る姿がまだ見えていました。そう、ぼやぼやしていられません。アリスも風のように走りだし、角を曲がりかけたうさぎが「ああ、耳《みみ》っちい髯《ひげ》えことになった、おくれっちまうぞ！」とひとりごとを言っ

ているのが聞こえるところにまで追いつきました。角を曲がる時には間近に迫っていたというのに、うさぎの姿はどこにも見当たりません。気付いてみるとアリスは、天井から吊り下がった一列のランプの光に照らされた奥行きのある丈《たけ》低いホールにいるのでした。

ホールはまわり中、ドアがいっぱいありましたが、どのドアにも錠がかかっていました。アリスは壁づたいに向こうまで行き、反対側の壁づたいにひとめぐりして戻ってきながら、開くドアがないか調べて歩いたのですが、さてどうやって外に出たものか考えあぐね、悲しそうに部屋のまん中に歩み出たのでした。

突然、総ガラス出来《でき》の小さな三脚テーブルに出くわしました。その上には小さな金色の鍵がひとつのっかっているだけでしたが、とっさにこれはホールのドアのどれかのものにちがいないとアリスは思いました。しかし悲しいかな、錠が大きすぎるのか、鍵が小さすぎるのか、ともかくどのドアも開けられませんでした。しかしもう一度回ってきた時、前には気が付かなかった丈《たけ》の低いカーテンがあって、そのうしろに高さ十五インチほどのドアがありました。ためしに小さな金色の鍵をその錠にさしこんでみますと、嬉しいことにぴったり合うではありませんか！

アリスがそのドアを開けてみると、ちょうどうさぎ穴くらいの小さな道に通じているのがわかりました。彼女はひざをつくと、その道越しにこの上なく美しい

52
53
79
80
81
82
83
84
85
86
87
88
92
93
94
95
96
97
98
99
100

DRINK ME!

庭をのぞきこみました。どんなにかその暗いホールから出て、花の咲き笑う花壇と水の冷たい泉の間を歩いてみたいと思ったことでしょう。しかし首でさえ戸口の向こうには出ないのです。「だけどなるほど首が出たって」と、かわいそうなアリスは思いました、「肩がないんじゃ、ほんに、かたなしだわよね。いっそ望遠鏡みたいに縮んじゃえばいいのに！　最初にどうするのかわかりさえすれば、きっとできるはずよ」そんなことを言いだすっていうのも、その日はあまりに次々妙なことが起きていたものだから、できないことなんか何もないとアリスは思い始めていたからなんだね。

　その小さなドアのそばでじっとしていても仕方がなさそうだったし、別の鍵か、でなければ望遠鏡みたいに体を縮める仕方を書いた本でものっかっていればいいなと思いながら、彼女はまたあのテーブルのところに戻ってみました。すると今度はひとつ小さなびんがあって（「たしか前にはここにはなかったわよね」とアリスは言いました）、そのびんの首についた紙のラベルには大きな文字で「わたしを飲んで」と、きれいに印刷してありました。

「わたしを飲んで」とはまた結構な話でしたが、賢いアリスは急いでそうしようとはしません。「そうよ、まずよく見なくっちゃあ」と彼女は言いました、「毒のしるしがついているかどうか見なくちゃあ」そんなことを言うのも、友だちが教えてくれた簡単なきまりを思いだそうとしなかったばかりに、やけどするとか、けものに食べられてしまうとかといったひどい目にあった子供たちが出てくる楽しい小さなお話をいくつも読んだことがあったからですが、その簡単なきまりとは、まっ赤に焼けただれた火ばしをあんまり長く握りしめているとやけどするとか、指をナイフでぐっさり切ると普通血が出るとかいうものでした。「毒」のしるしのついたびんの中身をいっぱい飲むと、遅かれ早かれ体にきいてくるはずだということも、彼女は決して忘れたことがありませんでした。

　ところで、このびんには「毒」のしるしがついていませんでしたから、アリスは思いきって飲んでみると、とてもおいしいので（本当に、さくらんぼ菓子、カスタード、パイナップル、焼いた七面鳥、バターを塗った熱いトースト・パンをつき混ぜたような味がしました）、アリスはたちまち飲みほしてしまいました。

＊　＊　＊　＊　＊

＊　＊　＊　＊

＊　＊　＊　＊　＊

「なんだかふしぎな感じ」とアリスは言いました。
「きっと望遠鏡みたいに縮んでってるんだ！」

　そして現にそうだったのです。今は十インチくらいの背丈しかなくなっていたので、この大きさならあの小さなドアをくぐってきれいなお庭に出られそうだと思うと、アリスの顔はぱっと明るくなりました。それにしても少し待ってみて、もっと縮まり続けていくかどうか様子を見ました。その点だけ少し心配だったのです。「だってね、おしまいには」とアリスはひとりごとを言いました。「ろうそくみたいに、すっかり消えてなくなってしまうかもしれないもの。そうなったら私、どうなっちゃうのかしら？」。そして、ろうそくが吹き消された時、その炎はどうなるか一生懸命考えをめぐらせようとしましたが、そんなもの目にしたことなんて一度だってなかったからでした。

　少しして、それ以上何も起こらないのがわかったので、アリスはすぐにも庭に入ろうとしましたが、あわれアリスにはこれが無理す！　だって、ドアのところに来たアリスは小さな金色の鍵を置き忘れてきたことに気づき、鍵をとりにテーブルのところに戻ってはみたものの、いかんせん鍵に手が届くはずもなかったのです。鍵はガラス越しにはっきり見えましたので、アリスはテーブルの脚のひとつに力の限りしがみついて登ってみようとしたのですが、なにしろつるつるよくすべる相手です。登ろうとしてほとほと疲れ切って、かわいそうにすわりこんで泣きだしてしまいました。

「だけど、こんなふうに泣いてたってはじまらない」と、アリスは自分にきっぱりと言いました。「今すぐ、

泣くのおやめ！」彼女はいつもとてもぴったりな忠告を自分自身にしましたし（それに従うことはめったにありませんでしたが）、時にはあまりきつく自分自身を叱るので目に涙がたまるようなことさえありました。一度などは自分一人でやっていたクローケーで、ずるをしたからと言って自分で自分の耳を叩こうとしたことがありました。このふしぎな少女は自分が二人いるという感じがとても好きだったのです。「だけど今は」と、かわいそうなアリスは考えます、「二人ごっこなんかしてても仕方がない。そうよ、まともにひとりと言えるほどの自分さえ残っていないんだもの！」

　アリスはすぐに、テーブルの下の小さなガラスの箱の上に目を落としました。開けてみると、とても小さなケーキが入っていて、その上にはほしぶどうで「わたしを食べて」ときれいに書かれていました。「いいわ、食べてみるわ」とアリスは言いました。「食べて大きくなったら、鍵に手が届くし、もし小さくなったら、あのドアをくぐることができる。どっちにしてもお庭に出られるんだから、どっちだっていいわ！」

　少し食べると、頭に手を置いて上か下いずれに向かうか様子をみながら、不安そうに「どっちなの、どっちなの？」と、アリスはひとりごとを言いました。ところが、とても驚いたことに、同じ大きさのままでした。ケーキを食べたあと、普通はそうだよね。でもアリスには変なことばかり起きるのがもう当たり前のよ

うに思えていましたから、世の中のことが普通だととても退屈で、つまらないと思うようになっていたのです。

　そこで、アリスは本気でケーキを食べ始め、すぐにすっかりたいらげてしまいました。

第2章 涙の池

「ふぎしったら、ふぎしっ！」とアリスは大声で言いました（あんまりびっくりしたので、一瞬ちゃんとした口の利《き》き方をすっかり忘れてしまっていたのです）。「とっても大きな望遠鏡みたいに伸びてってる！　さよなら、足さん！」（こんなことを言うのも、目を下にやって足を見た時、足がもうほとんど見えなくなりかかっていたからです。それほど足は遠くに行っていました）。「ああ、私のかわいそうな足さん、これからはだれがあなたに靴や靴下をはかせてあげるんでしょう。私でないことだけはたしか、アシからず。世話を焼いてあげたくても私はずうっと遠くなんだから、せいぜい自分でやらなくちゃあね――でも、足さんにはやさしくしなきゃあ」とアリスは考えます、「でないと、私の行きたいところへ行ってくれないかも！　そうねえ、クリスマスごとにブーツをプレゼントしよう」

　どういうふうにそうしたらよいか、アリスはずっと考えます。「宅急便にたのむしかないわね」と彼女は思いました。

「それにしても、自分の足にプレゼントだなんてほんとに笑っちゃうわねえ！　あて名書きだってきっと変よ！」

炉格子郡
　炉絨毯町
　　アリス右足様
　　　（アリスより、愛こめて）

とかね。あれまあ、私ったら、さっきからばかなことばっかり言って！」

　まさしくこの瞬間、頭がホールの天井にぶつかりました。まことに今やその身の丈が九フィートを越えていたので、アリスはすぐ小さな金色の鍵を手にすると、庭に出るドアのところへと、一目散に駆けだしたのでした。

　かわいそうなアリス！　できたことと言えば、片腹を床につけて横たわり、片目で庭をのぞきこむことぐらい。くぐり抜けるなんて、もう夢みたいな話です。彼女はぺたりとすわりこむと、また泣き始めてしまいました。

「恥ずかしいと思わないの」とアリスは言いました、「あんたみたいな大きな子が」（なるほど、本当に大きい）「こんなにいつまでもめそめそしてるだなんて！　泣きやむのよ、わかってるの！」と言いながらもやっぱり泣き続けるので、何ガロンもの涙があふれ、ついには深さ四インチほど、ホールを半分くらいもひたす大きな水たまりがアリスのまわりにできてしまいました。

　ややあって遠くからぱたぱたという小さな足音が聞こえてきましたので、何だろうと彼女はいそいで涙をぬぐいました。例の白うさぎが、片手に白い小山羊皮の手袋、もう一方の手には大きな扇を持って盛装して戻ってきたのでした。すごい勢いでかけてきたのですが、走りながら「ああ、公爵夫人、公爵夫人。待たせたりしたら、おかんむりだ！」と、ぶつぶつひとりごとを言っておりました。アリスは途方にくれていて、それこそわらにもすがりたい気持ちでしたから、うさぎが近くに来ると、低いおどおどした声で「あのお――」と切りだしたのです。うさぎはびっくりしてとび上がると、白い小山羊皮の手袋と扇を落とし、これまさしく脱兎《だっと》のごとくと言うのでしょう、暗闇の中に走って行ってしまいました。

　アリスは扇と手袋をひろい、なにしろとても暑いホールだったので、しゃべっている間じゅう、扇であおぎ続けていました。「なんだろね、まったく！　今日っていう日はなんだってこう何もかも妙なのかしら。昨日はいつも通りだった。夜の間に取り換えられちゃったのかしらねえ。そうね、今朝起きた時はたしか同じ私だったかしら。ちょっとちがった感じだったかも。もし同じ私じゃないとすると、次の問題は『じゃ一体、私ってだれ』っていうことよね。ううん、これって難問！」そこでアリスは、知っている同じ年の子供を次々と思いだし、そのうちのだれと自分が取り換えられたのかを考え始めました。

「エイダじゃないわ」と彼女は言いました、「だってエイダは長い巻毛だけど、私の髪は全然巻いてない。メイベルでもありえない。私はいろんなことを知ってるけど、メイベルときたら、何にも知らないおばかさんだもん。第一彼女は彼女だし、私は私なんだから――ああ、なんてこうややっこしいのかしら！　知ってたことを今も知ってるか、やってみよう。ええっと、四かける五は十二、四かける六は十三、四かける七は――おやまあ、こんなぐあいじゃ、いつまでたっても二十にはならないわねえ。かけ算なんてだめよ。地理はどう？　ロンドンはパリの首都で、パリはローマの首都。じゃあローマは――ああ、これってなんだかみんなちがう！　私、メイベルと取り換えられちゃったんだわ！　あの『いかにちいちゃな――』を暗誦してみよう」。そして、おぼえたことを暗誦する時のように、ひざの上で手を組むと暗誦し始めたのですが、声はしわがれて他人の声みたいでしたし、言葉も前とはなんだかちがっていました――

いかにちいちゃな鰐《わに》さんが
輝く尾っぽ　うまくふり
ふりかけるナイルの水をば
金のうろこのすみずみに！

いかに陽気に笑うこと
水《みず》掻《か》き広げるもみごとに
ちいちゃな魚ちゃん誘うこと
にっとほほえむ顎《あご》の中に！

「言葉が合ってない」と、かわいそうなアリスは言いました。そしてまた口を開いた時には目に涙がいっぱいあふれてきました。「やっぱり私、メイベルなんだ、あのちっちゃくてきたないお家に住まなくてはいけないし、遊ぶおもちゃはないのに、お勉強だけはいっぱいしなくちゃいけないのね！　そうよ、きめたわ。もし私がメイベルなのなら、ずっとここにい続ける。みんなが下をのぞきこんで『ねえ、上がっておいで』なんて言ってくれても、だめ。私、上を見て『じゃ、私、だれなの。まずそれを言ってちょうだい。それでその子だというのが気に入ったなら、上がっていくし、気に入らないなら、もっと別のだれかになるまで、ずっとここにいるわ』って言ってやる――と言っても、ねえ」と突然涙があふれてきて、アリスは大声で言いました。「みんな、本当にのぞいてくれないかしら！　ここにこうやってひとりぼっちでいるの、もうあきあき！」

　こう言いながら目を落として手を見ると、話しながらいつの間にかうさぎの白い小山羊皮の手袋をしているのにびっくりしました。「どうして手袋をはめることができたのかしら」と思います。「また小さくなってるのね、きっと」。彼女は立ってテーブルのところに行き、背比べをしてみると、どうやら背丈は二フィートほど、かつ、さらにどんどん縮まり続けているようでした。それはどうも手に持っている扇のせいらしいので、すぐに投げ捨てます。そう、危ないところですっかり消えてなくならないですみました。

「本当にあぶなかった！」と、あまり急な変化にひどくびっくりしながらアリスは言いましたが、自分の姿かたちがちゃんと残っているのでひとまずは安心でした。「さあ、お庭に行こう！」そこであの小さなドアのところへ全力で走って行ってみたのですが、ついてないったらない！　小さなドアはまたしまっていて、小さな金色の鍵は前と同じようにテーブルの上にのっかっています。「前より厄介《やっかい》だわ」と、かわいそうなアリスは思いました、「だって、前よりずっと小さくなってしまったもの、ずっとよ！　ほんとに厄介なことになった、むちゃくちゃにね！」

　こう言ったかと思うと足がつるりとすべり、あっと

言う間にどぼん！　あごまで塩水につかっていました。ぱっと頭に浮かんだのは、どういうわけだか海の中にいるという考えでしたから、「もしそうなら汽車で帰れるわ」とアリスはひとりごとを言いました（アリスは一度だけ海岸に行ったことがあったのですが、それでどこでもイギリスの海岸に行くと、まず海中に更衣馬車がいっぱい並び、子供たちが木の手鋤で砂を掘っており、それから一列になった海の家があって、その後側には汽車の停車場があるもの、と勝手に決めてかかっていたのです）。でも、実は身の丈が九フィートあった時に自分が流した涙の池だということが、すぐにわかりました。

　上がるところはないかさがして泳ぎながら、「あんなに泣かなければよかった！」とアリスは言いました。「こうして今、自分の涙に溺れてるの、その罰なのよ、きっと！　変な話ね！　変て言ったら、今日はみんな変だけれど」

　ちょうどその時、池の少し向こうで何かがどぼんという音をたてた様子だったので、何だろうと思ってアリスはそちらの方に泳いで行ってみました。アリスははじめそれはセイウチかカバではないかと思ったのですが、自分がどんなに小さくなってしまっているかを思いだしてみると、それが自分同様、足をすべらせて水に落ちたネズミだということが、すぐにわかりました。

「このネズミに何か言って」とアリスは思いました、「はたしてどうにかなるものかしら。ここじゃ何もかも普通じゃないんだし、ネズミだって口ぐらいきくのかも。やってみて損はないわ」そこでアリスは話しかけてみました。「ネズミよ、この池から上がれるところはどこ。私、泳ぎ疲れてしまったの、ネズミよ！」（これがネズミに対する正しい話しかけ方にちがいないとアリスは思っていました。だって今まで一度もそんなことをしたことがなかったし、お兄さんのラテン語の教科書の中に、「ネズミは、ネズミの、ネズミに、ネズミを、ネズミよ」とあったのを思いだしていたからです）ネズミはアリスをじろじろと見つめていました。ちっちゃな目を片方つぶってウィンクしてきたようにも見えましたが、口はひとこともききませんでした。

「きっと英語じゃ通じないんだ」とアリスは考えました。「多分、ウィリアム征服王といっしょにやってきたフランスのネズミなのね」（何がいつ頃起こったのかがほとんどわかってないアリスの歴史の知識って、何なんでしょうねえ）そこでアリスは再び問いかけます。「私のめす猫はどこ？《ウ・エ・マ・シャット》」それは彼女のフランス語の教科書の一番最初に出てきた文章でした。突然、ネズミは水中からとび上がりました。恐ろしくて全身ぶるぶるふるえだしたように見えました。かわいそうな動物の気持ちを傷つけたのではないかと思ったアリスは、「あら、ごめんなさい」と、あわてて大声で言いました。「猫がおきらいということ、すっかり忘れてたの」

「おきらいだって！」と、怒った鋭い声でネズミは叫びました。「もしあんたがぼくなら、あんた、猫がお好きかい？」

「きっときらいでしょうね」と、相手をなだめるようにアリスは言いました。「どうか怒らないでくださいな。でも私の家のダイナは見てほしいな。見れば、猫を好きになってくれるんじゃないかな。おとなしくしているかわいい子なのよ」と、のんびり池を泳ぎながら、なかばひとりごとみたいにアリスは言葉を続けます。「火のそばにこう横になってね、とてもかわいく喉をならしたり、足をなめたり、顔を洗ったり――なでるととってもふもふしてるし、――第一、ネズミとるの、とても上手だし――あっ、また、ごめんなさい」と、アリスはまた大声を出しましたが、今度こそネズミが全身総毛だっていて、見たところ本当にかんかんだったからでした。「おいやなら、私たち、もうダイナの話、やめにしましょう」

「私たち、だって！」と、しっぽの先までぶるぶるふるわせながらネズミは大声で言いました。「まるでぼくもその話に加わってたみたいな言いぶりじゃないか！　ぼくの一族はずっと猫をにくんでた。下品、低俗、破廉恥な畜生だ！　もう猫なんて二度と言うんじゃない！」
「言いません、言いません！」あわてて話題を変えるつもりでアリスは言います。「あのう――その、ですね――ひょっとして――犬はお好き？」ネズミは答えません。アリスはたたみかけるように言いました。「家の近くにそりゃかわいい犬がいて、見せたいくらい！　目のくりくりした小さなテリアさんなんだけど、なんてったって茶色の長い巻毛がかわゆいの！　ものを投げると行ってとってくるし、食べものをあげるとちんちんもするし、何だってできちゃって、あれができる、これができるって言えないくらい。お百姓さんの犬なんだけど、とっても役にたつから、百ポンドの値打ちだって言ってるわ！　野ネズミだって、みんな殺しちゃうんだって――あらっ、またやっちゃった！」アリスの声が急にくもりました。「また怒らしちゃったわね、きっと！」ネズミは力いっぱいアリスから遠くへと泳ぎだし、水面《みのも》に大きな波を残していきます。

　そのうしろからやさしい声でアリスは呼びかけました。「ネズミさんたらっ！　戻ってきてください。おきらいなら、もう猫の話も、犬の話もしませんから！」ネズミはそれを聞くとぐるりと向きを変えて、ゆっくりと戻ってきましたが、顔はまっ青でした（怒ってるんだ、とアリスは思いました）。ネズミは低いふるえ声で言いました。「岸に行こう。そこでぼくの身上話をしてあげる。それを聞けば、ぼくがどうして猫と犬がきらいか、よっくわかるだろうさ」

　そろそろ上がる時でした。だってもう、水に落ちた鳥やけもので池はいっぱいになっていたからです。ダックもいました。ドードー鳥もいました。ローリー鳥も、そしてイーグレットも、その他にもふしぎな鳥がいろいろおりました。そしてアリスが先頭に立って、一同そろって岸の方に泳ぎだしたのでした。

第3章
コーカス競走と長い尾はなし

実際、土手の上に集《つど》った一同の奇妙なありさまといったら。――鳥たちは羽をずるずる引きずっていましたし、動物たちの毛は、体にぺったりとはりついていました。だれもがぽたぽたと水をたらし、ぶすっとして、気持ち悪そうでした。

　むろん第一に、どうやって乾かすかということが問題でした。このことで一同ああでもないこうでもないと話し合い、何分とたたないうちにアリスは、まるで昔からの知り合いでもあるかのようにごく自然にだれとでもうちとけて話をしているのでした。実際、ローリー鳥とは長くおしゃべりしたのですが、この相手はついには不機嫌になり、「こっちはきみより年が上なんだから、知恵も上だな」と言ったきりでした。これは、そもそも相手が何歳なのかわからない以上、アリスには認められないことでしたし、その上、ローリーがどうしても何歳か言おうとはしないので、話はもはやそこまででした。

　やっと、一同の中の口きき役とおぼしいネズミが大声で「みんな、すわってぼくの言うことを聞いてくれたまえ！　ぼくがみんなを乾燥させてあげるから」と呼ばわりました。そこで一同、ネズミをぐるりと取り囲む大きな輪をつくってすわります。アリスは大丈夫かしらという様子でじっとネズミを見つめたままでしたが、すぐにも乾かさなければ悪い風邪をひいてしまいそうだったからです。

「おほん！」もったいぶってネズミが始めました。「みんな、そろそろいいかい？　ぼくの知るとびきり無味乾燥の話だ。御静聴のほど願いますよ！『その大義をば教皇これを嘉《よみ》したる征服王ウィリアムに対し、ひたすら君王を望み、かねて劫掠《ごうりゃく》、戦闘の連続に辟易《へきえき》中なりし英国民はただちに服《まつろ》わんとす。マーシア並びにノーサンブリアの殿たりしエドウィン及びモーカーは――』」

「ぶるるっ！」ふるえながらローリーが言いました。

「何だい！」と、険しく、でもとても丁重にネズミは聞きます。「何か言いましたかね？」

「いえ、別に！」あわてて、ローリー。

「何か言ったように思ったんですがねえ」とネズミ。「話を続けましょう。『マーシア並びにノーサンブリアの殿たりしエドウィン及びモーカーは彼に加勢し、愛国の士、カンタベリー大司教スティガンドさえ、そを賢明と見たり、即ち――』」

「何を見たり、だって」とダックが聞きました。

「そを見たり、だ」と、ネズミはとても不機嫌に答えました。「さしすせその『そ』だよ」

「何か見つけた時にそいつを『そ』って言うぐらい、よく知ってますけどね」と、ダック。「そは、大体はカエルか、ミミズかだね。ぼくが知りたいのは、大司教の見たというそのそですよ」

ネズミはこの問いは聞かぬふりで、話の先を急ぎます。「『そを賢明と見たり、即ちエドガー・アスリングに同道し、ウィリアムに王冠を呈することを。ウィリアムの所業、最初は穏やかなりしも、彼率《ひき》いるノルマンの族《うから》の傲慢が――』ところでお嬢ちゃん、ぐあいはどんなだね？」とネズミは続けながら、アリスの方を向きました。

「やっぱり濡れたままですわ」と、アリスは悲しそうに言いました。「せっかく無味乾燥なお話でしたのに」

「ならばじゃねえ」と、立ち上がったドードー鳥が重々しく言いました。「この議事は一時休会とし、さらに強力なる善後策の可及的採用を動議しようと――」

「少しはわかるように言ってくださいよ！」とイーグレット。「長ったらしい単語の半分も意味わかりゃしないですよ。第一、そちら御自身にだってわかってるんだかどうだかね！」そう言うとイーグレットはうつむいて、笑いを隠しました。はっきり聞こえるくらいの声でぴいちくぱあちくさえずる鳥たちもおりました。

「何が言いたかったかと言うとだね」と、怒ったような声でドードーは言いました。「乾燥にはコーカス競走で完走するのが一番、ということだ」

「その何とか競走、って？」とアリスは言いました。アリスにしても別に本当に知りたかったというのではなく、ドードーがだれかにたずねてもらいたそうに言葉を切ったのに、だれか他に口を開いてくれそうな者がいないように見えたから、こう言ってみたのにすぎませんでした。

「そうこなくちゃあ」とドードー。「やってみるのが一番、と世間でも言うじゃないか」（冬のある日、きみだってやってみたいと思うかもしれないし、ドードーがなにをどうやったかを教えておきましょうかねえ）。

まずドードーは走路を描きましたが、ほぼ円に近いもので（「正確でなくてもかまわないさ」とドードーは言いました）、全員がこの走路のあちこちに位置しました。「よおい」も「どん！」もなくて、だれもが好きな時走り始め、好きな時にやめてよいので、いつ競走が終ったか言うのはむつかしいことでした。それでも、半時間ほど走って、すっかり乾いた頃に、ドードーが「終了！」と呼ばわり、一同の者がドードーのまわりに群らがって、ぜいぜいと息を切らせながら、

「一等はだれだ」と口々に言っておりました。

よっく考えてからでないとドードーには答えられませんでしたから、長い間指を一本ひたいに立てて考えにふけっていましたが（シェイクスピアの肖像画を見ると、そういう恰好をしてますね）、他の者は黙って待っていました。とうとうドードーが口を開いて、「みんな一等。だれもがほうびをもらう」と言いました。

「だけど、じゃだれがほうびを出すんだい」皆がいっせいに申します。

「そりゃ、むろんこの子だよ」とドードーが、アリスを指で差しながら言いましたから大変、全員がわっとアリスを取り囲み、めいめい勝手に「ほうびおくれ！ほうびおくれ！」とわめきだしました。

アリスはどうしてよいものやらわかりません。えいっままよとポケットをまさぐると砂糖菓子の箱があったので（塩水がそれにしみていなかったのは幸運でした）、一同に賞品として配りました。全員にちょうどひとつずつありました。

「でも、この子もほうびをもらわなくちゃあな」とネズミが言いました。

「むろんじゃよ」と、ドードーがとてもえらそうに答えました。「お嬢さん、ポケットの中にまだ何か持っておいでかね？」と、アリスに向かって尋ねます。

「指ぬきがひとつだけ」アリスは悲しげに言いました。

「では、それをこちらに渡して」とドードー。

それから全員がもう一度アリスを取り囲み、ドードーがおごそかに指ぬきを差しだしながら「願わくはこの雅《みやび》なる指ぬきを御嘉納されんことを」と言い、この短い祝辞が終ると、皆いっせいに喝采しました。

こんなばかなことと思いながらアリスは一部始終を見ておりましたが、一同の顔があまりに大まじめなものですから笑いだすわけにもいきません。良い言葉も出てきませんので、ただぺこりと頭をさげ、できるだけまじめな顔をして、指ぬきを受けとったのでした。

次は砂糖菓子を食べる番でした。大きな鳥は食べにくいと言って怒るわ、小さな鳥は喉につかえさせ、背中をたたいてもらうわで、大さわぎでした。やっとそれも終ると、みなもう一度車座になり、もっと何か話すようネズミをせっつきました。

「だって、身上話を聞かせてくださるというお約束よ」とアリスが言いました。「どういうわけで——ネとイがきらいになったのかもね」と、こちらは小声。ネズミを怒らせてはいけないと思ったからです。

「長い悲しい尾ひれがついてる！」アリスの方に向かってそう言うと、ネズミはため息をつきました。

「たしかに長い尾ではあるわね」と、ネズミのしっぽをまじまじと見つめながらアリスは言いました。「でも、悲しいって言うの、どうして？」そしてアリスが考えこんでいる間にネズミは話し始めたのですが、ア

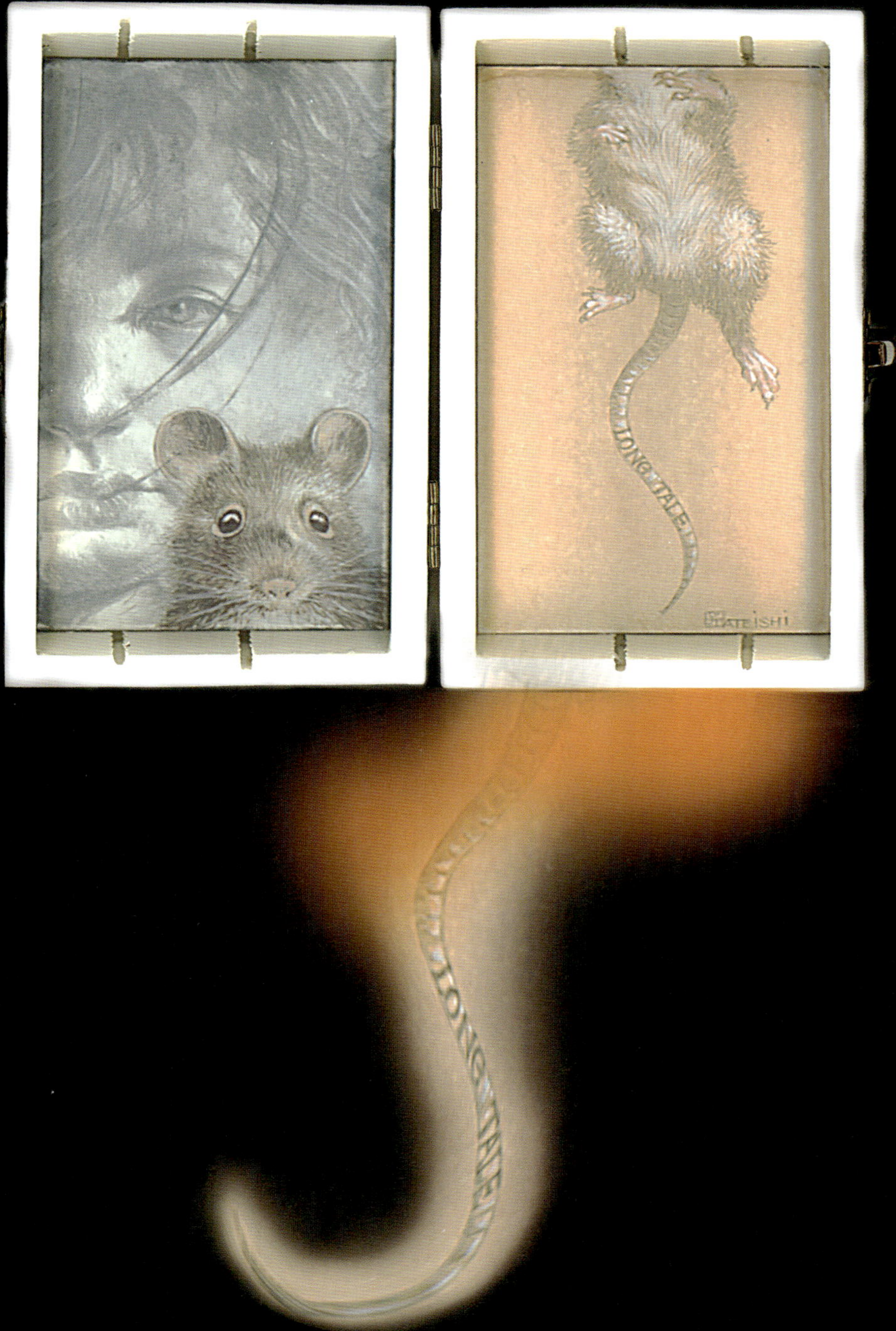
LONG TALE
TATEISHI
LONG TALE

リスの頭の中の感じでは、なんだかこんなような様子の話でした——

フューリーが家で出会ったネズミに
いわくにゃあ、「ひとつ裁判やろう
じゃねえか。まずは
おまえを起訴して
しまう。野郎、い
やとは言わさねえ。
どうでも裁判や
ろうじゃねえか。
今朝はほかに
することね
えし」チュウ公、犬
に言うことにゃあ、「だ
んな、そいつはえげつな
い。陪審も判事もいない
裁判なんて」「いやさ、
おいらが陪審で、おいら
が判事」とずるい老
犬答えたり。「いち
から十まで、とりしきり、
どうでもおまえを
あの世に
送る」

「おまえ、聞いてないな！」と、ネズミがアリスにきつい声で言いました。「他のことを考えてる！」

「あら、どうもすみません」と、申しわけなさそうにアリスは言いました。「たしか五回めに曲がるところまで言われた、んでしたよね」

「こっちは、そんなこと、ゆわん！」かんかんになったネズミはきつい口調で言いました。

「結わん、ですって！」なにしろいつでも人の役に立とうと思っているアリス、きょろきょろあたりを見回します。「だったら、ほどくのお手伝いしますわ」

「何もほどきなんかしない」ネズミは立ち上がると、行ってしまおうとしました。「ばかみたいなことばっかり言って、ぼくを侮辱する！」

「侮辱だなんて、とんでもない！」と、かわいそうなアリスは弁解します。「それにしても怒りっぽいのね」

ネズミは答えず、うなっただけでした。

「どうか戻ってきて、最後までお話ししてください」と、ネズミの背に言ってみました。他の者たちも声をあわせて、「戻ってきてよ、お願い！」と言いました。でも、ネズミは激しくいやいやをすると、もっと遠く行ってしまいました。

「行っちゃった！」ネズミの姿が見えなくなると、ローリーがため息まじりに言いました。すると年とったカニがしつけの絶好の機会とばかり、娘に「おまえや、このことをよくおぼえておいて、おまえもすぐ怒らないようにするのよ」と言いました。「母さんったら、もうかんにん」と娘のカニがこなまいきに言い返します。「母さん見てるだけですぐ怒りたくなるわよ、ったく！」

「ダイナさえここにいれば、簡単なのにねえ」だれにというでもなく、アリスが声に出して言いました。

「ダイナだったらわけもなく連れ戻してくるのにね」

「失礼とは思いますがね、そのダイナっていうのはだれなんです？」とローリーが言いました。

　ペットのこととなるとしゃべりたくて仕方のないアリスです、ひと息にまくしたてました。「ダイナっていうのは家の猫よ。ネズミとりの名人なのよ。あの子が鳥を追いかけるところ、見せたいわ！　小鳥を見ると、すぐ食べちゃうの！」

　これを聞くと大変な動揺が起きました。鳥の中にはすぐいなくなったものもいましたし、年よりのカササギの一羽など、羽で体をおおうと、「もう帰らなきゃ。夜気は喉に悪い」と言いました。カナリアはふるえる声で子供たちに「さあみんな、行きましょう。おねむの時間よ！」と言いました。いろいろな理由をつけてみんないなくなり、すぐにアリスはひとりぼっちになりました。

「ダイナのこと、言わなきゃよかった！」沈んだ声でアリスはひとりごとを言いました。「ここではだれもがあの子をきらいみたい。世界中で一番いい子なのにねえ！　ダイナや、私、もうおまえには会えないの？」そう言うと、ひとりぼっちが心細くて、かわいそうなアリスはまた大声で泣き始めました。それがややあって、またしても遠くにぱたぱたという小さな足音がしたものですから、ネズミの気が変わり、おしまいまで話すつもりで戻ってきてくれたのかもしれないと思ったアリスは、うれしそうに目を上げてそちらの方を見やったのでした。

第4章　うさぎはビルを呼びにやった

それはあの白うさぎがゆっくりと戻ってきたところだったのです。うさぎはなくしものでもした様子で歩きながら不安そうにあたりをきょろきょろ見回しておりました。アリスが聞いているとうさぎがこんなひとりごとを言いました。「公爵夫人！　ああ、公爵夫人！　それにしても折り脚《あし》い！　毛《け》ッ、髯《ひげ》え話だ！　これじゃ死刑になってもイタチ方ない！　それにしても一体どこに落としたっていうんだろう」アリスはすぐに、うさぎが扇と白い子山羊皮の手袋をさがしているのだと思って、とても親切な子でしたからさがしてあげようとしましたが、どこにも見当たりません——涙の池で泳いだあとで、何もかもが変わってしまったようでした。大きなホールも、ガラスのテーブルや小さなドアもろとも、影もかたちもなくなっていたのです。

　アリスがさがしているのをすぐにうさぎが見つけ、

怒ったような声で言いました。「おい、メアリー・アン、こんなところで何してる。すぐ家に行って、手袋と扇を持ってこい。さあ、すぐにだぞ！」そしてアリスはあんまりびっくりしたものですから、うさぎに人ちがいだと言ってあげる間もなく、相手が指さした方へすっとんでいきました。

「女中とまちがえてるんだわ」走りながらアリスはひとりごとを言いました。「私がだれかわかったら、きっとびっくりするわね！　でも、ここは扇と手袋をとってきた方がよさそうね——もちろん、見つけられればの話だけど」言う間にも一軒の小さなしゃれた家の前に出たのですが、その家の扉にはぴかぴかの真鍮《しんちゅう》の表札がついていて、「シロ・うさぎ」という名が彫ってありました。アリスは別にノックもしないで中に入り、急いで階段をかけ上がりました。本物のメアリー・アンに出っくわしてしまって、扇と手袋が見つかる前に家から放りだされてはいけないと思ったからです。

「とっても変だわねえ」とアリスのひとり言、「うさぎに言いつけられて行くなんて！　この次はダイナに何か言いつけられるかもね！」そこで、そうなってしまったらどんなぐあいだろうと考え始めます。『『アリス嬢ちゃま！　どうかおいで下さい。散歩のお時間ですよ！』『ばあや、ちょっと待ってて！　私、ダイナが戻ってくるまで、ネズミが逃げないように、この穴を見張ってなきゃなんないのよ』でも、もしダイナが」と言葉を続けます、「こんなふうに仕事を言いつけだしたら、きっと家の人たちはダイナをお家から放りだしてしまうわね！」

この時、整頓《せいとん》された小さな部屋に入っていましたが、窓辺にテーブルがあり、その上に（彼女の願い通りに）扇がひとつと二、三組の白い小山羊皮の小さな手袋がのせてありました。アリスが扇と一組の手袋をとり、部屋を出ようとした時、鏡のそばに小さなびんがあるのに目が止まりました。今度は「わたしを飲んで」と書いたラベルはついていませんでしたが、それでもアリスは栓を抜くと、唇のところに持っていきました。「何か食べたり飲んだりするたびに」とアリスはひとりごとを言います、「きっと何か面白いことが起こるはずよ。このびんはどうだか、見てみよう。もう一度大きくなれるといいのに。もうずっとこんなに小さいままでいるの、うんざり！」

そう、実際にそうなったのです。しかも彼女が望んだよりもずっとずっと急に。びんの半分ぐらいまで飲んだと思うと、頭がぎゅうぎゅう天井につっかえ始めていて、かがまなければ首の骨が折れてしまいそうでした。すぐにびんを置くと、「もう沢山――これ以上大きくなっちゃ、だめ――でも、もう玄関からは出られないわね――あんなにいっぱい飲まなきゃよかった！」


でも、だめ！ 飲まなきゃよかったって言ったって、もう手遅れです。彼女はどんどん、どんどん大きくなって、すぐに床の上に膝をつかなくてはならなくなりましたし、もう一分もするとそれさえ窮屈になってしまい、アリスは片方の肘《ひじ》を戸口に押しつけ、もう片方の腕を頭に回して横になってみようとしました。それでもまだ体は大きくなり続けますので、えいっままよ、アリスは片方の腕を窓から突きだし、片方の脚を煙突の上の方に突き上げまして、ひとりごと。「どうなろうと、もう打つ手はないわ。これから私、どうなっちゃうのかしら？」

小さな魔法のびんの力もどうやらそこまでらしく、体が大きくなるのも止まったので、アリスは助かりましたが、体は窮屈なままでしたし、二度とその部屋からは出られそうにないと思うと暗い気持ちでした。

「家の方がずっと楽だったわよねえ」と、かわいそうなアリスは考えました、「大きくなり続けたり、小さくなり続けたりっていうこともなかったし、ネズミやうさぎの言うことを聞かなくてすんだんだから。うさぎの穴なんかにとびこまなきゃよかったのかもな――だけど――そうよ、すっごく面白いわよねっ、こんなふうなのって！ びっくりしてしまうことが本当に起こってしまったんだもの！ おとぎ話を読んでた時、そんなこと起こりっこないとか思ってたけど、今自分はほら、こうしてそのまん中にいる！ 私のこと書いた本がなくっちゃぁ、そうよ絶対になくっちゃぁ！　大きくなったら自分で書こう――でも、ここでもうこんなに大きくなっちゃってる」と、彼女は悲しそうに言い足します、「ここにはこれ以上大きくなれる隙間も、もうないのね」

「大きくなれないということは」とアリスは考えます、「年も絶対とらないということになるのかしら。そしたら、それはそれでほっとするわね――絶対におばあさんにならないわけだもの――でも、そしたら――相変わらず、いつもいつもお勉強ばっかりなのかぁ！　ああ、そんなのとんでもないわ！」

「へん、お間抜け、おまえったら！」と、彼女は自分に答を返します。「ここでお勉強なんかできゃしないよ。いいこと、あんたが入る隙間だってろくにないのに、教科書なんかどこに入るっていうの？」

　こうして今ひとりの役になり、次には別の役になってほとんどちゃんとした会話をしておりましたところ、一分ほどして外で声がします。ひとり会話はそれきりにして、耳を傾けてみました。

「メアリー・アン！　メアリー・アンったら！」声の主は言っておりました。「すぐにわしの手袋を持ってくるんだ！」そして小さなぱたぱたという足音が階段をかけ上がってきます。うさぎが彼女をさがしにきたのだとわかりましたから、アリスはぶるぶるふるえましたが、するととうとう家までぶるぶる揺れだしました。そう、今では自分がうさぎよりほとんど千倍も大きく、うさぎなんかこわくも何ともなくなっていることを、アリスはすっかり忘れていたのです。

　すぐにうさぎは戸の外のところに上がってきて、扉をあけようとしましたが、内側にあく扉なのにアリスの肘が中から押しつけているものですから、戸は開きませんでした。うさぎが「じゃあ裏に回って窓から入るしかないか」とひとりごとを言うのが聞こえました。

「そんなことさせるもんですか！」アリスは考えました。そして物音からしてうさぎが窓の下に来たなと思った時、突然手のひらを大きく広げて、空中でひとつかみしてみたのです。何もつかめはしませんでしたが、小さな叫び声がして何かが落ちていき、がしゃんとガラスの割れる音がしましたから、うさぎがキュウリの苗床か何かそういったものの上に落ちたんだわとアリスは思いました。

　それから怒り狂った声――うさぎの声です――が、「パット！　パット！　どこにいる？」それから、初めて聞く声がしました。「御用ですだか！　わし、リンゴを掘っておりましたでがす、旦那さま！」

「リンゴでも何でも掘ってろい！」と、怒ってうさぎは言いました。「こっちだ！　ここから出るから手を貸すんだ！」（それから、ガラスの割れる音）

「ところでパット、窓にあるありゃ何だ？」

「腕だね、ありゃ、旦那さま」（腕を「うんで」と、

なまっています）

「腕だとっ、この間抜けが！　あんなでかい腕があってたまるか！　見ろ、窓いっぱいだ！」

「そりゃそうだ、旦那さま。だがね、やっぱありゃ腕でがすよ」

「何にしろあんなもの、あそこにあっちゃ目ざわりだ。どっかにうっちゃってしまえ！」

しばらく何の音もしなくなりました。時たま聞こえたのは「旦那さま、こいつぁだめだ、わしにゃだめだ」とか「言ったとおりにしろ、この腰抜け！」といった押し殺したような声でした。アリスはとうとうもう一度手のひらを広げると、空中でまた握ってみることにしました。今度聞こえた悲鳴はふたつで、ガラスがもっと割れた音もしました。「キュウリの苗床がたくさんあるらしいわね！」とアリスは思いました。「今度はどうするつもりかしら。力ずくで窓から引っぱりだすというのなら、ぜひやってほしいわねえ！もうこんなとこにいるの、たくさんよ！」

何の物音も聞こえないまま時がたっていきました。やっと何か聞こえてきましたが、小さな荷車のごとごという音と、何人もの声がいっしょにしゃべり合っている話し声でした。切れ切れに聞こえてきたその声はこんなふうでした。はしごをもう一ちょう持ってこい——わしのはひとつでがすよ。ビルがもう一ちょ持っとります——おい、ビル！　そいつを持ってこい——そうだ、この隅にかけろ——ちがうっ、まず結わえるんだよ——まだ半分も届かない——よおし、うまくいった。がたがた言うんじゃないよ——さあ、ビル！ロープをちゃんとつかんだかっ——屋根、大丈夫か——そこの瓦、ゆるんでるぞ、気ィつけろ——あれっ、落ちてくる！　頭、下げろ！（ガラガラ、ガッシャン）——畜生、だれだ——ビルじゃねえかな——だれが煙突から入るんだい——だめだ、おりゃあ、いやだ。おめえやれよ——そいつぁむりだよ——こりゃビルの仕事だ——おい、ビル！　旦那さまが、おめえ、煙突から入れとよっ！

「あら、そう、するとビル君が煙突から入ってくるってわけなのね」とアリスはひとりごとを言います、「何もかもビルに押しつけちゃおうってわけね！　私なら、ごほうびいっぱいもらったって、ビルの役はごめんだわね。この暖炉ったら本当に窮屈ね。でも足で蹴り上げることぐらいできると思うわ」

そして煙突の中でできる限り足を縮め、小さな動物（どんな動物なのか見当もつきませんでした）が煙突をおりてきて、彼女の近くで引っかいたり、はい回ったりし始めるのをじっと待っていました。そして「さあ、どうっ、ビル」とひとりごとを言うや、思いきり鋭く蹴り上げ、どうなるか様子をみました。

いっせいに「あれえっ、ビルがとんでいく！」と言う声が聞こえ、次にうさぎが「そこな、垣のとこの奴ら、ビルを受け止めろ！」と言いました。静かになり、そしてまた大さわぎになりました。頭を上げろっ——さあ、ブランデーだぞ——

——だめだ、むせっちまうじゃねえか——おいっ、大丈夫か？　何があったんだい。話してみろよ！

やっと、力のないキーキーいう小さな声がします（「ビルね」とアリスは思いました）。「ああ、おれにだってわからねえさ——あっ、もういいよ。楽になった——びっくりこいちゃってさあ、なにがなんなんだか——ビックリ箱みてえになにかがおれに向かってきてよ、花火みたいにふっとんじまったのよ！」

「そう、ふっとんだ、ふっとんだ！」他の者たちです。

「こうなったら焼きはらうしかない！」とうさぎが言いました。そこでアリスは声を限りに「そんなことしたら、ダイナをとびかからせるから！」と言ってみました。

水を打ったようにしいんと静まりました。「さあ、次はどういう手に出るのかしら。まともなら、天井をはがそうとするんじゃないかな」一分ほどたつと、せっせと動く気配がし、うさぎが「手はじめは荷車ひとつ分でいいだろう」と言うのが聞こえました。

「荷車ひとつ分って、何をかしら」とアリスは思いましたが、あれこれ考えている暇もなく、すぐに小石が雨あられととんできて、窓に当たってパラパラという音をたて、アリスの顔にもいくつか当たりました。

「こんなことさせてたまるもんですかっ」とひとりごとを言うと、アリスは「もういっぺんやったら、ひどいわよっ！」と大声で言いました。また、しいんとしました。

床に落ちた小石がひとつ残らず小さなケーキに変わっているのを見てアリスはびっくりしましたが、とっさに名案がひらめきました。「ひとつ食べたら」とアリスは思いました、「私の体はなんか変わるのにちがいない。これ以上大きくはなれそうにないから、きっと小さくなるのね」

そこでためしにケーキをひとつ食べてみると、うれしいことにたちまち体が縮まり始めました。玄関から出られるくらい小さくなったところで彼女は家から走り出たのですが、すると外には小さな動物や鳥が群らがっておりました。あわれな小さなトカゲのビルがまん中にいて、両側から支えられておりました。支えているのは二匹のテンジクネズミで、びんから何かを飲ませてもらっていました。アリスが出てくると皆、すぐに彼女の方に向かって走ってきましたが、アリスは力いっぱい走り、すぐに深い森の中に無事逃げこみました。

「第一のお仕事は」と、森をさまよいながらアリスはひとりごとを言いました、「もう一度もとの大きさに戻ること。それからあのきれいなお庭に行く道を見つけること。なかなかいい計画ねっ」

たしかになかなかいい計画です。第一、こんなにもすっきり簡単に立ってしまう計画ですからね。でも、じゃあどうやって始めるか、まったくわからないというのがたったひとつの問題でしたけれど。アリスが木の間を不安そうに見つめていると、頭の上で何かの小さなほえ声がしましたので、とっさに見あげました。

仔犬《こ》なのに大きいというのも変なのですが、そいつがまん丸い目をして見おろしており、アリスにさわろうとして前足をちょこっと出してみているところでした。「いい子ね、よち、よち！」とアリスは犬なで声をだして、なんとか口笛を吹いてみようとしましたが、その間じゅうずっと、ひょっとして犬がお腹をすかしていたら、いくら犬なで声であやしてみたところで食べられてしまうんじゃないだろうかと気が気ではありません。

これといって打つ手もないまま、アリスは小さな棒を拾うと、犬の方に突きだしてみました。すると犬はうれしそうな声をあげて宙にとびあがり、棒にとびかかるとじゃれている様子でした。アリスはふんづけられないように大きなアザミのかげに身を隠し、もう一方の側から顔をだしてみるといきなり犬が棒めがけて走りだし、早くつかまえようとあせってひっくり返りました。これでは荷車を引く馬とふざけ合っているようなもので、いつふんづけられるかしれたものではないと思い、アリスはまたアザミの向こう側に走っていきました。犬は繰り返し棒にちょっかいをだしました。少し前に出てきては、ずっと向こうに退くことの繰り返し。その間じゅう、かすれた声でほえたてていましたが、最後に息をはあはあ言わせて大分遠くにしゃがんでしまいました。口から舌を出し、大きな目は半分とじています。

逃げるなら今だ、とアリスは思いました。そこで、すぐ走りだし、息が切れ、疲れはてるまで走り続け、仔犬のほえる声が遠くかすかにしか聞こえないところまで逃げました。

「でも、かわいいワンちゃんだったこと！」と、キンポウゲにもたれて休み、その葉っぱで風を入れながら、アリスは言いました。「いろんな芸を教えてやったのになあ、ちゃんとした――ちゃんとした大きさだったら！　そうだ、もう一度大きくならなきゃいけないの、すっかり忘れてた！　ううんっと、それにはどうすればいいか。何かを食べるか、飲むかしなくちゃあね。問題は『何を』そうするかだわね」

たしかに「何を」が大問題でした。アリスはあたりを見回して花や草の葉を眺めましたが、食べたり飲んだりして願いをはたせそうなものがあるようには見えませんでした。アリスのそばに彼女くらいの丈《たけ》の大きなキノコがはえていました。その下を見、両側を見、うしろ側を見たアリスは、上も見ない手はない、どうなっているかひとつ見てやろうと思いました。

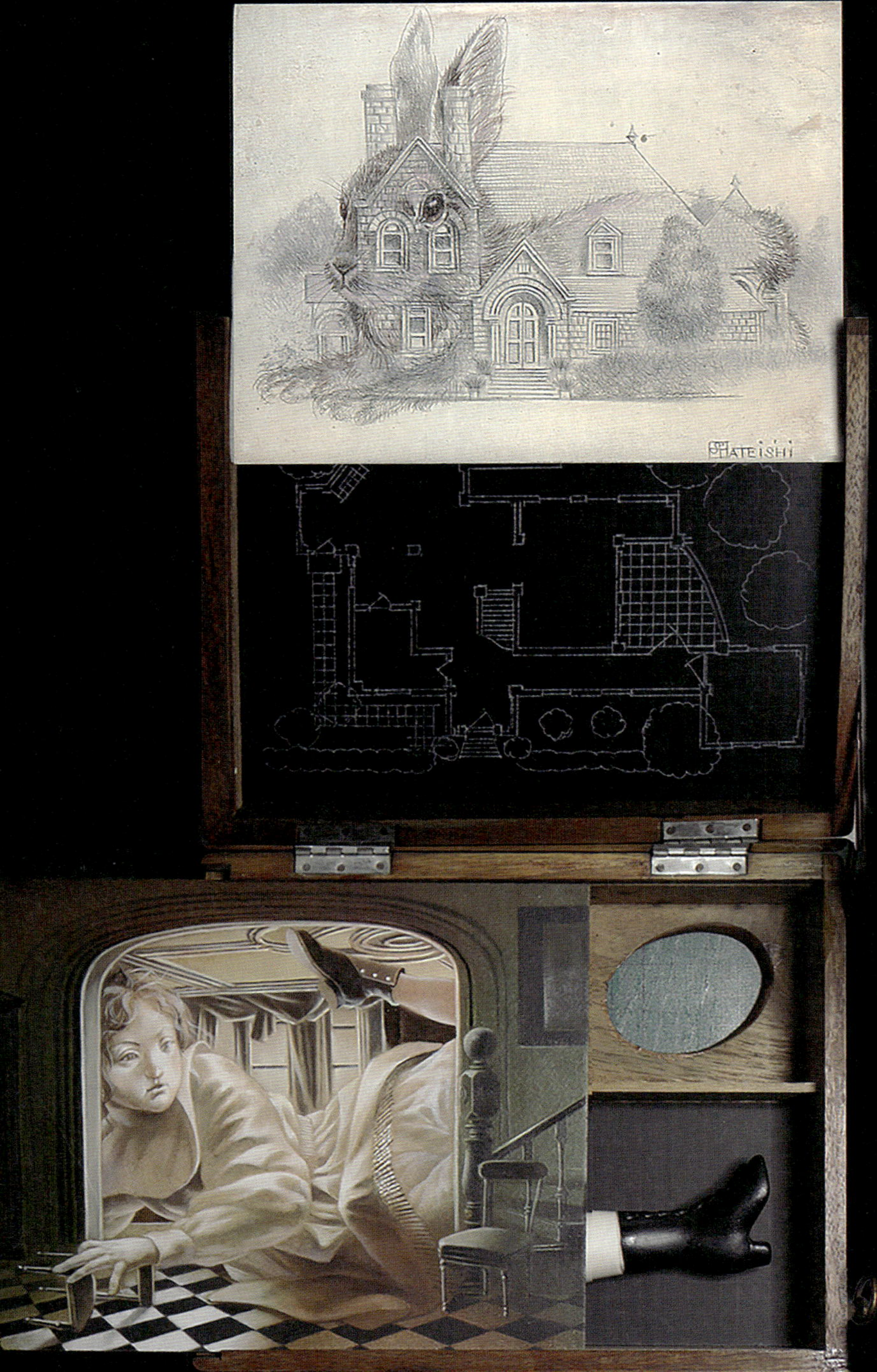
TATEISHI

そこで彼女はつま先立ちでのびあがって、キノコのへりから見てみましたら、大きな青い色のイモムシと目が合ったのです。イモムシはキノコの上にすわり、両腕を組み、長い水ギセルを静かに吸っており、アリスにも他のものにも全然気付かない様子でありました。

第5章 イモムシは忠告した

イモムシとアリスは何も言わないで、しばらくじっと見つめ合っておりましたが、やっと水ギセルから口をはなすとイモムシが、ものうげな眠たそうな声でアリスに話しかけてきました。

「で、おまえはだれなんだ？」とイモムシ。

これって、あんまり人をしゃべる気にさせる始め方ではありませんよね。とても気おくれしてアリスは答えます。「それがね、よくわからないの、今のところ――今朝起きた時にはたしかにわかってたんですけど、それから何回も何回も、変わっちゃったみたいなんです」

「何を言いたいのかわからんね」と、イモムシはきつい口調で言いました。「自分はわかっとんのかい？」

「自分がわからないんです」とアリス。「だって、いいですか、私、自分じゃないのですもの」

「わしゃは別によかないがね」

「これ以上うまくわかっていただけそうにもありませ

んね」と、とても丁重にアリスは答えました。「だって第一、私自身よくわからないんですから。一日の間にこんなに大きくなったり小さくなったり、もうわけがわからなくなっちゃって」

「そうかなあ」とイモムシ。

「そうね、あなたにはきっとまだそんな経験がないのね」とアリスは言いました。「でも、あなただってサナギにならなくちゃならない日がくるでしょうし――いつか必ずきますよ――その次には今度はチョウになる日もくるでしょう。そうしたら、なんだか変だなって、きっとお感じになりますわ」

「感じないさ」とイモムシ。

「じゃ、きっとあなたの感じ方って、私のとちがうのよ」とアリス。「たしかなことはね、これって絶対変《へん》ってこと、私にはね」

「で、私って言ってるおまえ」と、ばかにしたようにイモムシが言いました。「おまえはだれなんだ」

　話はふりだしに戻ってしまいました。イモムシの言うことばがぶっきらぼうなのに少しいらいらしてきて、アリスは背伸びすると、重い口調で「あなたがどなたなのか、まずおっしゃるべきだわ」と言いました。

「なぜ？」とイモムシ。

　これも厄介な質問でした。アリスはそれらしい答も思いつきませんでしたし、見たところイモムシのムシのいどころもすごく悪いようでしたから、立ち去ろうとしました。

「お待ち！」と、うしろからイモムシが声をかけます。

「大事なことを聞かせてやろう！」

　大事なことってなに。面白そう。アリスは向き直ると、戻ってみました。

「怒らないことさ」とイモムシは言いました。

「ええっ？　それだけっ？」怒りを飲みこみながら、アリスは言いました。

「いいや」とイモムシ。

　他にすることもないし、待ってみようとアリスは思いました。それにひょっとしたら、聞いてよかったということを話してくれないとも限りません。何分もの間、イモムシは水ギセルの煙を吐くばかりで、何も言いませんでしたが、ふと組んでいた腕をほどくと、口を水ギセルからはなして、口を切ったのです。「で、変わったと思ってるわけね」

「そう思います」とアリス。「昔のことが思いだせないし、――体だって、同じ大きさで十分もいやしないんです！」

「昔の何が思いだせないんだい？」とイモムシが言います。

「はい。『いかにちいちゃなミツバチさんが』を暗誦しようとしたんですけど、出てくる言葉がみんなちがうんです！」と、とても悲しそうにアリスは答えました。

「『ウィリアムとっつあん、もう年だ』をやってごらん」とイモムシ。
そこでアリスは腕を組むと、始めました――

若いの言うにゃ「ウィリアムとっつあんよ、
　もう年だ。髪はりっぱにまっ白け。
なのにのべつ逆立ちしてるの、
　年よりのひや水とは思わんけ」

とっつあん、息子に答えるにゃ「若いころにゃ
　脳みそがぱあになるのがこわかった。
したが脳みそどこにもなきゃあ、
　心配いらぬ、何度やろうが」

若いの言うにゃ「とっつあん、やっぱり
　もう年だ、腹はでっぷり太鼓腹
なのに戸口でいつものとんぼきり
　一体そりゃどういうわけだ」

白髪ふりふり答えるにゃ
　ぺったりしっかり膏《あぶら》ぬり、おかげで
手足はつるつるだ――ひと箱たったの一文だ
　おまえにふたあつ買ったるべ」

若いの言うにゃ「年をとっちゃぁ
　顎《あご》弱く、牛の腎《じん》しか食えまいが、
なのにガチョウを丸食いたあ
　どうして無茶ができるのか」

とっつぁん答えてのたまわく「若いころにゃ
めしより裁判大好きでけんか上等のこの夫婦、
筋肉まるで強いまんま
　顎も一生だいじょうぶ」

若いの言うにゃ「年をとっちゃ目が弱く
　むかしのようには見えまいが、
なのに今もウナギを鼻にのせ歩く
　なんで、そんなに器用なのか」

「ほとけの顔も、三度まで」
　おやじ言うにゃ「いい気になるなよ、
つまらん問いももうそこまで
　うせろ、さもなきゃ蹴たおすぞ！

「合ってない」とイモムシが言いました。
「どこかちがいますよね」と、おずおずとアリスが言います。「ことばがいくつかちがってるみたい」
「一から十まで合ってない」とイモムシは言い切りました。で、しばらくの沈黙。
次に口をひらいたのはイモムシの方でした。

WHO?

「で、どれくらいの大きさなら、いいのかい？」とイモムシは言いました。

「別に大きさはいいんです」いそいでアリスが答えます。「ただこういつもいつも変わってしまうの、気持ち悪いですよね、察するに」

「わしゃ別にさすらんがね」とイモムシ。

で、アリスは黙っています。こんなにいちいちあげ足をとられたことはありませんでしたから、もう怒りだす寸前だったのです。

「じゃ、今のままでいいんだ」とイモムシ。

「ええ、おかまいなければもう少し大きくなりたいんです」とアリスは言いました。「身長三インチじゃ、ちょっとみじめ」

「なにがみじめだ！」と、イモムシは怒って言いました。言いながら思いきり背伸びしておりました（が、その長さはきっかり三インチでした）。

「でも、私、慣れてないの！」と、なだめ声でアリスは言いつくろいました。でも心の奥では「このあたり、どうして皆こんなにすぐ怒るのかしら？」と思っていました。

「じき慣れる」とイモムシ。そしてまた水ギセルをくわえて、ぷかりぷかりやり始めました。

　今度は、イモムシが口をひらくまでアリスはじっと辛抱強く待ちました。一分か二分たって、イモムシは口から水ギセルをとって一、二度あくびをすると、全身をぶるぶるっとふるわせました。それからキノコからおりて草の中に這《は》って入ってしまったのですが、行く時にひとこと、「片側でおまえ、大きくなれるよ。もう片側なら小さくなれるよ」と言いました。

「何の片側かしら。何のもう片側なのかしら？」とアリスは思いました。

　まるでアリスの考えていることがわかるかのように、「キノコの、だよ」と言い置くと、すぐにイモムシの姿は見えなくなってしまいました。

　一分ほどもアリスは考え深げにキノコをじっと眺めて、どちらが片側で、どちらがもう片側なのか知ろうとしていましたが、完全に丸いキノコでしたから、これはとてもむつかしい問題でした。それでもとうとう彼女はキノコの幅いっぱいに伸ばせるだけ腕を伸ばして、両手でそれぞれのはしっこをひとっかけらちぎりとりました。

「さあて、どっちがどうなのかな」とひとりごとを言うと、右手のひとかけらを少しかじって、様子をみました。と、次の瞬間、顎《あご》が何かにはげしくぶっつかりました。なんと足にぶっつかっていたのです！

　あんまり急に起きた変化でした。アリスは気が動転してしまいましたが、あっという間に縮んでいってしまっているので、一刻の猶予《ゆうよ》もなりません。もう片方のひとかけらを、すぐに口に入れてみようとしました。なにしろもう顎と足がぴったりくっついていて、口をあけようにも隙間がありません。でも何とか口をあけると、左手の方のかけらを飲みこむことができました。

＊　＊　＊　＊　＊

＊　＊　＊　＊　＊

＊　＊　＊　＊　＊

「ああ、やっと首が動く！」うれしそうにアリスは言いましたが、すぐ驚きの声に変わりました。だって、肩がどこにもないんです。下を見おろしてみますと、はるか下にある緑の木々の海から巨大な茎でもあるかのように、首が長々と伸びてきているのが見えるばかりでした。

「あの緑色のところ、一体何なのかしら」とアリスは言いました。「それから私の肩、どこに行ってしまったのかしら。私のかわいそうな手、どうすればあなたたちに会えるの？」そう言いながら手を動かしてみましたが、遠くにある緑の葉が少し揺れた他に、これといって何の変化も起こりませんでした。

　どうやら手を頭の方に上げることはできないようでしたから、頭を手のところにまで曲げてみようとしたのですが、うれしいことに首がまるで蛇のように好きな方に自由自在に曲がってくれるではありませんか。首をきれいなジグザグの形に曲げ、どうやらさっきまでさまよっていた森の天井に当たるらしい葉叢《むら》に突っこもうとしたとたん、しゅっしゅっという鋭い声がしてアリスは首をすくめました。大きなハトが彼女の顔にとびかかり、翼ではげしく打ちかかってきたのです。

「この蛇めっ！」と、ハトは金切り声をあげました。

「私、蛇なんかじゃなくてよ！」アリスもかんかんです。「ほっといてちょうだい！」

「でも、やっぱり蛇だ！」とハトは繰り返しましたが、少しは落ちついたようでした。そして、すすり泣くようにつけ加えて「何もかもやってみたのに、蛇には通じなかった！」と言いました。

「何のこと言ってるんだか、全然わからないわ」とアリスは言いました。

「木のてっぺんもやってみた。土手もやってみた。そして垣根も」と、ハトはアリスの言うことなんかおかまいなしに、続けました。

「なのに蛇たちときたらっ！　少しは満足するっていうことをしらないの！」

　アリスにはますます何だかわかりません。とにかくハトがしゃべり切るまで、何を言ってもむだだと思いました。

「卵をかえすなんてわけないことと思ってるんだ」とハトは言いました。「昼も夜もずっと蛇に目を光らせていなきゃいけないんだ。この三週間というもの、一睡もしていない！」

「さぞかしおつらかったでしょう」やっと意味がのみ

こめてきて、アリスが言いました。

「それで森じゅうで一番高い木を選んで」と続けるハトの声はもう金切り声に近くて、「これでやっと蛇から逃げられたと思っていたら、空からにょろにょろだなんて！　ああ、この蛇ったら！」

「私、蛇なんかじゃないって言ってるでしょ！」とアリス。「私は――私は――」

「へへんだ。私は何だって言うのさ」とハトは言います。「ほら、何か出まかせ言おうとしてる」

「私は――女の子よっ」とアリスは言ってはみましたが、その日一体何度自分が変わってしまったか思いだして、この答に全然自信が持てませんでした。

「でかい図体《ずうたい》して、女の子が聞いてあきれる！」ばかにし切って、ハトが言いました。「これまでに随分と人間の女の子は見てきたけど、そんな首をした子なんかいなかった！　何言ってんの、おまえは蛇だ。ちがうだなんて言わせないよ。ははん、今度は一度だって卵を食べたことなんかないとか何とか言うつもりだねっ！」

「卵ならちゃんと食べますよ」と、正直なアリスは言いました。「女の子だって卵なら蛇と同じくらい食べるわよ」

「うそにきまってるよ」とハト。「もし本当だとしたら、女の子も蛇だって、それだけのことだろ」

　これはびっくりするような考え方だと思って、アリ

スは一分か二分、黙っていましたので、ハトはかさにかかって、「卵をさがしてるんだね、それは百も承知さ。そうなりゃ、おまえが女の子だろうが蛇だろうが、どっちだってかまやしない」

「私は大いにかまうわよ」と、アリスはいそいで言いました。「あいにくと、私、卵なんかさがしてないの。もしさがしてるとしても、あなたのは御免。なまのはきらいなの」

「じゃ、どっかへお行き！」と、巣にもう一度落ちつくと不機嫌そうにハトは言いました。アリスは木の間にしゃがもうとしましたが、なにしろ首が枝に巻きついて仕方なくて、時々ほどいてやらねばなりませんでしたからなかなかうまくいきません。しばらくしてアリスはまだ手にキノコを持っていたことを思いだし、とても注意深くまず一方を、次にもう一方をかじってみますと、大きくなったり小さくなったりして、そのうちにやっとどうやらもとの大きさになることができました。

　自分の背丈だった時分は随分前のことになっていましたから、初めはとても妙な感じでしたが、すぐに慣れ、いつもみたいなひとりごとが始まりました。「さあ、これで計画は半分すんだわ！　それにしても、こう変わるんじゃ、たまったものじゃないわ！　今こうだと思っても次にどうなるんだか見当もつかない！でも、とにかく正しい背丈にはなった。次はあのきれ

いなお庭に行く番だわ——どうすれば行けるのかしら」そう言っている間にも突然、広い所に出ましたが、そこには高さ四フィートほどの小さい家がありました。「だれのお家にしろ」とアリスは考えました、「こんな体で会ってはいけない。そうよ、死ぬほどびっくりさせてしまうわ！」そこで彼女は右手のかけらをまたかじり、背丈が九インチに縮んでしまうのを待って、その家のそばに行ってみたのでした。

第6章 ブタとコショウ

一分、それとも二分ぐらいでしょうか、アリスはその家を眺めながら、さて次はどうしようかと考えていましたが、するとそこに突然、お仕着せを着た召使いが森の中から走り出てきて——（お仕着せを着ていたので召使いだと思ったのですが、そうでなくて、もし顔つきからだけでするなら、サカナと呼びたくなる相手でした）——その家の扉をこぶしでどんどんとたたいたのでした。扉をあけた召使いもお仕着せでしたが、まん丸い顔にぐりぐりした目で、まるでカエルのようでした。アリスがよく見ると、この二人の従僕の頭じゅう、髪おしろいをふりかけた髪が縮れあがっておりました。一体何事ならんと知りたくてたまらなかったアリスは、そこで少しだけ森から出て、耳をそばだててみたのです。

まずサカナ召使いが腕にかかえていた体と同じくらい大きい手紙を出し、もう一人の召使いに手渡しながら重々しい口調で、「公爵夫人殿へ。クローケー試合におきさき様よりのお誘いである」と言いました。カエル召使が同じように重々しく「おきさき様より。クローケー試合に公爵夫人殿へのお誘いである」と繰り返しましたが、ことばの順序が少し変わっていただけのことでした。

それから二人はお辞儀をしましたが、二人の縮れ毛がからみ合ってしまいました。

これを見てアリスは吹きださずにはいられず、二人に笑い声を聞かれてはいけないと思って森に走りこみました。もう一度様子をのぞいてみますと、もうサカナ召使いの姿はなく、もう一人は戸口近くの地べたの上にすわって、ぼんやり空を見上げていました。

アリスはおそるおそる戸口に近付いて行って、ノックしてみました。

「ててえてもしようねえだ」と召使い。「そのわけさ、ふたつあってなあ。第一に、わし、おみゃあ様と同じ戸口の側におるんだし、もうひとつ、中はものすごい音だで、ててえてもだあれにも聞こえねえだよ」本当に家の中でしている物音はものすごかったのです――いつも何かが泣きわめき、くしゃみをし続けていて、そして時々、お皿かやかんかが割れるようながっしゃんという音もしてきました。

「あのお」とアリスは言いました。「どうすれば中に入れるの？」

「戸がだにゃあ、おみゃあ様とわしの間にあるんなら」と、アリスの方を見もしないでカエル召使いは続けます、「たたいても良かろうちゅうもんさ。たとえば、おみゃあ様が中にいて、たたく、そしたらわし、どうぞお外へちゅうわけだなあ」こんなふうに話している間じゅう、相手は上《うえ》の空しか見ていませんでしたから、うわの空で失礼しちゃうわねとアリスは思いました。「だけど、目がこんなに頭のてっぺん近くにあるんじゃあ」とひとりごとも言いました、「きっと仕方ないんだわ。だけどとにかく、たずねれば答えてはくれるわけね――中にはどうすれば入れるのですか？」と、声に出してくり返してみました。

「わし、ここにずっとすわっとるよ」とカエル召使い、「あしたになっても――」

と、その時、戸があいて、大きなお皿がカエルの頭をねらってひゅんと飛んできました。それはカエルの鼻先をかすめると、そのうしろの木の一本に当たって粉々に砕けてしまいました。

「いや、きっとあさってになってもだなあ」と、何ごともなかったように同じ口調でカエルは続けます。

「どうすれば中に入れるの？」と、もっと大きな声でアリスは聞いてみます。

「そもそも中に入れるか」とカエル召使い。「それがまず第一の問題じゃなあ」

たしかにそれはそうです、でもアリスは、相手のこんなふうな話のもっていき方がいやでした。「本当にうんざりよ」と彼女はひとりつぶやきます。「だれもかれも屁理屈《へりくつ》ばっかり。まったく、頭きちゃうわ！」

　この間《ま》をチャンスと思ったか、カエルはさっき言ったことを少しだけ変えてくり返します。「わし、ここにずっとすわっとるよ」とカエル、「くる日もくる日も、時々な」

「それで、私、どうすればいいの？」とアリスは言いました。

「好きにするさ」そう言ってカエルは口笛を吹き始めました。

「まったく、このカエルとしゃべってると」と、はきすてるようにアリスは言いました。「ひっくりかえるわね！」そして自分で扉をあけると、中に入って行きました。

　戸はすぐに大きなお台所に続いていましたが、台所じゅう煙でいっぱいでした。公爵夫人が三脚の椅子にすわって、赤んぼうをあやしています。料理番が火の上に身をかがめてかきまわす大釜は、スープでいっぱいのようです。

「あのスープ、きっとコショウのきかせすぎなんだ！」くしゃみが出そうなので、そう言うのがやっとでした。

　部屋だってコショウのきかせすぎでした。公爵夫人でさえ時々くしゃみをし、赤んぼうなどはくしゃみをしているか泣きじゃくっているかで、おとなしい時がありません。その台所でくしゃみしないのはただふたり、というか一人と一匹。例の料理番と、敷物の上に寝そべって、耳から耳へ裂けるばかりににやにや笑っている大きな猫だけでした。

「あのお、もし」と、アリスは少しおどおどと切りだしましたが、自分の方から話しかけるのはぶしつけではないかと思っていたからです。「お宅さまの猫はどうしてあんなふうに笑っているんですか？」

「チェシャーの猫です」と公爵夫人は言いました。「だからよ。このブタっ！」

　この最後のことばはいかにも出しぬけで、迫力も満点でしたから、アリスはとび上がってしまいましたが、これが自分にではなく赤んぼうに向けられたことばだったのだとすぐわかりましたから、また元気を出してしゃべり始めました。

「チェシャーの猫がいつも笑ってるなんて知りませんでした。大体、猫が笑えるなんてことも知りませんでした」

「どんな猫だって笑えますし」と公爵夫人。「現にほとんどの猫が笑っていますよ」

「私の知っている猫には笑う猫などおりませんが」と、会話らしくなってきたのがとてもうれしくて、アリスはていねいな口調で言いました。

「それは、あなたが猫知らずだからよ」と公爵夫人。「これ、だれでも知ってることよ」

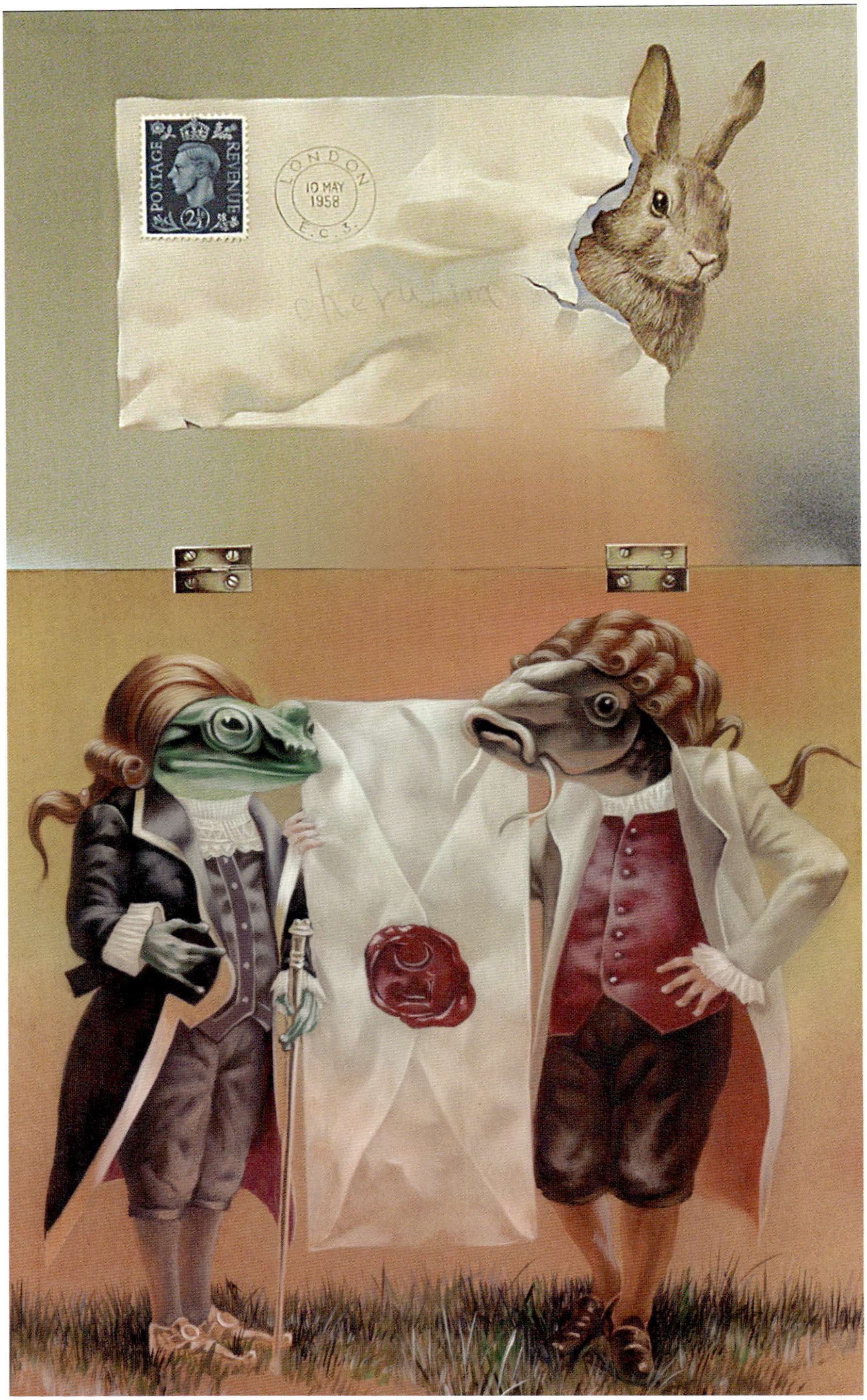
POSTAGE
REVENUE
2½d
LONDON
10 MAY
1958
E.C.3.

こんな言い方されて気分の良いはずはなく、アリスは話題を変えた方がいいと思いました。何を話そうかとつおいつ考えていますと、料理番が大釜を火からおろし、突然手当たりしだいのものを公爵夫人と赤んぼうめがけて投げつけだしたのです。――まず暖炉に使う金具の類が飛んでいき、それからあとはシチュー鍋、お皿、深皿が雨あられとふり注ぎました。公爵夫人はものが当たってもへっちゃらでした。赤んぼうの方は先からずっと泣き続けでしたから、ものが当たって泣いているのかどうかはまったくわかりません。

「おねがい、やってることをわきまえて！」こわくてたまらず跳《と》びはねながら、大声でアリスは叫びました。「あれえっ、かわいいお鼻が！」ものすごく大きいシチュー鍋が赤んぼうの鼻先をかすめ、もう少しで鼻を持っていってしまうところでした。

「人みな、やってることをわきまえてれば」と、しわがれたうなり声で公爵夫人が言いました。「世界はもっとずっと速く回るでしょう」

「そうなっても、良いことなんかありませんよ」と、少しもの知りを発揮《はっき》できそうなのがうれしくてアリスは言いました。「第一、昼と夜はどうなってしまうんでしょう！　地球は二十四時間かけて、おのが周りをめぐり――」

「斧が回ると言えば」と公爵夫人、「この子の首を切っておしまい！」

アリスはぞっとし、料理番が言いつけをきいては困ると思ってちらりと見やりましたが、料理番はスープをかきまぜるのに忙しくて、聞いている気づかいはありませんでしたので、アリスは続けました。「二十四時間だと思うんだけど。十二時間だったかしら――」

「私の知ったことではない！」と公爵夫人は言いました。「数字は大きらいです！」そう言ってまた赤ん坊をあやし始め、こもり歌のようなものを歌ってやりながら、文句のひとくぎりごとに赤んぼうを乱暴にゆすりました――

「とげあることば　ちっちゃなややにゃ
　くさめしたならぶったたけ。
　くさめする子の　つらにくさ
　おとなこまるとわかってて」

　　いっせいに
(料理番も赤んぼもみな加わって)
ワーオ！　ワーオ！　ワーオ！

公爵夫人は二番にかかりましたが、歌っている間じゅう赤ん坊を乱暴に放りあげ、赤ん坊が火がついたように泣きわめくものですから、歌の文句がアリスにはほとんど聞きとれませんでした。――

「わたしゃややを　どなりつけ
　くさめしたならたたくしか。
きげんよいときゃ　こしょうさえ
　まるできらわぬややなれば！」

　　いっせいに
ワーオ！　ワーオ！　ワーオ！

「さあてっと！　あなた、あやしたければ、ちょっとだけあやさないこと」と公爵夫人はアリスに言うと、赤んぼうをアリスの方に投げてよこしました。「私はおきさき様とクローケーをするしたくをしなくては」と言って、公爵夫人は部屋から出ていきました。出ていく公爵夫人のうしろから料理番がフライパンを投げつけましたが、もうちょっとで当たるところでした。

　赤んぼうを受けとめるのは大変でした。なにしろ妙な形をした相手で、手足をあらゆる方向に突きだすものですから、「まるでヒトデみたいだわ」とアリスは思いました。そのかわいそうな相手はアリスが受けとめた時、まるでスティーム・エンジンみたいに荒い息を噴き、体を曲げたり、つっぱったりの連続でしたから、初めの一、二分はなんとか抱えているのがせいいっぱいでした。

　うまいあやし方がわかってしまうと（相手の体を曲げて結ぶようにし、元に戻らないよう、右耳と左脚を

しっかりつかんでおくのです）、アリスはこの相手を外に連れて出ました。「この子を外に連れださなきゃ」とアリスは思いました、「あの人たち、一日か二日でこの子を殺してしまうにきまっているわ。置いてくるなんて、人殺ししてしまうようなものよっ」最後の方は口に出して言っていましたが、すると相手はぶうぶう鼻をならして返事をします（もう、くしゃみはしませんでした）。「そうやって鼻をならさないのっ！」とアリス。「そんなふうなものの言い方ってないでしょう」

　赤んぼうがまた鼻をならしましたから、一体どうしたんだろうとアリスはとても心配になってその顔をのぞきこんでみます。鼻はたしかにひどく天向いてめくれあがり、人の鼻というよりはブタの鼻そっくりでしたし、目だって人間の赤んぼうの目というにはあまりにも小さくなっていました。相手のこうしたみてくれがアリスにはどうしても好きになれませんでした。「でも、めそめそしてただけなのかも」と思い、もう一度相手の目をのぞきこんで、涙が出てるかどうか見ようとしました。

　あら、涙は出てないようねえ。「おまえ、どうしてもブタになってしまうんだったら」と、アリスは真剣に言いました。「私、もうこれ以上知りませんからね。あとは自分でおやり！」かわいそうな相手はもう一度めそめそ鼻をすすりました（ぶうぶう鼻をならしたの

Cheshire Cat

かも知れませんが、はっきりしませんでした）。そのまま沈黙がしばらく続きました。

「これ、お家に連れていくとしたら、どうしたものかしら」とアリスがひとりごとを言いかけたとたん、相手がまたぶうぶうと言いました。あまりに激しいので、アリスは驚いてその顔をのぞきこみました。今度こそはいっさいまぎれようがありません、それは正真正銘、掛値なしのブタでした。それ以上運んでやるのはとてもとんまだとアリスは思いました。

　そこでアリスはその小さな生き物を下におろしてやると、それは音もたてずにちょこちょこと森に入って行きましたので、ほっとしました。「もしあのまま大きくなって」と、アリスはひとりごとを言いました、「人間の子だったら、とんでもなくブタイルよね。でもブタならそうとんきょうでもない方ね、きっと」そして、知っている子でどの子が豚としてやっていけるか考え始め、「変身させてやる方法がちゃんとわかってさえいれば――」とひとりごとを言いかけた時、二、三ヤード向こうの木の枝の上に例のチェシャー猫がすわっているのを見て少しびっくりしました。

　猫はアリスを見て、にやっと笑っただけでした。悪い猫ではなさそうね、とアリスは思いました。でもやっぱりとても長いつめとたくさんの歯を持っているにはちがいないので、下手《したて》に出ていった方が良いとアリスは思いました。


「チェシャー猫さん」と、彼女はとてもおずおずと切りだしましたが、相手がその呼び方で良いと思うかどうか、まったくわからなかったからでした。猫は前よりも口を広げてにやっと笑いました。「やれやれ、今のところはご満悦《まんえつ》だわ」とアリスは思い、言い続けました。「ここから私、どっちの方向に行けばいいのか、教えてください」

「そいつぁ、どこへ行きたいかによるさ」と猫。

「別にどこでもいいんです――」とアリス。

「じゃあ、どっちの方向に行ったっていいさ」。

「もしどこかに行ければ、ってことですけど」と、アリスはひとことと説明につけ加えます。

「そいつぁ大丈夫さ」と猫。「いっぱい歩きさえすりゃあ必ず行ける」

　議論の余地なくそれはそうでしたから、アリスは別の質問を考えます。「このあたりにはどういう方たちが住んでるんでしょう？」

「あっちの方にはな」と、右の前足でさし示しながら猫が言います、「帽子屋が住んでる。それからあっちの方には」と左の前足を振って、「三月うさぎが住んでるよ。好きな方のやつを訪ねてみろよ。二人とも気がふれてる」。

「気のふれた人たちのところなんか行かないわ」とアリスは言いました。

「そりゃ無理だな」と猫。「ここじゃ、みんな気がふれてる。おいらもおかしい。あんただっておかしい」

「私がおかしいってどうして言えるの？」とアリス。

「そうじゃないかい」と猫、「じゃなきゃ、こんなところへ来るわけないさ」

　全然理由の説明になっていないとアリスは思いましたが、ことばを続けました。「あなたがおかしいっていうのはどうしてわかるの？」

「まずは、だな」と猫、「犬はおかしくない。だろう？」

「ええ、まあね」とアリス。

「次にだな」と猫、「犬は怒ってると喉をウーウー言わせ、うれしいとしっぽをふる。ところがおいらは、うれしいと喉をウーウー言わせ、怒っているとしっぽをふる。かるが故においらは、おかしい」

「それって、喉をウーウーじゃなくて、ゴロゴロ言わせる、って言うんじゃなくって？」とアリス。

「そう言いたきゃあ、そう言ってもいいさ」と猫。

「あんた、今日、おきさきさんとクローケーやるのかい？」

「とっても面白そうなんだけど」とアリス。「今のところ、まだ招待されていないのよ」

「そこでまた会えるさ」と言って、猫は消えてしまったのです。それを見てもアリスはあまりびっくりしませんでした。変なことが起こるのにすっかりなれっこになっていたからです。猫がいたところをそのままじっと見つめていると、ふいにまた猫が現われました。

「ところで、赤んぼうはどうなったのかい？」と猫。「聞くのをすっかり忘れてた」

「ブタになってしまったの」と、ネコが普通に出てきたとでもいうように、アリスもとても普通に答えました。

「そうじゃないかと思ってたよ」と言って、猫はまた消えてしまいました。

　また出てこないかなと思いながらアリスはちょっと待ってみましたが、猫はもう現われませんでしたから、一、二分してアリスは、三月うさぎが住んでいると教えられた方角に歩きだしました。「帽子屋さんたちなら見たことあるし」とアリスはひとりごとを言いました、「三月うさぎの方が面白そうね。それに今は五月だから、そんなにひどく狂ってもいないだろうし。――いずれにしても三月ほど狂ってはいないでしょう」こう言いながら目を上げてみると、なんとまた猫が木の枝にすわっているではありませんか。

「さっき『フタ』って言ったのかい、それとも『ブタ』って言ったのかい」と猫。

「『ブタ』って言ったのよ」とアリスは答えました。「それにしても、こうだしぬけに出てきたり消えたりされちゃあ、本当に身も蓋《ふた》もないわね！」

「それもそうだにゃあ」と猫。そして今度はとてもゆっくり、まずしっぽから消え、最後がにやにや笑い

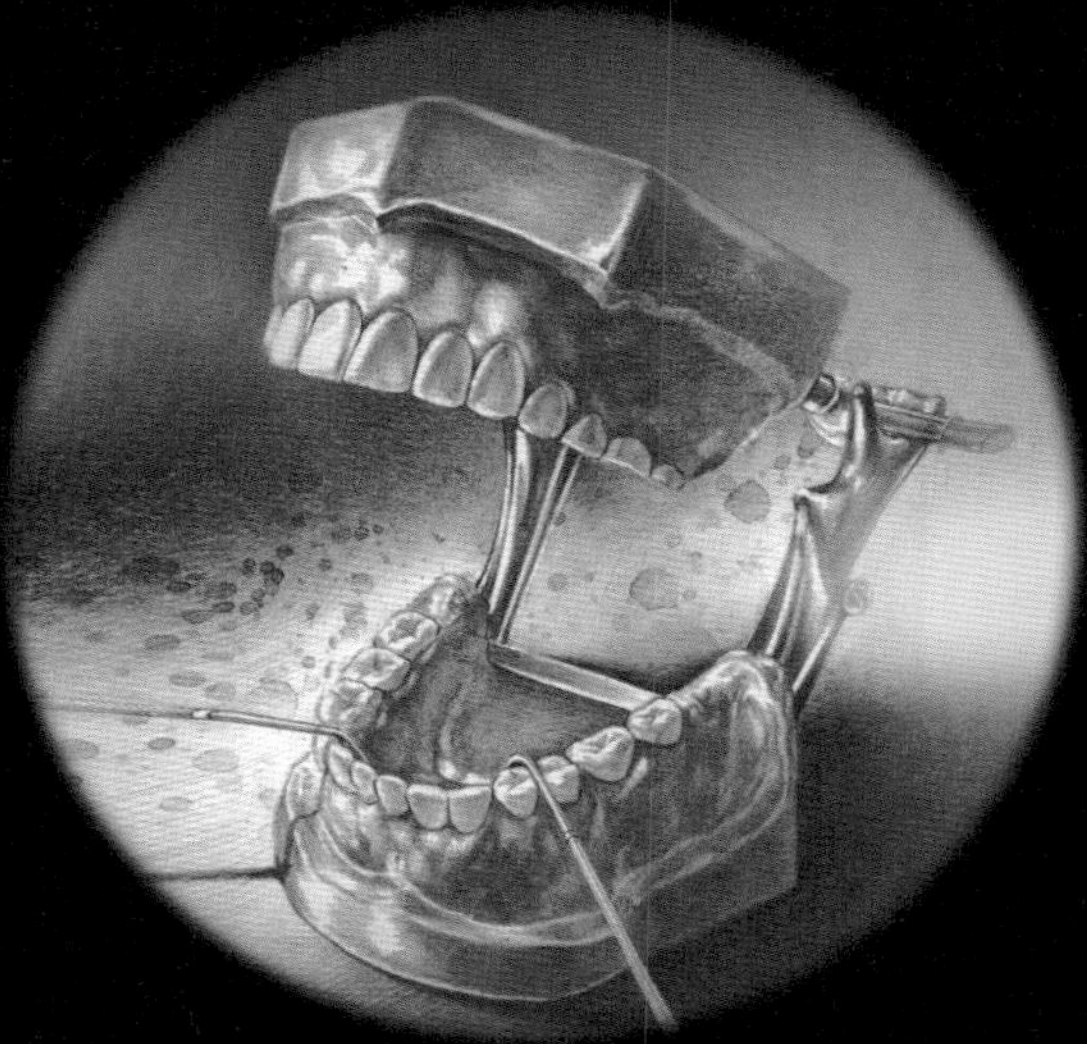
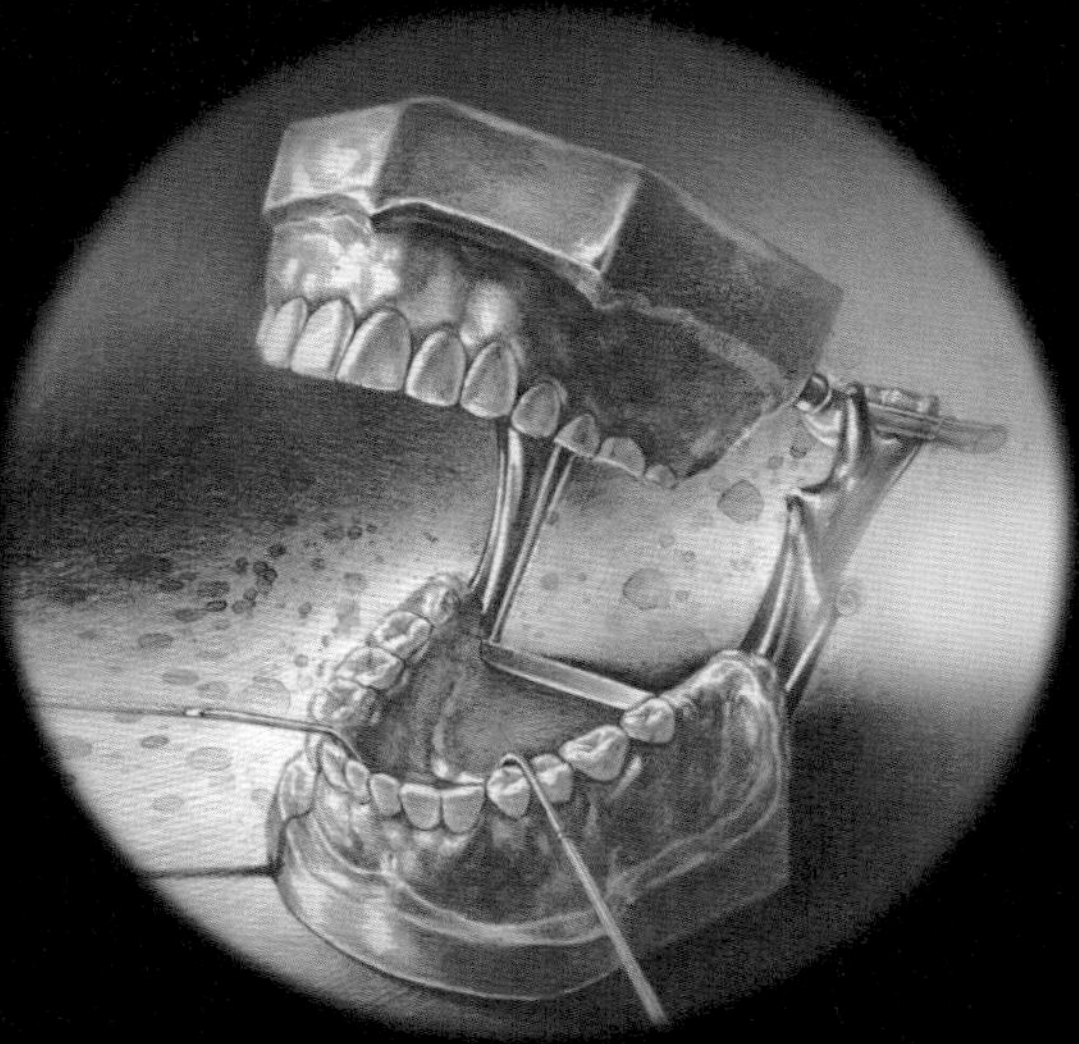
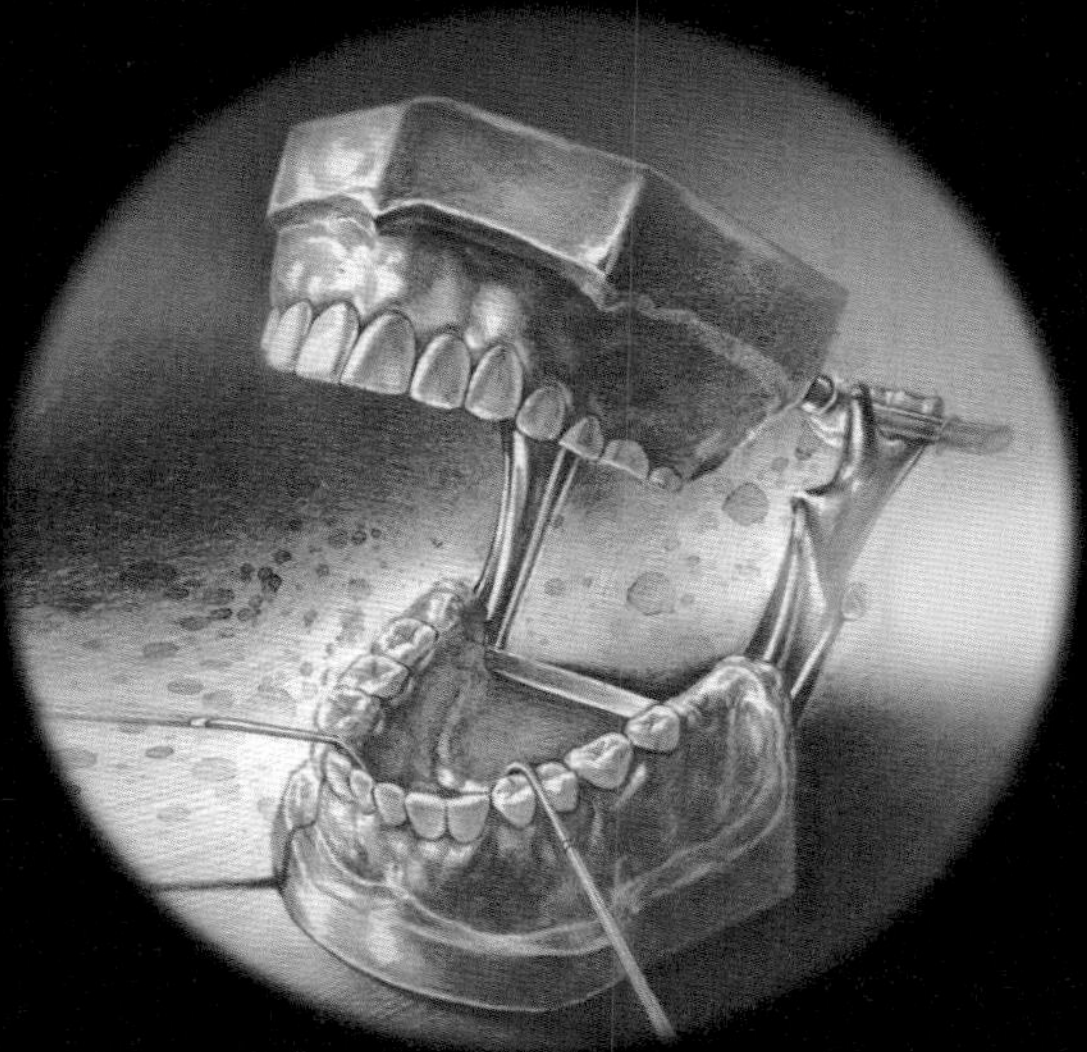
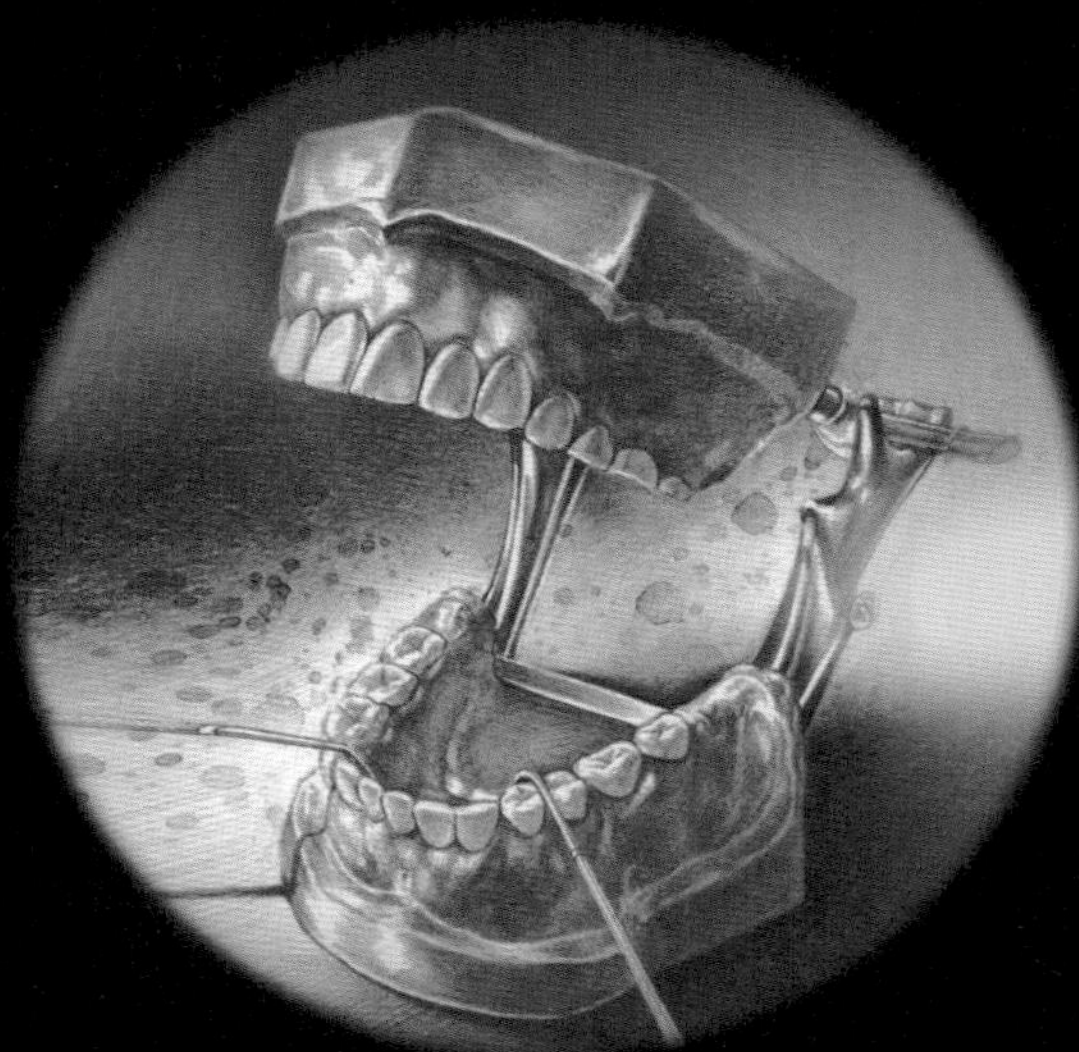

でしたが、にやにやは他のすべてが消えたあともしばらく残っていました。

「にやにやしない猫ならいつも見てたけど」とアリスは考えました、「猫のいないにやにやなんてねえっ！　こんな変なもの、今まで見たことない！」

少し歩くと、三月うさぎの家が見えてきました。この家にまちがいないと思いましたが、なにしろ煙突がうさぎの耳の形をしていて、屋根がうさぎの毛皮で葺《ふ》いてあったからです。大きな家でしたから、まず例のキノコの左側の方のかけらをかじって、二フィートぐらいの身の丈になっておいてから、近付いて行きました。それでも近づくにつれてひどく気おくれしてきて、こんなひとりごとを言いました。「ひどく狂ってたらどうしよう！　帽子屋のところへ行くのが正解だったかもねっ！」

第7章 気がふれ茶った会

その家の正面に一本の木があって、その下にテーブルがあり、三月うさぎと帽子屋がお茶を飲もうとしているところでした。二人の間には、ネムリネズミがすわり、ぐっすりと眠っていましたが、あとの二人はそれに肘《ひじ》をのせてクッションがわりにし、その頭ごしに何か話しあっています。「ネムリネズミはさぞ重いでしょうに」とアリスは思いました。「でも寝入ってるから、きっとわからないのね」

大きなテーブルなのに、そのひとすみに三人がかたまってすわっていました。「席ない！　席ない！」と彼らはアリスの姿を見ると、大声で言いました。「いっぱいあるじゃない！」そう怒って言うと、アリスは一方のはしっこにあった大きな肘かけ椅子にすわりました。

「ワインをどうだっちゃ？」すすめるような口調で三月うさぎ言いました。

アリスはテーブルをひとまわり眺めてみましたが、

あるのはお茶だけです。「どこにもありませんけど」

「兎《と》ッ！　ワインはないいん、なんちゃって」と三月うさぎ。

「ないものをすすめるなんて、それとても失礼じゃありませんか」と、アリスが怒って言いました。

「招待されないのに席にすわるのは失礼じゃない、だっちゃかい」と三月うさぎ。

「あなた方だけのテーブルとは思わなかったのよ。もっとたくさんすわれるじゃありませんか」

「あんた、髪伸ばしすぎ」と帽子屋。しばらく面白そうにアリスを見ていたのですが、最初に口に出したのがこれでした。

「勝手な印象でものを言わないでほしいわ」と、アリスはきつい口調で言いました。「失礼しちゃう」

　そう言われて帽子屋は目をまん丸くし、はっとひとこと、「カラスと書きもの机、どこが似てる？」

「やっと面白くなりそう！」とアリスは思いました、「なぞなぞをやろうっていうのね」そして声に出して「答えられてよっ」と言いました。

「兎《と》ッ！　答を見つけだせると思う、って言いたいっちゃかい？」と三月うさぎ。

「そうよ」とアリス。

「じゃあ、あんたの言いたいことを言うっちゃ」と、三月うさぎは続けました。

「私、そうしてるわよ」と、アリスも負けていません。「少なくとも、そうよ少なくとも、私の言ってることは私の言いたいことよ。同じことでしょっ」

「全然同じでなんかない」と帽子屋。「それだったら、『私は食べるものを見る』と『私は見るものを食べる』が同じことだということになる」

「それだったら」と、三月うさぎが加えます。「『私は手に入れるものが好きだ』と『私は好きなものを手に入れる』も同じということになるっちゃ」

「それだったらネ」と、寝言みたいにネムリネズミが加えます。「『私は眠っているとき息をする』と『私は息をするとき眠っている』も同じだネ！」

「おまえの場合、現にその通りだわな」と帽子屋が言ったところでぷっつり話はとぎれ、一分ほどだれも何も言いませんでした。その間もアリスはカラスと書きもの机のことでいろいろ思い出そうとしてみたのですが、たいしたことは思いだせませんでした。

　帽子屋が最初に口をひらきました。「今日は何日だっけ？」と、彼はアリスの方を向いて言いました。ポケットから時計を出し、時々振ったり耳に当てたりしながら、じれったそうにそれを見つめていたのです。

　アリスはちょっと考えて、「四日も」と答えました。

「二日も狂ってる！」と、帽子屋はため息をつきました。「だからおまえのバターじゃだめだってあれほど言っただろう！」と、三月うさぎをはったとにらみつけながら、帽子屋は言いました。

「兎《と》ッ！　最高のバターだったんだっちゃがなあ」と、申しわけなさそうに三月うさぎが答えます。

「そうかもしらんが、やっぱりパンくずが一緒に入っちまったんだなあ」と、帽子屋はぐずぐず言います、「パン切りナイフでつけたんが失敗なんだ」

三月うさぎは時計をとると、悲しそうにじっと見つめていました。それからそれをどっぷりと紅茶につけて、もう一度じっくり見つめ直しましたが、何か言おうにも最初に言った「最高のバターだったんだちゃがなあ」しか考えつきませんでした。

アリスは三月うさぎの肩ごしに面白そうに眺めていました。「変な時計！」と彼女は言いました。「何日かはわかっても、何時かはわからないなんて！」

「そのどこが変だって」と、帽子屋がぼそぼそっと言います。「それじゃなにかい、あんたの時計は何年か教えてくれるのかい？」

「それは、もちろんそんなことはないわ」いそいでアリスは答えました。「ずうっと長い間、一年は同じ一年のわけだから」

「わしのがまさしくそれだっ」と帽子屋が言います。

アリスはもう何の話やら皆目わかりません。帽子屋の言葉はともかくも英語であるにはちがいないのですが、まるで意味らしい意味があるようにも思えませんでした。「私にはおっしゃることがあまりよくわかりません」と、できるだけ丁重にアリスは言いました。

「ネムリネズミのやつ、またおねむだ」帽子屋はそう言うと、ネムリネズミの鼻に熱いお茶を少したらしました。

ネムリネズミはがまんならんというように頭を振り、目もあけないまま、「そうだ、そうだ。ぼくもそう言いたかったんだネ」と言いました。

「なぞなぞはどうなったい？」帽子屋ははっとアリスの方を向くと言いました。

「だめ、わからないわ」とアリスは答えました。「答はなに？」

「わし、しゃっぽぬいだよ」と帽子屋。

「脱帽だっちゃ」と三月うさぎ。

アリスは拍子抜けがして、ため息をつきました。

「答もないのになぞなぞなんかするのは」と彼女は言いました、「それは間ちがいよっ」

「もし、わしとおんなじくらいあんたがマの奴をよく知ってるのなら」と帽子屋、「それは間ちがいよだなんて言うはずがない。かれは間ちがいよっ、って言うんじゃないかい？」

「…………」

「間の抜けた話だ！」と、バカにしたように頭をつんとそらすと、帽子屋は言いました。「マを入れて話したことなんかないんだな、きっと」

「話したことはないけど」と、アリスは慎重に答えました。「歌を歌うときには間をはかることはするわ」

「ははん、それでわかったぞ」と帽子屋。「奴、はかられたと思ったんだな。悪いことは言わん、奴と問合いよくやってりゃ、時計なんかどうにでもしてくれるんだ。たとえばの話が、いま朝の九時、ちょうど朝の勉強が始まるところだとしなよ。マの奴にちょっと小声でそうたのむだけで、あっという間もあらばこそ、針はぐるりと一時半、お昼ごはんってわけなんだ！」

（「兎《と》ッ！　ぜひそう願いたいもんだっちゃ」と、三月うさぎが小声で言いました）

「たしかにすてき」と、アリスは考えながら言いました。「でもねえ——そんなことしたら、お腹すかないじゃない？」

「多分、最初はな」と帽子屋。「ずっとそのまま一時半にしといて、お腹がすくのを待ってりゃいい」

「あなた、そんなふうにしてらっしゃるの？」と、アリスは尋ねました。

　帽子屋は悲しそうに首をふりました。「マが悪いったらない！」と彼は答えました。「この三月にけんかしちまったんだ——こいつが（と、茶さじで三月うさぎを指しました）間抜けになるちょっと前のことだ——あれはハートのおきさきの大音楽会で、わしが歌を歌わにゃならんかったときのことだ。

　　こうもりさん、ちゃらり、
　お空でしてるのなあに！

この歌は知ってるだろ？」

「似たようなのはね」とアリス。

「もっと先がある」と帽子屋、「こんなふうにな、

　高いみ空に、
　　お盆のように
　　　ちゃら、ちゃら、ちゃら、ちゃらり」

　ここでネムリネズミがぶるっと体をふるわせ、「ちゃら、ちゃら、ちゃらり、ちゃら、ちゃら、ちゃらり」と寝言で歌いだし、ちっともやめそうもないので、つねってやめさせなければなりませんでした。

「一番を歌い終わるか終わらないうちにだな」と帽子屋は言いました。「おきさきが大声で言ったものさ、『きゃつめ、間をはかり殺す気じゃ！　首を切れ！』ってな」

「なんてひどい！」とアリスも叫びました。

「あれ以来」と、帽子屋は寂しそうに続けました、「マのやつ、わしの頼んだことをやってくれん！　六時になったきりなんだ」

　アリスは突然ひらめきました。「ここにお茶の道具がこんなにたくさんあるの、そういうわけだったのね？」とアリスはたずねました。

「ずぼうしだ」ため息まじりに帽子屋は言いました。

「いつもいつもお茶の時間だ。なにしろ間がないときては、道具も使えない」

「だからぐるぐる回ってるわけね」とアリス。

「ま、そういうことだ」と帽子屋。「ひとしきり道具を使い終っちゃあ、ね」

「だけど、元のところに戻っちゃったら、どうなってしまうの？」アリスはずいぶん思い切ったことをたずねます。

「別の話にしようや」と、あくびをしながら三月うさぎが割って入りました。「この話はもうこれでいいっちゃ。お嬢ちゃんの話が聞きたいなあ」

「は、話って言われてもねえ」と。急にほこ先が向いてきたのにあわてて、アリスが言いました。

「じゃ、ネムリネズミにやらせよう！」という声が上がります。「おい、チュウ公、起きろよ！」そして両側からネムリネズミをつねりました。

　ネムリネズミはゆっくり目をあけました。「別に寝てなんかいなかったネ」と、ネムリネズミはか弱いしわがれ声で言いました。「きみらの話は全部聞いてたネ」

「兎《と》ッ、なんか話をしろっちゃ！」と三月うさぎが言いました。

「そうよ、おねがい！」アリスもたのみます。

「それもすぐやらかすんだ」と帽子屋。「おまえ、おしまいにならないうちに眠っちまいそうだからなあ」


「むかしむかし三人の姉妹がおりましたとさ」と、あわをくらったネムリネズミが話を始めました。「その名はエルシー、レイシー、ティリーといって、井戸の底に住んでおりましたが――」

「一体、何を食べていたの？」と、飲むこと食べることには人一倍興味のあるアリスが聞きました。

「糖蜜だネ」一、二分考えて、ネムリネズミが言いました。

「そんなの無理じゃないかしら」と、アリスはやさしく言いました。「病気になってしまうわ」

「そうだよ」とネムリネズミ、「とても重い病気だったんだネ」

　アリスはそんな変な暮らしってどういうふうなんだろうとちょっと想像してみようとしましたが、まるっきり見当もつきません。そこで続けて言ってみました。

「それにしたって、井戸の底に住んでたの、どういうわけ？」

「お茶、もっと飲みなよ」と、とても熱心に三月うさぎがアリスに勧めました。

「まだ飲んでもいないのに」と、むっとした口調でアリスは言いました。「もっと飲むって、そんなのむちゃよ」

「もっと飲まないって、そんなのむちゃよ、と言いたかったんだろ」と帽子屋、「だって、もっと飲んだんじゃ、もう無茶とは言えないもんな」

march hare
TATEISHI

「あなたの意見なんか聞きたい人間はいない」とアリス。

「勝手な人称でもの言ってるの、今度はどっちかな」と、帽子屋が鬼の帽子でもとったように言いました。

　アリスはもう呆れてものが言えませんでしたから、勝手にお茶を飲み、バターつきパンをとると、ネムリネズミの方を向いてもう一度たずねました。「井戸の底に住んでたのはどういうわけ？」

　ネムリネズミはまた一、二分、そのことをじっと考えてから言いました。「蜜の井戸だったんだネ」

「そんなもの、あるわけないわよ」と、アリスはとても腹を立てて言いましたが、帽子屋と三月うさぎが「シッ！　シッ！」と言い、そしてネムリネズミもむっとして、「静かに聞いてられないんなら、自分で話にケリをつけたらいいネ」と言いました。

「ごめんなさい。どうか先を続けてくださいな！」と、アリスはとても反省して、言いました。「もう口ははさみません。ここはひとつ、そういうのあることにしますから」

「ひとつ、なんかじゃないネ」と、ネムリネズミは怒って言いました。が、ともかく話は続けてくれました。

「そしてこの三人の姉妹はネ――習って描《か》きだしたのでした」

「何を掻き出したんですって？」つい約束を忘れてア

リスが言いました。

「何って、糖蜜にきまってるネ」と、今度はチュウちょなく、ネムリネズミは答えました。

「きれいなカップじゃなきゃあ」と帽子屋が言いました。「みんな、ひとつずつ席ずれろよ」

　と言いながら帽子屋は席を移り、ネムリネズミもそれに従いました。三月うさぎがネムリネズミのところに移りましたから、アリスも本当にいやいや三月うさぎのいたところに移りました。こうやって移って何か得をしたのは帽子屋ひとりでアリスのは前のよりずっとひどい席でした。三月うさぎがミルク入れをお皿の中に引っくり返したばかりのところだったからです。

　アリスはまたネムリネズミを怒らせるのはいやでしたから、とても注意深く切りだしました。「ですけど、もうひとつどうしてもわからないの。糖蜜はどこから掻き出したんです？」

「水を掻き出すのは水井戸からだろう」と帽子屋、「じゃ、糖蜜を掻き出すのは糖蜜井戸にきまってる――あんた、頭わりいね」

「でも、みんな井戸の中にいたわけでしょう」頭がどうこうと言われたのなんか気にしないで、アリスはネムリネズミに言いました。

「そうだね、みんなみんな」とネムリネズミ、「いと深くにね」

　まったくわけのわからない答でしたから、アリスはもう口をはさまず、しばらくネムリネズミに好きにしゃべらせました。

「三人は習って描きだしたのでした」と、ネムリネズミは続けましたが、もうよほど眠いのか、あくびをし、目をしきりにこすっていました。「何から何まで描きだしたのでした——『ま』で始まるものなら何でもネ」

「どうして『ま』なの？」とアリス。

「まいいから」と三月うさぎ。

「…………」

ネムリネズミはもう目をつむっていて、うとうとし始めていましたが、帽子屋につねられ、小さな悲鳴をあげるとまた目をさまして話を続けました。「『ま』で始まるものなら何でも——升《ます》落《お》とし、満月、まる覚え、それにまあまあ——似かよってるもの同士、『まあまあ似てる』なんて言うよね——まあまあなんてもの描いた絵、見たことある？」

「そ、そんなこと急に聞かれたって」頭がくらくらしてアリスが言います、「お話にならない——」

「じゃ、お話になるなよ」と帽子屋。

いくら失礼といっても、もう我慢できません。アリスはぷいと怒って立ち上がると、離れて行ってしまいました。ネムリネズミはたちまち寝入ってしまい、あとの二人は、アリスが声をかけてもらいたくて一度ならず二度までも振り返ってみたのに、彼女が行ってしまったことにさえ少しも気が付きませんでした。彼らを最後に見たとき、二人はネムリネズミをティーポットにつめこもうとしていました。

「兎《と》ッ！　あんなとこだれが二度と戻るもんですか！」森の中をとぼとぼ歩きながら、アリスは言いました。「あんな気がふれちゃった会、見たことない！」

そう言いながら、見ると木の一本に、中に入る扉がついているではありませんか。「とッ、ふしぎネ！」と彼女は思いました。「でも今日はみんなふしぎ。入ってみようかなっと」そして中に入ってみました。

兎《と》っ、またあの長いホールにいて、そばにはあの小さなガラスのテーブルがあるではありませんか。「今度こそうまくやるわ」とひとりごとを言うと、まずあの小さな金色の鍵をとって、庭に出る扉の錠にさしこみました。そしてあのキノコをかじりましたら（かけらをずっとポケットに入れてあったのです）、身長が一フィートほどになりました。そして短い廊下を抜けると、まさにやっ兎！あのきれいな庭の、花の咲き笑う花壇と水の冷たい泉のさなかに出られたのでありましたネ。

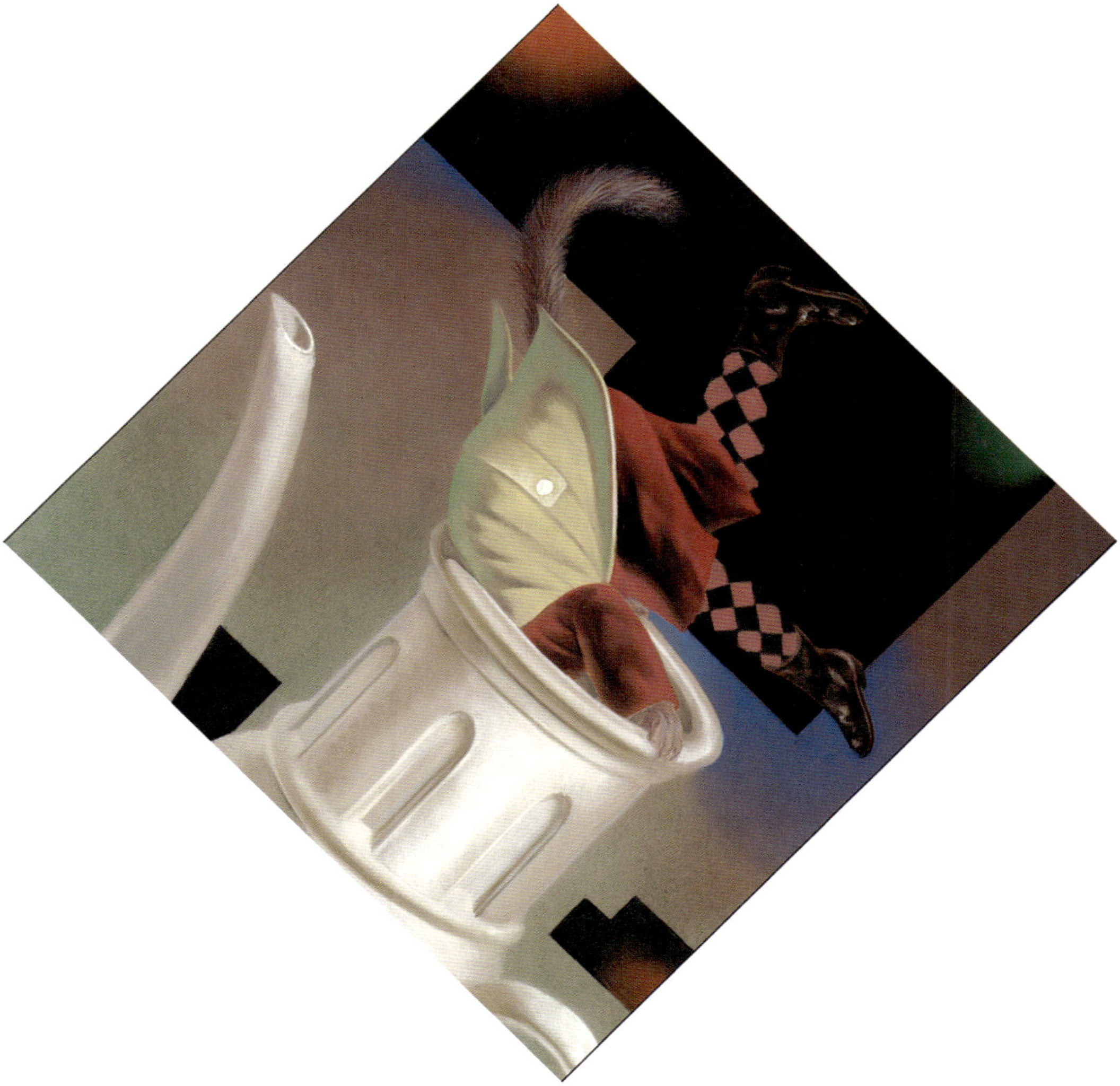

第8章 クイーンのクローケー試合

　お庭の入口近くに一本、大きなバラの木が立っておりました。その木がつけたバラの花は白いバラだったのですが、庭師が三人、この木にかかりきりになって、一生懸命、ペンキで花を赤く塗ろうとしていました。ふしぎなことをするものだと思ったアリスは、近付いて行ってよく見ようと思いました。近くに行ってみると、一人がこう言うのが聞こえました。「なにやってんだよ、5《ファイヴ》！、そんなふうにペンキをこっちにはねるなよ！」

「しょうがねえだろ」と、ぶすっと答えたのが5のようです。「7《セヴン》がひじをつっつくんだ」

　こう言われたのが7らしく、きっと上を見あげると言います。「ああ、そうかそうか！　そうやっていつも人のせいにするがいいや！」

「そんな口たたけるのも今のうちさ！」と5。「ほんのきのうのこと、おまえの首を切るとおきさきが言ってたの、聞いたぜ」

「何の罪だい？」最初に口をきいたのが、言います。

「おまえのしったこっちゃねえだろ、2《ツー》！」と7。

「そう、知ったことなのはこいつなんだ！」と5。

「いいか――料理番のとこへタマネギじゃなくてチューリップの根を持っていった罪だ」

　7は思わず手から刷毛《はけ》を落としました。そして「なにもよりによってそんな罪で――」と言いかけたところで、立って見ていたアリスと目が合い、言葉がとぎれましたから、他の二人もあたりを見回し、そして三人とも、深々とお辞儀をしました。

「あのお、みなさんはどうして」と、おずおずとアリスはたずねました、「バラにペンキなんか塗ってるんです？」

　7と5は何も言わずに2を見ました。2が低い声で言いました。「そうさな、お嬢さん、ここにゃあ赤いバラの木がなきゃいけなかったのになあ、わしらまちがえて白いバラを植えちまったでな、このまっ赤なにせものがおきさき様に見つかりでもしたら、わしらみんな首を切られてしまうんだ。だからさ、お嬢さん、わしゃ、おきさき様の来ないうちに何とかして――」この時、心配そうに庭の向こうを見やっていた5が大声で呼ばわりました。「おきさき様だ！　おきさき様が来た！」三人はたちまち、顔を地面にすりつけて、その場にへいつくばりました。たくさんの足音が聞こえてきました。アリスはおきさき様の姿を見ようときょろきょろとしていました。

まず十人の兵隊が、手に棍棒《こんぼう》を持って現われました。みな長く平べったく、手足が体の隅についていて、三人の庭師とそっくりです。次には廷臣が十人。全身を金剛石《ダイア》で飾り立て、兵隊と同じように二人一組で歩いてきました。そのうしろはキングの一家で、全部で十人。小さなお子たちも二人ずつ手をとり合い、とびはねながら楽しそうにやってきましたが、ハートが御紋でありました。その次にはキングやクィーンら、客たちがやって来ましたが、見ればその中にあの白うさぎがいるではありませんか。うさぎは神経質そうにせかせかとしゃべり、相手に何を言われても愛想笑いを浮かべ、アリスに気付かないで通りすぎて行きました。それから、深紅のビロードのクッションに王冠をのせて運ぶハートのジャックがやって来、そしてこの大行列の最後にハートのキングとハートのクィーンがやって来ました。

アリスは庭師たちにならって頭《ず》をさげ平伏した方がよいかとも思いましたが、行列に出会ったら必ずそうするというきまりがあったようにも思えません。「それにしよ、みんなが下向いて土下座《どげざ》して」と彼女は思います、「だれも見る人がいないいんじゃ、行列する方もはりあいがないわよねっ」そこでアリスはつっ立ったま、行列が来るのを待っていました。

行列がアリスのまん前にまで来ると、行列のだれもが足を止めて、アリスを見つめました。そしてクィーンがきびしい口調で、「この者は何じゃ」と言われました。クィーンにそうたずねられたハートのジャックは、ただ頭をさげ、答える代わりににっこり笑うばかり。

「うつけが！」いらいらして頭をつんとそらすと、クィーンは言いました。そしてアリスの方を向いて、「そこな子供、名は何と言う？」

「アリスと申します、おきさき様」と、とてもていねいにアリスは答えました。で、心の中では「なによっ、ただのトランプのくせして。ちっともこわくなんかないわよ」とひとりごちたわけですね。

「では、この者たちは？」と、バラの木のまわりでへいつくばっていた三人の庭師を指さしてクィーンは申されました。なにしろ顔は伏せていますし、背中の模様はトランプの残りのものどもとどこもちがいませんから、庭師だか兵隊だか、御家来衆だか、ご自分のお子たちのうち三人なんだか、クィーンにはさっぱりわかりにはなりません。

「私にどうしてわかりますの」と言いながら、アリスは自分の度胸の良さに自分でもびっくりしました。「私の知ったことではありません」

クィーンは満面まっ赤になってお怒りになり、一瞬

2
2
6
7
6a
7a
Rosa Campanulata alba. Rosier Campanulé

けもののような目でアリスをにらみつけたかと思うと、大声でお叫びになりました。「この者の首を切れ！　この者の――」

「ばっかばかしい！」と、アリスはとても大きな声できっぱりと言いました。クィーンは黙っておしまいになりました。

　キングが手をクィーンの腕にのせると、おずおずと申されました。「なあ、奥や、よう見てみい。相手は年端《としは》もいかぬ子供じゃないか！」

　クィーンはキングからぷいと顔をそむけると、ジャックに向かって申されました。「この者らを引っくり返せっ！」

　ジャックはとても注意深く、片足でそのようにしました。

「起きるのじゃっ！」と、クィーンがかん高い大きな声で呼ばわられましたので、三人の庭師たちはとび上がり、キングやクィーンや王家のお子たち、とにかくだれにでもぺこぺこ、ぺこぺこし始めました。

「やめるのじゃっ！」と、クィーンはどなりました。「くらくらするわいっ」そしてバラの木の方を向いて、「おまえたち、今までここで何をしておった？」とたずねられました。

「お、おおそれながら、へ、へ、陛下に申しあげます」とてもおどおどとそう言ったのは2でしたが、言いながらひざ折りのお辞儀をしていました。「わたしども、一生懸命に――」

「ふん、わらわにはわかりましたぞ！」バラを調べておられたクィーンが申されました。「こ奴らの首を切れ！」そして行列は先に進んでいきました。三人の兵隊があとに残って、かわいそうな庭師たちを処刑しようとしましたが、庭師たちはアリスのところに走り寄って助けを求めました。

「首なんか切らせるもんですか！」とアリスは言って、近くにあった大きな植木鉢の中に三人を押しこめました。三人の兵隊は一、二分そこらを走り回って庭師たちをさがしておりましたが、あきらめて行列のあとを追って行きました。

「奴らを打ってしまいましたか？」と、クィーンが大声で申されました。

「逃げを打ってしまいました、陛下！」と、兵隊たちは大声で答えました。

「よろしい！」と、クィーンは申されました。「ときに、クローケーはやるのかえ？」

　兵隊たちは何も言わず、アリスを見つめます。アリスに向けられた質問だったのです。

「やりますっ！」と、アリスは大声で答えました。

「なら、来やれ！」とクィーンはお吼《ほ》えになり、アリスはどうなるんだろうとどきどきしながら行列に加わりました。

「そのお――なんと言うか、実に良いお日柄で！」おずおずした声がそばで言いました。いつの間にか白うさぎと並んで歩いており、相手は不安げにアリスの顔をのぞき込んでおりました。

「ほんとにいい天気ね」とアリス、「で、公爵夫人はどこ？」

「シッ！　シッ！」と、あわてたうさぎが声を落として言いました。言いながらアリスの肩ごしにあたりをきょろきょろし、つま先立ちして伸びあがるとアリスに小声で耳うちしました。「彼女は死刑の宣告を受けてるんです」

「何でだかしら？」とアリス。

「なみだが出た目がしら、だって？」とうさぎ。

「何のことよ」とアリス。「別になみだなんかでないわ。なんでかしら、って言っただけ」

「おきさき様のお耳をぶってしまって――」とうさぎは話しだしました。アリスは思わず小さな声を上げました。「シーッ！」と、うさぎがこわそうに小声でたしなめます。「おきさき様に聞かれてしまうじゃないか！　公爵夫人がひどく遅れて来たら、そしたらおきさき様が大声で――」

「位置につきゃれ！」雷みたいな大声でクィーンが申され、人々はころびまろびつあらゆる方角に走りだしましたが、一、二分もするとみな位置につき、そして競技が始まりました。

　アリスはこんなふしぎなクローケーの試合、見たことがないと思いました。うねだらけ、あぜだらけの上、球は生きたハリネズミ、槌《つち》は同じく生きたフラミンゴで、球が通る門は兵隊たちが身を丸め、四つんばいになってつくっておりました。

　アリスがまず直面した難問はフラミンゴをどうあつかうかということでした。首が下にたれるようにしてその体をぐあいよく腕に抱えこんだまではよかったのですが、首をうまく伸ばさせ、その頭でいよいよハリネズミを打とうとする段になると、鳥はぐっと首を曲げ、アリスの顔をしげしげと見るのです。その困ったような顔を見て、アリスは吹きださないわけにいきませんでした。首をさげてもらい、さて今度こそと思えば、今度はハリネズミの方が体を丸めるのをやめて逃げだそうとしていました。それに第一、アリスがハリネズミの球をどこへ飛ばそうと思っても、そちらには大体うねかあぜがありましたし、四つんばいの兵隊たちはいつも立ちあがってはとことこと別のところに歩いて行ってしまうのです。とってもむつかしい競技なんだ、とアリスは思いました。

　順番なんか待たずに皆いっせいに競技し始め、言い合いも絶えず、ハリネズミのとりっこも絶えません。クィーンはすぐに怒り狂われ、地団太《じだんだ》をふみながら、一分に一度は「この者の首を切れ！」「きゃつの首を切れ！」と大騒ぎしておられました。

　アリスはとても心配になってきました。そりゃあ今

のところは別にクィーンとぶつかってはいません。でもいつそういうことにならないとも限りません。「そうなったら」とアリスは思いました、「私、どうなっちゃうのかしら？　ここの人たち、首切るのとっても好きみたいだし。生きている人がいるのがふしぎなくらい！」

逃げるところはないかきょろきょろし、人目につかずに逃げだせそうかどうだか考えていますと、空にふしぎなものがあるのに気付きました。最初は何だかまったくわかりませんでしたが、一、二分見つめておりますとそれがにやにや笑いであることがわかりました。「チェシャー猫だわ。やっと話し相手が見つかりそう」と、彼女はひとりごとを言いました。

「いい具合かい？」言葉が出せるくらいに口が現われたとたん、猫が言いました。

アリスは相手の目が現われると、うなずいて見せました。「片方でも耳が出てこないうちは」とアリスは考えました、「話しかけてもむだだもの」。一分もすると顔全体が現われましたから、アリスはフラミンゴを下におろし、話し相手ができたのがうれしくてたまらず、早速競技の話を始めました。猫の方でももう十分に姿を現わしたものと思ったか、それ以上には現われませんでした。

「ちゃんとした試合なんて言えたものじゃないわ」と、ぷりぷりしてアリスは言い始めました。「もう口論

ばっかりで、自分の声だって聞こえないくらい――何か特別なルールもなさそうだし。あったとしても、どうせだれも守りなんかしないでしょうしね――第一、道具がみんな生きているとどんなにやりにくいか、わかる？　なにしろ、次に打ち抜けなくちゃならない柱門が向こうの都合《つごう》で歩きまわっちゃうしね――今だって、クィーンのハリネズミをはじきとばせるところだったのに、私が来るのを見て逃げ出したんだから！」

「クィーンはどうだい？」と、低い声で猫が言いました。

「さあね」とアリス。「ちょっとどうしようもないー―」と言ったところで、そのクィーンがすぐうしろに来て、聞き耳をたてているのに気付いたので、「――くらい勝ちっぱなしになられているので、最後まで競技しても仕方ないほどよ」

クィーンはにっこりお笑いになると、また向こうに行ってしまわれました。

「そもそもだれに話しかけておるのじゃな？」と、アリスのそばにやってきて、キングが言いました。猫の顔をふしぎでたまらない様子で見ておられます。

「私のお友達の――チェシャー猫さんです」とアリス、「ご紹介申しあげます」

「どうも好きにはなれん顔だが」とキング、「予の手に接吻したいとあらば、別段苦しうないぞ」

「ご遠慮申しますよ」と猫が言いました。

「無礼者めが」とキングは申されました。「予《よ》をかようじろじろ見るのは当たらん！」そう申されながら王様はアリスのうしろに姿をお隠しになりました。

「猫も歩けば王に当たる」とアリス、「とか、どこかの本に出ていました。何の本か忘れちゃいましたけど」。

「何でもよい、とにかくあいつをどけさせるぞ」とてもきっぱりとそう申されますと、キングはちょうど通りがかりのクィーンに声をおかけになりました。「奥や、この猫がどくようにさせてくれんか！」

大問題であろうと小問題であろうと、クィーンの解決法はひとつです。「首を切れ！」まわりを見もしないで、クィーンはそう申されました。

「首切り役人は予がつれてまいる」キングは熱心にそう申されると、いそいでどこかに歩いて行かれました。

アリスは、クィーンが怒り狂って叫ばれる声が遠くでしてきましたので、競技に戻って様子を見なくては、と思いました。順番をまちがえたといってクィーンが死刑宣告をした競技者がすでに三人にのぼっておりましたし、それになにしろ大混乱の試合で、もう自分の順番なのかどうかさえよくはわからなくなっていましたから、まずいなとは思っていたのです。アリスは自分のハリネズミをさがしに行きました。

アリスのハリネズミは別のハリネズミとけんかのまっ最中でしたから、一方でもう一方をはじきとばす絶好のチャンスだとアリスは思いました。たったひとつ、彼女のフラミンゴが庭の向こう側へ行ってしまっていることが問題でした。フラミンゴは木にとびあがろうと、むなしくがんばっておりました。

フラミンゴを抱えて戻ってきてみると、もうけんかは終っていて、ハリネズミは二匹ともいなくなっていました。「でもまあ、いいわ」とアリスは思いました、「どうせこちら側には柱門だってひとつもなくなっちゃってるんだから」そこでアリスは、鳥がまた逃げださないようにしっかりと抱えると、友だちともう少ししゃべろうと思って戻ってきたのでした。

アリスがチェシャー―猫のところに戻ってみますと、驚いたことに猫のまわりに大変な人だかりができておりました。首切り役人とキングとクィーンが言い争っていて、三人が一度に何か言っておりました。ほかの人々は押し黙って、とても居心地悪そうでした。

アリスの姿を見ると、三人はアリスに問題の決着をせまり、それぞれの言い分をアリスに聞かせたのですが、なにしろ三人が三人、いっぺんにしゃべるものですから、何を言っているのか、なかなかわかりませんでした。

首切り役人は、それから首を切り落とすべき体がない以上、首を切ったことにはならないし、過去にそのようなことをしなければならなかったこともないし、自分の代にそのようなことが始まったと言われたくはない、と言いはりました。

3

キングは、ともあれ首はあるのだから切ることはできるはずだ、世迷《よま》いごとを言うでない、と申されました。

　クィーンは、すぐ何か手を打たないのなら全員処刑だと申されました（このことばを聞いて、そこにいた全員の顔つきがとても暗く、不安げになりました）。

　アリスはやっとひとこと、「これは公爵夫人の猫です。あの方におたずねになってはどうでしょう」と言ってみました。

「ありゃ、獄《ごく》におる」と、クィーンは首切り役人に申されました。「引き立てて来や！」そして首切り役人は脱兎《だっと》のようにかけて行きました。

　役人が消えた頃には猫の首は消え始めておりました。そして役人が公爵夫人をつれて戻ってきたときには、もうにゃんのかたちもありませんでした。その姿をさがしてキングと首切り役人がそこいらじゅう走り回っているのを尻目に、残りの人々は競技に戻って行ったのでした。

第9章 似而《にせ》海亀は語った

「また会えてとってもうれしいわ！」公爵夫人は腕を本当にうれしそうにアリスの腕にからませながら、そう言いました。それから二人して歩きだしました。

　アリスは公爵夫人がとてもほがらかそうなので大いにほっとし、あのお台所で会ったときすごく怒りっぽかったのはきっとコショウのせいだったんだわと、ひとりごとを言いました。

「私がどこかの公爵夫人なら」と、ひとりごとは続きます（もっとも、そんなものになるの、まっぴらという口調でしたが）、「台所にコショウなんか絶対置かないわ。スープにコショウいらないもの――そうだ、きっとコショウがあるから世の中、故障だらけなんだ」と、今まで知られていなかった法則を見つけたのがうれしくてたまらず、アリスは続けました。「お酢をあげれば失敗《すっぱい》ばかり――カミルレあげるとかみついてばかり――甘ったれ子にしたけりゃ、飴《あめ》あげる。大人はこのこと、もっと知っとくべきね。景気よくどんどん飴あげて、いとおかし！　ってわけよ――」

　公爵夫人のことなどそっちのけでしたから、耳のそばで公爵夫人が話しかけてきたとき、アリスはびっくりしてわれに返りました。「あなた、何か考えごとをしているのね、お嬢ちゃん、それでおしゃべりの方を忘れたのね。このことの教訓はすぐには出てきませんけれど、まあじきに出てくるわ」

「別に教訓なんてないと思うわ」アリスは思いきって言いました。

「それはちがうわね、お嬢ちゃん！」と公爵夫人は言いました。「見つけることさえできれば、何にだって教訓はあるのよ」言いながら公爵夫人はますます身をすりつけてきます。

　アリスはこんなにくっつかれているのがあまり気持ちよくありませんでした。なんといっても公爵夫人がとても醜かったからですし、それから相手が顎《あご》をアリスの肩にのせるにちょうどよい背丈で、しかもその小さなとがり顎が食いこんで痛かったからです。でも、失礼になってはと思って、できるだけ我慢していました。

「試合の方、ずい分もりあがっているようですね」話の継ぎ穂をさがしてアリスが言います。

「そのようねえ」と公爵夫人。「それで教訓――『おお、愛、愛こそはなべて世を廻らせるもの！』ですよ」。

「だれかもそんなこと言ってませんでしたか」と、アリスが小声で言います。「みんなが、他人のことにお節介さえ焼かなかったら、って」

「そう、大体同じことだわねえ」と公爵夫人は言いました。そして、とがり顎をアリスの肩にもっと食いこませながらこうつけ加えました。「そうね、そのことの教訓――『意味に意を用いよ、さらば音は音みずから身を処さん』」

「よっぽど教訓見つけが好きなのね！」とアリスはひとりごとを言いました。

「どうしてあなたの体を抱きしめないか、ふしぎでしょう」少し間があってから、公爵夫人が言いました。「あなたのフラミンゴさんのごきげんが悪いんじゃないかと思ったものですから。やってみていいかしら？」

「つんつんつつかれるかもしれませんよ」と、アリスは用心深く言いましたが、やってみてほしくなんかなかったからです。

「そうだわね」と公爵夫人。「フラミンゴもカラシもつんつんくる。それで教訓――『同鳥、あい集《つど》う』」

「でもカラシは鳥じゃありません」とアリスは言いました。

「そうね。さすがだわ」と公爵夫人、「あなた、本当にはっきりものを分けるのねえ！」

「カラシは鉱物、ですよねえ」とアリス。

「その通り」と公爵夫人は言いました。アリスの言うことにはみんな賛成というふうに見えます「たしかこの近くにもカラシ採掘の大きな鉱山《やま》があるわ。それで教訓――『こちら山くりゃ、そちら谷』」

「ああ、そうだ！」相手の最後のことばは聞かぬふりをして、アリスが大声で言いました、「カラシは植物だわ。そんなふうには見えないけど、そうなんだわ」

「まさしくそうね」と公爵夫人。「それで教訓――『われがそうありつづけてきたところが他人にはそれ以外のものと見えるかもしれないところと、われがそうであった、もしくはそうであったかもしれないところとちがわないと他人に見えるかもしれないところとちがった自分であるなどと、ゆめゆめ考えることなかれ』」

「字で書いてみれば」と、アリスは丁重に言いました、「もっとよくわかるのかもしれないけど、聞いてるだけではとても、とても」

「なんのこれしき。やれと言うのなら、私、もっとできますよ」うれしそうに公爵夫人は言いました。

「ご面倒でしょうし、長いの、もうけっこうですよ」とアリス。

「面倒だなんて、そんなことといいのよ」と公爵夫人。「私が言ってきたこと、どれでもプレゼントにあげていいと思っているくらいだから」

「安上がりなプレゼントねっ！」とアリスは思いました、「誕生日にもらうプレゼントがこんなんだったら、うんざりよね！」さすがに声に出して言う勇気はありません。


「また考えごとですか？」と公爵夫入。小さなとがり顎がまたぐいぐいと食いこんできます。

「私にも考えごとする権利ぐらいあるでしょ」と、少しわずらわしくなってきてアリスは、きつい口調で言いました。

「同じようにブタにも」と公爵夫人、「空飛ぶ権利ぐらいありますよ。それで教――」

アリスは本当にびっくりしてしまったのですが、大好きな「教訓」ということばも言い終らぬまま、公爵夫人は口をつぐんでしまい、その腕はアリスの腕の中でぶるぶるふるえ始めたのでした。アリスが目を上げてみますと、クィーンが腕を組み、雷雲みたいに険しい様子で立っておられたのでした。

「お日柄もうるわしゅう、陛下」と、低いかぼそい声で公爵夫人は言いました。

「よいか、聞くが身のためぞ」と地団太踏みながら、クィーンが大声で申されます。「逃げ切るか、首切るかぞ、しかも即刻も即刻にじゃ！　どちらとも勝手にせい！」

公爵夫人は一も二もなく勝手にして、あっという間に逃げ切りました。

「試合続行じゃ」と、クィーンはアリスに申されました。アリスはこわくて何も言えませんでしたが、クィーンについてゆっくりとクローケー場に戻って行

きました。

他の客たちはクィーンのおられないことをよいことに木陰でくつろいでおりましたが、クィーンの姿が見えたとたんあわてて競技に戻りました。少しでももたもたしてると命はないぞ、とクィーンはただそれだけ申されました。

競技の間じゅう、クィーンは他の競技者と言い争いしては「この者の首を切れ！」とか「きゃつの首を切れ！」とか言い続けておられました。首切り宣告された者を捕えておくのは兵隊たちの仕事でしたから、彼らはそのため、クローケーの柱門の役をやめなければならなくなりました。それで半時間ほどもすると、柱門はひとつもなく、キング、クィーン、そしてアリスを除いて、競技者全員が死刑宣告を受けてつかまってしまっておりました。

やがてクィーンは、息を切らせて競技をおやめになると、アリスに申されました。「ときに、似而《にせ》海亀を見たことはあるかいの？」

「いいえ」とアリス。「見当もつきません」

「似而海亀スープはこいつからつくるわけじゃ」とクィーン。

「見たことも聞いたこともありません」とアリスは言いました。

「なら、来やれ！」とクィーン、「当人から話を聞くがよい」。

そこで一同歩き始めました。アリスはキングが低い声でだれかれにとなく「みな無罪放免じゃ」と申されているのを耳にしました。「そうよ、絶対そうこなっくちゃ！」

クィーンがお命じになった首切りの数にすっかりうんざりしていたアリスは、思わずそうひとりごちたのでありました。

すぐに、ひなたでぐっすり寝ている懼龍犇《グリュホン》に出くわしました（どういうものかわからないのなら、挿絵をごらんください）。「起きるのじゃ、このぐうたら者が！」とクィーンが申されました。「そしてこの娘ごを似而海亀のところに連れて行き、きゃつに話をさせるのじゃ。命じてある死刑を見とどけてから、わらわも行くほどに」そう申されると、クィーンは戻って行かれましたので、あとにはアリスと懼龍犇だけが残されていました。アリスは相手の姿かたちがあまり好きにはなれませんでしたが、危険ということならこのけものと一緒にいるのも、クィーンについて行くのもそう変わらないと思って、待つことにしました。

懼龍犇は目をさまし、目をこすると、クィーンの姿が見えなくなるまで見ておりましたが、やがて「呵々々《かかか》……！」と笑うと、「怪《け》ッ体じゃあねえか！」と、アリスに話しかけるでもなく、ひとりごとでもなくもらしました。

「何がですか？」とアリス。

「何がッて、あの女がさ」と懼龍犇。「みんなあいつの妄想なんだ。首切られる奴はいない。来いよ！」

「ここじゃ、みんな『来やれ』とか『来いよ』ばっかりね」と、ゆっくりついて行きながらアリスは思いました。「こんなに命令されてばっかりなの、生まれて初めて！」

それほど行かないうち、遠くに似而海亀のひとりぼっち寂しそうに岩の小さな出っぱりにすわっている姿が見えました。そしてもっと近付いていくと、彼が胸も裂けよと深いため息をもらすのが聞こえてきました。アリスはとてもかわいそうになりました。「何がそんなにつらいのかしら？」と、アリスは懼龍犇に聞きました。懼龍犇はほとんど前にしたのと同じ返事をしました。「みんなこいつの妄想なんだ。悲しいことなんか、ありゃしないのさ。来いよ！」

こうして二人が似而海亀のところにたどりつきますと、相手は涙をいっぱいためた大きな目でじっと二人を見つめましたが、何も口には出しませんでした。

「ここなお嬢ちゃんが、あんたの身上話をお聞きになりたいんだとよ」

「そりゃあ、喜んで」深い、くぐもったような声で似而海亀は言いました。「じゃ二人とも腰をおろしてください。話が終るまで、ひとことも言わないようにたのみます」

そこで二人は腰をおろしましたが、何分もの間、口をひらく者がおりませんでした。「話が終るまでと言ったって、始めなきゃはなしにならないわよね」とアリスはひとりごとを言いましたが、とにかくじっと待っておりました。

「そのむかし」と、やっと似而海亀は深いため息とともに話し始めました。「わたくし、本ものの海亀だったのです」

それっきり、長い沈黙。時々、なにに感動したのか、懼龍犇が「百苦縷々《るる》……」という声、そして似而海亀ときたらとにかくたえまなくすすり泣くばかり。アリスはいっそ立ちあがって、「面白い話、どうもありがとう」と言ってやろうかとも思いましたが、どう見てももっと話は先がなきゃおかしいし、結局じっとすわったまま、何も言いませんでした。

「わたくしども、まだ小亀だった時分」やっと似而海亀が、少しは落ちついたか、でもやっぱり時々には少しすすり泣きながら、話を続けます。「わたくしどもは海の学校に行ったものです。ウミガメ先生の学校です――もっとも、わたくしども、ゼニガメ先生と呼んでおりましたが」

「ウミガメなのに、どうしてまたゼニガメ先生なんて呼んだの？」

「ゼニとってガメつく教えるからにきまってるでしょう」と、似而海亀がぷりぷりして言いました。「あんた、ほんとに頭悪いね！」

「そんなばかみたいなこと聞いて、恥ずかしくないのかい」と懼龍犇も加わり、二人とも黙ってすわったまま、かわいそうなアリスを見つめるので、アリスは穴があったら入りたい気持ちでした。やっと懼龍犇が口をひらくと、似而海亀に「さあ、やった、やった！　このままじゃ一日かかるぜ！」と言いましたので、話はこんなふうに続いていきました――

「さよう、わたくしどもは海の学校に行ったものです。と言っても、あなた信じないんでしょうけど――」

「信じないなんて一度も言ってません」と、相手をさえぎってアリスは言いました。

「ほら、信じないって、今も言ったじゃないか」と似而海亀。

「うるさいなっ！」と、アリスが口をひらく前に懼龍犇が言い足しました。似而海亀は話します。

「最高の教育を受けたのです――わたくし、毎日通いまして――」

「わたしだって毎日行ったわ」とアリス。「そんなことでいばることないと思うけどな」

「正価の外には？」少し不安になって、似而海亀が聞きました。

「正課外には」とアリス。「フランス語と音楽」

「洗濯は？」似而海亀。

「ないわよ、そんなの！」ぷりぷりしてアリスは言いました。


「ははん！　それじゃ真に良き学校とは言えません」と、大いにほっとして似而海亀は言いました。「それでわたしどもの学校ですが、請求書の終りにちゃんとありました、『フランス語、音楽そして洗濯――正価外割増し料金別個に大枚申し受け候』とね」

「海の底じゃあ」とアリス、「洗濯の必要なんてなかったんじゃないの？」

「とにかく御足《おあし》ない身ではたいまいはたけず」と、ため息まじりに似而海亀、「鼈甲《べっこう》は無理でした」

「じゃあ、とった科目は何？」と、アリスがたずねます。

「むろん手はじめに習ったのは、酔身《よいみ》方、恥掻《か》き方に」と似而海亀、「それからお算用は、やりたし算、腰引け算、面目欠き算そして恰好わりい算と進むんです」

「『メンボグカキ算』っていうのは知らないけど」と、アリスは思い切って聞いてみました、「どんなものですか？」

　懼龍犇は驚いたように両前足を上げ、「知らないって、まさしく面目まるつぶれだ！」と大声で叫びました。「面目一新って、知ってるだろ？」

「はい」と答えながらも、アリスは自信がありません。「それって――何かを――こう――きれいに――することですよね」

「そうだ。それがわかってて」と懼龍犇、「面目欠き算がわからないなんて、どうしょうもない間抜けだな」

　アリスはもう立つ瀬がなくて、それ以上そのことをたずねるのをよしました。そして似而海亀の方を向くと、「他にどんな科目をやったの？」と聞きました。

「そうだね、ええと、瀝秘学でしょう」と、前びれで科目を数えながら、似而海亀は答えました。「そう、古代秘に現代秘、それに海理学と鰻画ですね――鰻画は年よりのアナゴ先生で週に一度やってきました。彼が教えてくれたのは粗暴画、斜勢画、それから脂餌《あぶらえ》巻《ま》きでした」

「それ、どういうのだったんです？」とアリス。

「わたしには見せてあげられない」と似而海亀。「すっかり体がかたくなっちゃって。といって、懼龍犇は習っちゃいないし」

「ひまがなかったんだよ」と懼龍犇。「こっちは古癲《こてん》の先生のところに通ってたんだ。年とったカニ先生のところだ」

「わたしは行っていない」と、似而海亀がため息をつきました。「あの先生はなんでも、笑羅典《わらってん》語と義理遮《ぎりしゃ》語を教えていたらしいね」

「そう、そう、そうなんだ」と懼龍犇もため息をつき返しました。そして二つの生き物とも、両前足で顔をおおってしまいました。

「それで一日に何時間くらいのお稽古でしたの？」と、あわてて話題を変えようとしてアリスは言いました。

「一日目は十時間」と似而海亀。「そして二日目は九時間、というぐあいでした」

「変な時間割！」と、アリスは大声で言いました。

「だからしてお軽古と言うわけだ」と懼龍犇。「毎日減って古びていくんだからな」

　これはアリスは初めて聞くことでしたから、少し考えてから、こう言いました。「すると、十一日目はお休みだったはずよね？」

「もちろんです」と似而海亀。

「じゃあ、十二日はどうしたの？」と、アリスは熱心に聞き続けました。

「勉強、勉強って、もうたくさんだ」と、懼龍犇がきっぱりとした口調で割って入りました。「今度は何かゲームの話でも聞かせてやれよ」

第10章 ロブスターのカドリール

似而《にせ》海亀はひとつ深いため息をつくと、前ひれ足の甲で目がしらをぬぐいました。アリスを見つめ、何か言おうとはするのですが、一、二分の間、ひたすらすすり泣くばかりで声をつまらせておりました。「まるで骨を喉につまらせちゃったみたいだな」懼龍犇《グリュホン》は言うと、似而海亀の体をゆすぶり、背中をとんとん叩いてやりました。似而海亀はやっと声が戻ると、はらはらと頬に涙をつたわせながら、またしゃべり始めたのでした――

「きみ、海の底で長く暮らしたことはないでしょうし」(「ないわ」とアリス)「ロブスターには引き合わせてもらったことさえないでしょうから」(一度食べて――と言いかけたアリス、あわてて口をつぐみ、「ええ、そう、一度も」と言いました)「ロブスターのカドリールがどんなに楽しい踊りか、知らないでしょう!」「知らないわ」とアリス。「どんな踊りなの、それ?」

「そうだな」と懼龍犇、「まずは、海岸ぞいに一列に並んで――」

「二列ですよ」と似而海亀。「アザラシ、海亀、鮭、といったふうです。それからクラゲをみんな追っぱらいまして――」

「これがまた時間をとるわけだ」と懼龍犇が口をはさみます。

「――二度進み――」

「二度とも相手はロブスターだ!」と懼龍犇が大声をあげます。

「もちろんです」と似而海亀。「二度進んで、御対面――」

「――それからロブスターを替えて、同じ順序でうしろにさがる」と懼龍犇が続けます。

「そうしておいて」と似而海亀、「ロブスターたちを――」

「投げるっ!」叫びながら、懼龍犇は宙にとび上がります。

「――できるだけ遠くに――」

「あとを泳いでいく!」と懼龍犇は絶叫します。

「海でとんぼ切る!」似而海亀も叫ぶと、あたりをとびはねます。

「ロブスターをまた替える!」懼龍犇が声の限りに叫

びます。

「そしてまた戻ってくると――それで最初の踊りはおしまい」と似而海亀は突然声を落として、言いました。そして、ずっと狂ったようにとびはねていたふたつの生き物はまたしょんぼり、静かに腰をおろすと、アリスを見つめました。

「なんだか、とても楽しそうな踊りね」と、アリスがおずおず口をひらきます。

「ちょっとなら見たいですか？」と似而海亀。

「ええ、とっても」とアリス。

「じゃ最初の踊り、やってみようよ！」と、似而海亀が懼龍犇に言いました。「ロブスターがいなくたって大丈夫だよ。どっちが歌おうか」

「そりゃ、そっちだよ」と懼龍犇。「おれ、みんな忘れちゃった」

　そこで二匹はアリスのまわりをぐるぐると、大まじめに踊り始めましたが、近くに寄りすぎてはアリスの足を踏んづけたり、前ひれ足を振って拍子をとったりしました。そしてその間じゅう、似而海亀はとてもゆっくりと、悲しげにこんな歌を歌いました――

「もっとはやには歩めんか」ある日カタツムリに
　　ニシン言う、
「うしろにイルカくっついておいらのしっぽ踏ん
　　でいる」

「みるがえい！　エビとカメのふかりしてたかぶ
　　り進むあのさんま！
しゃりのきす辺《べ》で待つさばを――さあさ踊りに入
　　らんか、
入る、入らぬ、入る、入らぬ、さあさいっしょ
　　に入らんか、
入る、入らぬ、入る、入らぬ、さあさいっしょ
　　に入らんか

「抱かれいて海に投げられ　エビとむつんでうに
　　ん中
いかにこれがたのしいか　知いらのきみなどもう
　　まっぴら」
「遠い、遠い」とカタツムリ　にべなく言っては
　　たを見た
ありがたいとは言わしても　こはだに合わびとさ
　　かなで返事だ
入る、入れぬ、入る、入れぬ、さあて踊りにゃ
入れない、
入る、入れぬ、入る、入れぬ、さあて踊りにゃ
入れない

「遠くに行くのがはぜこわい」うろこの友だち答
　　えます
「向こうにゃ向こうの岸がある　たれもみんな

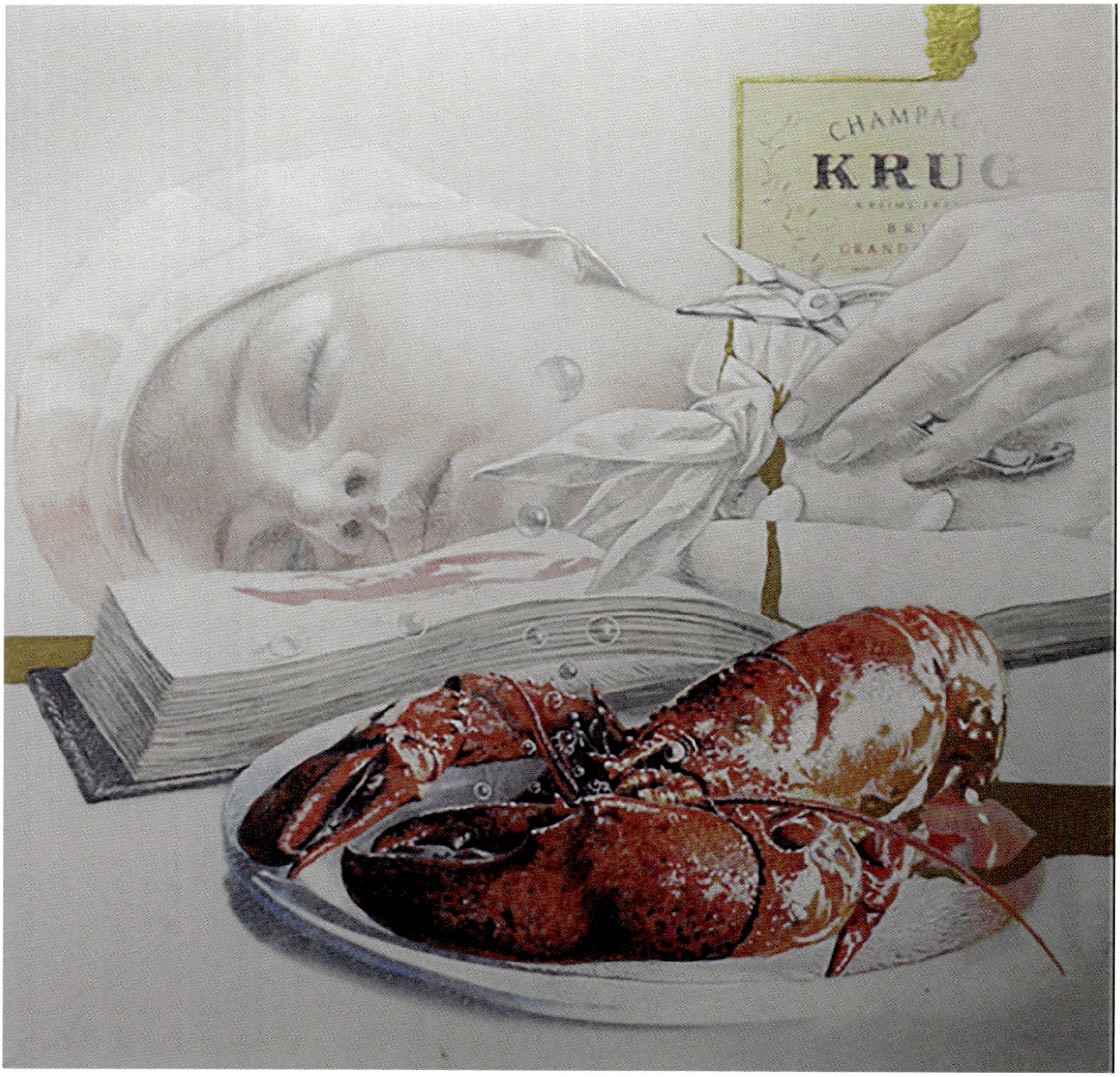
KRUG

知っている

こちの英国はなれたら　さより仏蘭西近くならあ
勇気おこぜよカタツムリ、さあさ踊りに入らんか、
入る、入らぬ、入る、入らぬ、さあさいっしょ
に入らんか、
入る、入らぬ、入る、入らぬ、さあさいっしょ
に入らんか」

「どうもありがとう、見ててとっても面白い踊りだったわ」と、やっと終ったのでとてもほっとしてアリスは言いました。「それからニシンの変なお歌もとっても好き！」

「牛《もう》っ！　きみ、ニシンニシンと言うけど」と似而海亀、「今までにもちろん見たことはあるんだろうね？」

「あるわ」とアリス。「どこでよく見たかっと言えば、それは夕ごは――」と言って、ぐっとことばを呑みこみます。

「『ゆうごは』なんてどこにあるかは知らないけど」と似而海亀は言いました。「でもそんなによく見てるんじゃ、どんなぐあいかも、むろん知ってるだろう？」

「そうね」と、アリスは考えながら言いました。「しっぽをお口にくわえてて――粉まみれなの」

「粉っていうのはちがうね」と似而海亀、海に入れば粉なんて流れちゃうよ。だけど口にしっぽというのはその通り、理由もあってね、それは――」と言ったところで似而海亀はあくびして、目を閉じました。「お嬢ちゃんに、そのあたりの理由を話してあげてよ」と、似而海亀は懼龍犇に言いました。

「その訳は」と懼龍犇、「奴らはロブスターといっしょによく踊りに行ったものなんだ、そこで海に投げられて、ずい分長い間宙をとぶもんだから、口にしっかりしっぽをくわえたまではよかったが、二度と再び伸ばせない。とまあ、そういうわけだ」

「どうもありがとう」とアリスは言いました。「とても面白いお話ね。ニシンのことがやっと少しはわかってきたわ」

「ニシンのことならもっと教えてやれるんだがな」と懼龍犇が言います。「なんでミガキニシンと呼ぶか意味深だぜ」

「さあ、見当も」とアリス。「どうしてですか？」

「それで靴や長靴をみがくからさ」と、しかつめらしい顔をして懼龍犇は答えました。

アリスは頭がくらくらしました。「靴や長靴をみがくんです、って！」びっくりして思わず相手の言ったことを繰り返していました。

「じゃあ、あんたの靴は何でみがくのさ？」と懼龍犇、「つまり、何を使ってぴかぴかにするのかってこと」

アリスは目を落として靴を見、少し考えてから答えました。「靴ミガキよ」

「海の底じゃ靴も長靴も」と、深い声で懼龍犇は続け

ました、「ミガキニシンでよくふぐわけだ。さあ、これでわかっただろう」

「靴って海の底ではどうやってはくの？」興味にしんにしんのアリスが聞きます。

「靴だもの、あじにかますに決まってらい」と、いらいらした声で懼龍犇が答えます、「どんなざこでも知ってらあ」

「もし私がそのニシンだったらね」と、まだ歌のことを考えていたアリスが言いました、「イルカに『そこ、どいてよ！　いるか、って言われても、あんたなんかいらない！』って答えてやったわよ、きっと」

「だけど彼らには、いるんだ」と似而海亀。「どんな賢い魚でもイルカ抜きじゃどこにも行かない」

「ええっ、それ本当？」びっくりしてアリスが言いました。

「むろん、行かないさ」と似而海亀。「もし魚がぼくのところに来て、長旅してどこかに行きたいと言えば、ぼくだって『どうしてそこがいるか』って聞くにちがいないな」

「『目的』は、って、聞いてるわけね」とアリス。

「別に。『いるか』って聞いてるだけですよ」と、むっとした口調で似而海亀は言いました。それに懼龍犇が言い足して、「なあ、今度はあんたの冒険話を何か聞きたいなあ」

「私の話って、今朝からのでよかったらできないこともないんですけど」と、少しおずおずとアリスは言いました、「きのうにさかのぼっても仕方ないの。そのあと私、別人になってしまったから」


「牛《もう》っ！　わかるように説明してよ」と似而海亀。

「だめ、だめっ！　冒険が先」と、じりじりして懼龍犇が言います。「説明って奴は時間ばかりとっちまうんだ」

　そこでアリスは、彼女が白うさぎに出くわして始まった冒険の数々を語りだしました。最初のうちは、二つの生き物が両側からぐいぐい体を押しつけてきて、目も口もめいっぱい大きく開いているものですからアリスは少々どきどきしていましたが、話が進むにしたがって少しは落ちついてきました。聞いている方はほんとうに静かに聞いてくれていましたが、彼女がイモムシに『ウィリアムとっつぁん』の歌を暗誦しようとしたとき、ことばが全部ちがってしまっていたことを話すと、似而海亀は長いため息をもらし、「牛《もう》っ！　本当に変だ！」と言いました。

「ふむ、これ以上ないくらい変だ」と懼龍犇。

「ことばが全部ちがってるなんて！」似而海亀はもの思わしげに、アリスのことばを繰り返しました。「何か別のを暗誦してみてもらいたいな。お嬢ちゃんに、そう言ってよ」似而海亀は、まるで懼龍犇ならアリスに何でも言うことを聞かせられると思いこんでいるようでした。

「立って、『怠け者の声がする』を暗誦してみろよ」と懼龍犇は言いました。

「ここの生き物たちときたら、人に命令してばっかり、人に暗誦ばっかりさせるのね！」とアリスは思います。「これじゃすぐに学校にでも帰った方がましだわ」。でもアリスは立ちあがって暗誦し始めました。しかし頭はなにしろロブスターのカドリールのことでいっぱいでしたから、自分が何を暗誦しているかもよくわからず、まったくもって妙な文句がとび出してきたのです

――

「ロブスターの声がする、言っている、すました
　　耳に
『ちょいとこんがり焼きすぎだ、まぶさにゃなら
　　ん、砂糖を髪に
アヒルがまぶたでするように、鼻を使って
ベルトもボタンもちゃんとしめ、足指ひらくまで。
砂みな乾いている時にゃヒバリみたいにご陽気に
　　サメのことさえ馬鹿扱いに。
潮みちてサメがあがってくるにつれ
声はおずおず、ぶるぶるふるえ」

「子供の頃おれがおぼえてたのとはちがってるなあ」と懼龍犇。

「牛《もう》っ！　ぼくだってこんなの一度も聞いたことがない」と似而海亀。「ちょっとないほどのナンセンスだ」

アリスは何も言いませんでした。頬づえついてすわりつくしたまま、ほんとうに何もかもがまたちゃんと元通りになってくれるんだろうかと考えこんでいたのです。

「説明してもらいたいな」と似而海亀。

「この子にゃできない」と、あわてて懼龍犇が口をはさみます。「それより、別の歌をやっとくれよ」

「でも、ロブスターの足指のことだけど」と似而海亀は食いさがります。「鼻で足指がどうやれば開けるっていうんだい？」

「踊りのときの第一ポジションですよ」とアリスは言ったものの、何もかもがわけがわからなくて、話題を変えたくて仕方がありませんでした。

「別の歌をやっとくれ」と懼龍犇がくり返し催促しました。「『奴の庭を通りしな』で始まるのがいい」

アリスはいやだとは言えませんでしたが、どうせ文句がみんなちがってしまうにちがいないと思って、ふるえる声で始めました――

「奴の庭を通りしな片目で見たら
フクロウとヒョウがパイを食べていた。
ヒョウはパイ皮と肉汁と肉を食べ、
フクロウの分け前は皿ひとつだけ、
パイは残らず腹の中、フクロウ

みやげにスプーンもらう。
ヒョウはひとほえ、ナイフとフォーク手に
さてごちそうの仕上げとばかり――」

「そんなばかみたいなのばっかり暗誦して」と似而海亀がさえぎったのでした、「ちゃんと説明してくれないんじゃ、何にもならないよ。今までぼくが聞いたので、こんなにむちゃくちゃなの、初めてだ！」

「そうだな、おれももうやめた方がいいと思うがね」と懼龍犇。でも、やめられて一番ほっとしたのはきっとアリスなんです。

「ロブスターのカドリールのもっと別の踊りをやってみるかい？」と懼龍犇が続けて言います。「それとも、似而海亀にもっと別の歌を歌ってほしいかい？」

「もし似而海亀さんさえよかったら、どうかお歌をおねがいします」アリスがあんまりはっきり答えたものですから、懼龍犇は実に不愉快そうに「へん！　たで食う虫も、とはよく言ったもんじゃないか！　おい、それじゃお嬢ちゃんに『海亀スープ』でも歌ってやるがいいや」

似而海亀は深いため息をつくと、こんなふうに歌いだしましたが、すすり泣きでその声はつまりがちでした――。

「すてきなスープ、緑色しておいしそう
熱い鍋の中、待っていそう！
みんな食べたいごちそうだ
ゆうげのスープ、すてきなスープ！
ゆうげのスープ、すてきなスープ！
す――てきなス――プ！
す――てきなス――プ！
ゆ――うげのス――ゥ――プ
すてきな、すてきなスープ！

すてきなスープよ！　魚や
鳥、ほかの皿になど目が行くものか。

二ペニーだしてもすてきなスープ
飲めりゃ身代くれてやる、
ましてたった一ペニー　すてきなスープ。
す――てきなス――プ！
す――てきなスープ！
ゆ――うげのス――ゥ――プ
すてきなすてきな――**スープ**

「リフレーンのところをもう一度！」と懼龍犇が叫び、似而海亀がそうしようとしたちょうどその時のことでした。「始まるぞ、裁判！」という声が遠くから聞こえてきたのです。

「来いよ！」と懼龍犇は大声で言いました。そしてアリスの手をとると、歌の終るのも待たず、一目散に駆

Hereford, Worcester, Stratford-upon-Avon, Evesham, and London Paddington

Miles					D ✕	D ✕	C	H ✕	H ✕	A	D ✕	K ✕
—	HEREFORD				07 00			07n30		08n25	08 55 10 55	13 00
13½	LEDBURY					06 48					09 13 11 13	13 18
17¾	COLWALL			d		06 56					09 23 11 23	13 26
20¾	GREAT MALVERN					07 02		07 38			09 29 11 29	13 32
21¾	MALVERN LINK					07 06		07 42			09 33 11 33	13 36
28¼	WORCESTER FORE...					07 17		07 53			09 44 11 44	13 46
	WORCESTER SHRUB HILL										09 47 11 47	13 49
—	6 KIDDERMINSTER										09 33 11 39	13 39
—	6 DROITWICH SPA										09 46 11 52	13 52
29¼	WORCESTER SHRUB HILL			d		07 27 07 50		08 03			10 05 12 10	14 15
37	PERSHORE					07 36 08 06						
43	EVESHAM							14 00		09 00 10 21 12 24		14 29
48	HONEYBOURNE									09 08		
57	STRATFORD-UPON-AVON									09 19		
58	MORETON-IN-MARSH										11 42 12 45	14 50
65	KINGHAM										10 56	15 04
68	SHIPTON FOR BURFORD HALT											
69½	ASCOTT-UNDER-WYCHWOOD HALT											
73	CHARLBURY										11 07 13 05	15 15
74½	FINSTOCK HALT					06 41 07 46						
78	COMBE HALT			d		06 46 07 51						
79½	HANDBOROUGH HALT					06 50 07 55						
86	OXFORD			a		07 03 08 08 08 25	08 53				11 23 13 22	15 32
113½	READING GENERAL ‡			a		08 10	10 04	10 25			11 54 13 54	16 04
149½	LONDON PADDINGTON			a		09 55		11 10	11 45		12 35 14 35	16 50

け出していました。
「何の裁判なんですか？」アリスは走りながら、あえぎあえぎ聞きました。が、懼龍犇は「来いよ！」と答えるばかりで、さらに足を速めます。その間も、うしろから追ってくるそよ風が悲しいことばのひびきを乗せてきましたが、その声もしだいに遠のいていったのでした。

「ゆ——うげのス——ゥ——プ、
　すてきな、すてきなスープ！」

と。

第11章 だれがパイを盗んだか

二人が着いたとき、ハートのキングとクィーンはもう玉座にすわられており、そのまわりに実にさまざまなものどもが集まっておりました——ありとあらゆる小鳥やけもの、そしてトランプのカードです。鎖をつけられたジャックがその前に引き出されていましたが、両側に警護の兵隊がついていました。キングの近くには白うさぎがいて、片手にトランペット、そしてもう一方の手に羊皮紙の巻物を持っていました。法廷のちょうどまん中のところにテーブルがあって、大皿にパイを盛ったものがのせてありました。パイはとてもおいしそうで、アリスは見ているだけでひどくお腹がすいてきました——「裁判なんて早くおしまいにして」とアリスは思います、「あのパイをくばってくれないかなあ！」でも、そんなふうにはなりそうもありませんので、まわりのものを見て暇をつぶすしかありませんませんでした。

アリスはまだ法廷というものを見たことはありませんでしたが、いろいろと本で読んだことはあり、とてもうれしいことに、そこにあるものの名前はあらかたわかりました。で、「あれが判事ねっ」と早速ひとりごと、「だって大きなかつらをかぶってるもの」

ちなみに、この判事こそだれあろうキングその人で、かつらの上に王冠をかぶっておられました（どんな具合か知りたければ、どうぞ口絵を見てください）。キングは、それがまるで落ちつかなそうです。第一それほど似合ってもおりませんでしたしね。

「それから、あれが陪審員席で」とアリスは思います、「あの十二匹が」（ここで彼女が「十二匹」と言ってしまったのは、相手が動物と鳥たちだったからです）「陪審員なんだ」バイシンインって言葉を二度、三度口にして、アリスはとてもえらくなったような気持ちでした。だって彼女と同い年の女の子でこの言葉の意味をちゃんと知っている子がどれほどいるでしょう。「陪審する人たち」って言っても別によかったんですけどね。

十二匹の陪審員たちはみな石板にせわしげに何か書きつけていました。「何してるのかしら？」とアリスは懼龍犨に小声で聞きました。「裁判はまだだし、書くことなんて別にないと思うけど」

「てめえたちの名前でも書いてるんだろ」と懼龍犨、

「そうでもしなきゃ、裁判が終るころまでにゃ、あいつら自分の名前も忘れちまってるんだ」

「間抜けねっ！」アリスはばかにして大声を出しかけたところで、あわてて口をつぐみました。白うさぎが大声で「廷内、静粛に！」と呼ばわり、キングが眼鏡をかけ、一体口をきいているのはだれだろうと不安そうにあたりを見回されたからです。

陪審員がみな、と言っても彼らの肩ごしなのでよくは見えなかったのですが、それぞれの石板に「間抜けねっ！」と書くのが見えました。一匹などは「間抜け」という字を知らず、隣の者に聞いていました。「裁判が終る頃には、石板、きっとめちゃめちゃになってるわね！」とアリスは思いました。

陪審員の一匹の鉛筆がききっ、ききっという音をたてます。で、むろん、アリスはこの音に我慢ならず、法廷をぐるっと回ってそやつのうしろに行き、すぐにチャンスをみて、鉛筆をとりあげてしまいました。あまりにもすばやい仕事でしたから、このかわいそうな陪審員は（それはトカゲのビルでした）、鉛筆がどこへ行ってしまったのか全然わからず、そこいらじゅうをさがし回ったあげく、その日いっぱい自分自身の指を使って書かざるをえなくなりました。そんなことしたって仕方ないですよねえ。だって指じゃ石板に何も書けないんだから。

「式部官、告訴状を読め！」とキングが申されました。

defendant
J

言われて白うさぎ、トランペットを三たび吹き、羊皮紙の巻物を巻きほどくと、読みあげました――

「ハートのクィーンがパイつくられた
　夏の日いちにちがかり。
　ハートのジャックがパイ盗んだ
　持って逃げさった、きっとどこかに！」

「評決を出せ」と、キングが陪審員たちに申されました。

「まだです、まだです！」と、あわてて白うさぎがことばをはさみます。「その前にしなければならぬことが山のようにございますです」

「第一の証人を呼べ」とキング。そこで白うさぎはトランペットを三度吹き、「第一の証人を！」と呼ばわりました。

　第一の証人は帽子屋でした。帽子屋は片手にティーカップ、片手にバターつきパンをひとかけら持って入ってきました。「かような姿で」と帽子屋は言いました、「失礼をば、陛下。お茶を飲み終らぬうちの召喚でございましたので」

「飲み終えておくべきじゃったの」とキング、「いつ飲み始めたのだな？」

　帽子屋は、ネムリネズミと腕を組んであとから法廷に入ってきていた三月うさぎをじっと見ました。そして「三月の十四日か、と思いますが」と言いました。

「兎《と》ッ！　十五日だよ」と三月うさぎ。

「十六日だネ」とネムリネズミ。

「書き記しおけ」と、キングが陪審員たちに申されました。陪審員たちは石板にこの三つの日付を記し、三つを足し合わせた上、何シリング何ペンスと換算しました。

「おまえの帽子をとれ」とキング。

「別にてまえの帽子ではございませんので」と帽子屋。

「盗んだのだなっ！」と、キングが陪審員たちに向かって大声で言われました。陪審員たちはただちに記録しました。

「売り物なんでございます」と、帽子屋は説明します。「てまえの帽子はございません。てまえは帽子屋なのでして」

　聞いていたクィーンが眼鏡をかけ、帽子屋をじいっと見つめられましたので、帽子屋は血の気が失せ、そわそわし始めました。

「すぐ、証言を始めよ。それにしてもそのように」とキング。「がたがたするでない。でなければ即刻首を切らせるが、よいか」

　帽子屋はこのことばで元気が出たようにも見えません。ずっと体をゆすり続け、不安そうにクィーンを見、取り乱したか、バターつきパンのかわりにティーカップをひとかけら大きくかじりとってしまいました。

ちょうどこのとき、アリスはとても妙な気持ちになり始めました。何だかとても変なのです。とうとうそのわけがわかりました。また大きくなり始めていたのです。で、すぐにも立って法廷から出ていこうかとも思いましたが、考え直し、いられる隙間がある間はい続けてみようと思いました。

「そんなにぎゅうぎゅう押さないでもらいたいネ」と、隣にすわっているネムリネズミが言いました。「息ができないじゃないか」

「どうしようもないのよ」と、とてもすまなそうにアリスは言いました、「私、大きくなってるの」

「ここで大きくなる権利はないネ」とネムリネズミは言います。

「ばかなこと言わないでよ」と、少し大胆になってアリスが言いました。「あなただって大きくなってるじゃないの」

「そりゃそうだネ。だけどぼくはちゅうどよいペースで大きくなっているんだ」とネムリネズミ。「そんなとんでもないスピードでなんか大きくなってないネ」ネムリネズミはとても不愉快そうに立ちあがると、法廷の反対側に行ってしまいました。

このあいだにもクィーンは帽子屋からじっと目をお離しにならず、ネムリネズミが法廷の向こう側に行こうとしたとき、法廷の役人のひとりに向かって「この前のコンサートのときに歌を歌った者たちの名簿をこ

れに持ってきや！」と申されました。これを聞いた帽子屋は両方の靴がぬげてしまうほどがたがたふるえだしました。

「証言を始めよ」と、怒ったキングは繰り返し申されました。「さなくば、がたがたしていようといまいと、即刻首を切らせるが、よいか」

「てまえは、しがない帽子屋にございます、陛下」と、ふるえる声で帽子屋は言いました、「てまえ、飲み始めてもおりませんでした――一週間やそこらより前のことではございません――なにしろ、バターつきパンはひどく薄くなりますし――ちゃらちゃら光ったりするものですから、お茶の時の――」

「茶のときの何がちゃらちゃら、だと？」とキング。

「茶の最初にちゃらちゃらし始めたものです」と帽子屋は答えます。

「ちゃらちゃらは最初を『ちゃ』で始めるなど知りおるわ！」と、鋭い声でキングが申されました。「うぬは予をぼんくらと思うてかっ！　続けいっ！」

「しがない者でございます」と帽子屋は言いました。「そのあとは何もかもがただもうちゃらちゃらちゃらして――ただ、三月うさぎ氏が申したことには――」

「兎《と》ッ！　何も言っておりません！」三月うさぎがあわてて口をはさみました。

「言ったじゃないか！」と帽子屋。

「言ってない！」と三月うさぎ。

TATEISHI

「言わんと申しておる」とキング。「そこは削除じゃ」

「兎《と》も角も、ネムリネズミ氏は申したのですが――」

と続けながら、帽子屋はこわごわとあたりを見回して、ネムリネズミが何と言うか、様子をうかがいました。ネムリネズミは何も言いませんでした。ぐっすりと眠っていたのですネ。

「そのあと、てまえはバターつきパンをもっと切りまして――」

「ネムリネズミは何と言ったんですか？」と、陪審員のひとりが聞きました。

「忘れてしまいました」と帽子屋。

「思いださねばならぬ」とキングが申されます。「さなくば首を切らせるが、よいか」

かわいそうに帽子屋はティーカップもバターつきパンもとり落とすと、片方の膝を折ってひざまずきました。

「陛下、てまえはまるで、しがない者にございます」と帽子屋は言いました。

「おまえは先ほど来《らい》、言うことにまるで詩《し》がない者なのじゃ」とキング。

これを聞いてテンジクネズミの一匹が拍手喝采したものですから、たちまち法廷の役人たちに制圧されてしまいました（よく知らない言葉かもしれないから、どういうことか少し説明しておこうね。役人たちは口を紐でしばる大きな布の袋を持ってきて、頭からその

中にテンジクネズミを放りこんで「制」すると、その上にどっかと腰をおろして「圧」した、ってわけ）。

「よかった、これでわかったわ」とアリスは思いました。「新聞ではよく読んでたけど、裁判の終り近くに『拍手喝采せんとする者ありしが、ただちに司直のよくこれを制圧するところとなる』ってね。でもどういうことなのか、今やっとわかったわ」

「それが知ることのすべてと言うのなら証人席からしりぞいてよいぞ」とキングは申されました。

「しりぞいてと申されましても」と帽子屋、「もはやこれこの通り、ひざまずいておりますので」

「じゃから、膝まずいと思うての、わざわざしりぞいてと申してやったに」

ここでもう一匹のテンジクネズミも拍手喝采してしまい、すぐ制圧されてしまったのでした。

「うるさいテンジクネズミがやっと片づいたっと」とアリスは思いました。「これで少しは裁判らしくなるわね」

「お茶を飲んでしまいたいのですが」歌を歌った者たちの名簿をお眺めになっているクィーンの方をびくびくした様子で眺めて、帽子屋が言いました。

「戻るがよい」とキングは申されました。帽子屋は、靴をはく暇もなく、法廷から飛びだして行きました。

「――外であやつの首を切れ」と、役人の一人にクィーンが申されましたが、役人が戸口に行くころに

は帽子屋の姿はもはやどこにもありませんでした。
「次なる証人！」とキングが申されました。

次なる証人は公爵夫人の料理番でした。料理番は手にコショウ入れを持っていましたし、彼女が法廷に姿を見せないうちにアリスにはこの料理番だということがわかっていました。戸口近くの連中がいっせいにくしゃみをし始めたからです。

「証言を始めるのじゃ」とキングは申されました。
「やなこんだ」と料理番。

キングは不安そうに白うさぎの方をごらんになりました。白うさぎは声を落とし、「この証人には陛下自ら反対尋問されるべきかと思います」と言いました。

「うむ。べきと言われれば是非もないのう」と、憂鬱そうにキングは申されました。そして腕を組み、料理番に向かってあまりにもぎゅっと額にしわを寄せられたものですから目がよく見えなくおなりでしたが、太い声で「パイは何でつくるのじゃ？」と申されました。

「コショウだわな、大体が」と料理番。
「糖蜜だネ」料理番のうしろから眠そうな声。
「ネムリネズミを逮捕するのじゃ！」クィーンが金切り声をあげました。「ネムリネズミの首を切れ！　このネムリネズミを法廷からたたき出せ！　制圧じゃ！　つねりあげろ！　ヒゲを切れ！」

しばらく法廷はネムリネズミをたたきだそうと大さわぎになりました。みながもう一度落ちついたとき、料理番もどこかに行ってしまっておりました。

「よい、よい！」本当にほっとした様子でキングが申されました。「次なる証人を」そしてキングは低い声でクィーンに申されました。「よいか、次なる証人は奥が尋問しなければならん。予はしわを寄せすぎたせいか、もう何だか少し額痛がする！」

アリスは白うさぎが名簿をいっしょうけんめい調べているのを眺めながら、次の証人がどんなふうか考えてわくわくしていました。「――だって、まだろくな証言がないわけだし」、とこれは彼女のひとりごと。だから、白うさぎが小さな金切り声をはりあげてこう呼びあげたときの驚きといったらありませんでした。

「アリスっ！」

第12章 アリスは証言した

「はいっ！」なにしろとっちらかっていましたから、アリスはこの何分間で自分がどんなに大きくなってしまっていたかすっかり忘れて、大声で叫んでおりました。そして出しぬけに立ちあがったために、陪審員席をスカートのふちに引っかけてしまい、陪審員全員が下の群集の頭の上にころげ落ち、皆がそこらじゅう這《は》い回ったものですから、アリスは前の週にまちがって金魚鉢を引っくり返してしまったときにそっくりだわと思いました。

「あら、わたしとしたことがっ！」と、困ったような大声をあげてアリスはできるだけ早く彼らをつまみあげようとし始めたのですが、それというのもこの金魚鉢の失敗のことがずっと頭にあったからで、なにしろすぐ拾いあげて陪審員席に戻してやらなければ死んでしまうと、なんとなく思ったからなのです。

「陪審員がみんな」と、とても重々しい声でキングが申されました、「原状に復さぬうちは裁判はできぬっ――よいか、ひとり残らずじゃ」ひとり残らずというところを大きな声で繰り返しながら、キングはアリスをにらみつけておられました。

アリスは陪審員席を見、あわてていたせいでトカゲをさかさまにつめこんでしまっていたことを知りました。トカゲは、まったく動きがとれないので、せつなそうにしっぽをぱたぱたやるばかりです。そこでアリスはトカゲをまたつまみあげ、原状に戻してやりました。「別にどっちでもいいのよね」とアリスはひとりごとを言います」。「頭が上だろうと下だろうと裁判にはまるで関係ないんだし」

陪審員たちは引っくり返ったショックから少しは立ち直ったか、見つかった石板と鉛筆が手元に返ってくるといきなり、この事故のてんまつを熱心に書き記し始めました。トカゲだけはまさしくてんまつ転倒のていで、何もできず、ただ口をぽかんとあけて、法廷の天井をじっと見つめているばかりでした。

「この件で何か知っておるか？」と、キングがアリスにおたずねになりました。

「何も」とアリス。

「何もって、一切か？」と、キングは念を押されます。

「一切何にも、です」とアリス。

「ふむ。これは非常に大事なところじゃ」と、陪審員に向かってキングは申されました。陪審員たちがこのことを石板に書き記そうとしたとき、白うさぎが口をはさみ、「大事ない、と陛下は申されたのだ、もちろん」とてもうやうやしくそう言ったのですが、そう言いながら渋い顔をしてキングの方を見ておりました。

「大事ない、と予は申したのじゃ、もちろん」あわててそうキングは申されましたが、それから声を落として「大事な——大事ない——大事な——大事ない——」とひとり声をおっしゃるさまは、まるでどちらのことばの響きが良いかためしているというふうでした。

「大事な」と書き記した陪審員もおれば「大事ない」と書きとめた陪審員もおりました。近くにいたアリスからは彼らの石板が簡単に見おろせたのですが、そんなふうに見えました。「でも、別にどっちだって大事ないわ」とアリスは思いました。

と、しばらく熱心に何かノートに書きつけておられたキングが「静粛に！」と大声をあげられ、書きつけを読みあげられたのです。

「規則第四十二条。『身の丈《たけ》一マイルを越ゆる者はすべからく法廷より出《いだ》さるべし』」

だれもがアリスを見ました。

「私、絶対一マイルもないわ」とアリス。

「あるぞ」とキング。

「二マイル近いぞ」と、これはクィーンです。

「いやよ。とにかく私は出てなんか行きません」とアリス。「第一、それ、ちゃんとした規則じゃないでしょ。


今つくったんじゃないの？」

「一番古くからある規則じゃ」とキング。

「じゃ、規則第一条になってるはずでしょ」とアリス。

キングは青くなり、あわてて帳面をお閉じになりました。

「評決を出せ」と、低いふるえ声でキングは陪審員たちに申されました。

「陛下、まだ証拠はございますので」あわててとびあがると、そう白うさぎが言いました。「拾われたばかりの紙きれですが」

「中味は何かの？」とクィーン。

「まだあけて見てはおりませんが」と白うさぎ、「なにやらこの犯人が書いた手紙のようで、相手はだれかで——」

「そりゃそうに相違なかろう」とキング。「でなければ、相手はイナイ。が、そんなこと、普通ではあるまい」

「で、相手はだれなんです？」陪審員のひとりが言いました。

「いないんだ」と白うさぎ。「そのお、表書きが何もないんだ」。そう言いながらその紙を広げると、こうも言いました。「手紙ではないな。これは詩だ」

「犯人の筆跡ですか？」と、別の陪審員が聞きます。

「いいや、ちがうなあ」と白うさぎ、「ここが最大の謎だ」（陪審員はみな、わけがわからないという顔をしました。）

「奴めがだれか他の人間の手をまねたのにちがいない」と王様（陪審員一同、ぱっと明るい顔になりました）。

「おそれながら陛下に申しあげます」とジャックが言いました。「みどもはそのようなもの、書いてはおりません。みどもが書いたという証しもないではございませんか。最後に何の署名もあるではなし」

「おぬしの署名がないが故」とキング、「おぬしにはさらに不利なのじゃ。おぬし、何ぞたくらんでいたはずじゃ。さなくば堂々とわが名を記したに相違ないからなあ」

　これを聞いてだれもが拍手しました。キングが本当に気のきいたことを口にされたのは、この日これがはじめてだったのです。

「こやつの有罪はこれで決まりじゃ、むろん」とクィーンが申されました。「即刻、こやつの首を」

「そんなこと、何にも決まりなんかじゃないわ！」とアリス。「第一、何の詩かもまだ知らないじゃないの！」

「読んでみよ」とキング。

　白うさぎが眼鏡をかけます。

「陛下、どこから始めましょうか？」と白うさぎ。

「はじめから始めるのじゃ」と、とても重々しくキングは申されました、「そして終るところまでは終るな。


そして、そこでやめるのじゃ」

　法廷はしんと水を打ったように静まっています。その中に白うさぎが詩を読みあげる声だけがこう響きわたりました。

「彼らはきみが彼女のとこに行き
　ぼくのことを彼に言ったとぼくに言った。
彼女はぼくのことをいい人だと言ったきり
　ぼくが泳げないとも口にした。

彼はぼくが行かなかったと彼らに言った
　（その通りだとわれら知るが）
もし彼女がもっとやる気になったなら
　きみは一体どうなるのやら？

ぼくは彼女にひとつ、彼らは彼にふたつ
　きみはぼくらにみっつ以上くれた。
それらは彼からきみに戻ったが全部、
　それらはもとはと言えばぼくのものだ。

もしぼくが彼女がたまたまこの件に
　巻きこまれでもしたならば、
彼は彼らをちょうどわれらのように
　自由にせよときみにたのむのだ

　ぼくの考えではきみはずっと同じ、
　（彼女がこれほど怒る前のこと）
　彼とわれら自身とそれとのあいだに
　　たちふさがったじゃまもの。

　彼女が彼らを愛していると彼には絶対知らせるな、
　　なぜならこれは永遠の秘密事《みそかごと》、
　すべて他のものからは隠された
　　きみとそしてぼくだけのあいだの」

「これまでのところでは一番大事な証拠じゃ」と、手をもみしだきながらキングが申されました。「さあ、陪審員は――」

「陪審員のだれかにちゃんと説明できたら」とアリスは言いました（この数分ですっかり大きくなっていたアリスは、もうこわいものなしでしたから、こうして平気で口をはさめました）、「六ペンス銅貨をあげてもいいわよ。その詩には意味なんてかけらもないと私は思うわ」

　陪審員はそろって石板に「その詩には意味なんてかけらもないと彼女は思う」と書き記しましたが、問題の紙きれの意味を説明しようと言いだすものはおりません。

「これにもし意味がないのだとすれば」とキング、「大いに手間がはぶけようというものだ。さがす必要もないわけだからな。ま、予にはいずれかはわからんが」と申されながらも、詩を膝の上に広げ、片目でじっと御覧になって、「予には何やら意味があるようにも思われるのだがな。『ぼくが泳げないとも口にした――』とある。おぬし泳げぬのじゃったな？」と、ジャックに向かって申されました。

　ジャックは悲しそうに首《こうべ》を振りました。「泳げるように見えますか」と彼は言いました（全身、これ紙なんです、泳げたはずないですよね）。

「今までのところは良し」とキング。そしてさらにぶつぶつ詩を口にされました。「『その通りだとわれら知るが』――陪審員たちのことだな、むろん――『もし彼女がもっとやる気になったなら』――こりゃ、奥のことに相違ないわい――『きみは一体どうなるのやら？』――ふん、知れたことよ――『ぼくは彼女にひとつ、彼らは彼にふたつ』――こやつはパイを手に入れて、大方こんなふうにでもしたのだな、きっと――」

「だけど『それらは彼からきみに戻ったが全部』ってあるじゃないですか」とアリス。

「そうだ、だからしてそこにある！」と、テーブルの上のパイを指さし、キングは勝ち誇ったように申されました。「これ以上はっきりしたものはない。次は何だ――『彼女がこれほど怒る前のこと』か――奥や、おまえ怒って人に当たったことなどないと、予は思うが」と、キングはクィーンに申されました。

「当たりませんわ!」と申されながら、怒り狂ったクィーンはインクスタンドをトカゲめがけて投げつけました(不運なビルは指で書いても少しも書けないので、もう書くのをやめていましたが、今や顔から垂れるインクを使い、それが続く限り、またせかせかと書き始めました)。

「では、この詩の言っておることも奥には当たらん!」と、にっこり笑って法廷じゅうを見回しながらキングは申されました。しんとして静まり返ります。

「今の、しゃれだぞ!」と、怒った声でキングが申されましたので、みなどっと笑いました。「陪審員は評決を出せ」キングは申されましたが、これはその日、二十何回目ぐらいのお言葉ではなかったでしょうか。

「だめ、だめっ!」とクィーン。「まず判決——評決なんかそのあと」

「ばかばかしいったらない!」と、アリスは大声で叫んでいました。「判決が先だなんて!」

「おだまりっ!」まっ赤になって、クィーンが申されました。

「だまるもんですか!」とアリス。

「首を切れっ!」と、クィーンが絶叫します。が、だれも動こうとはしません。

「あんた方をこわがるとでも思って?」とアリス(すっかり元の背丈に戻っていたのです)。「なにさ、ただのトランプのくせに!」その瞬間です。すべてのトランプが宙に舞いあがり、アリスの上にふりかかってきたのです。なかばこわいし、なかばは腹が立って思わず小さい叫び声をあげると、アリスはなんとか払い落とそうとして、はっと気付いてみれば、土手の上にいて、姉様の膝を枕に横になっているのでした。そしてアリスの顔の上にはらはらと落ちてくる枯葉を、姉様がやさしく払いのけてくださっていたのです。

「おはよう、アリスちゃん!」と姉様は言いました。「ずいぶん長いおねむだったこと!」

「本当にふしぎな夢をみてたの!」とアリスは言いました。そしてアリスは、いま君達が読んできたアリスのふしぎな冒険の物語の思いだせる限りを、姉様に話してあげたのでした。物語がおしまいになると、姉様はアリスにキスして、こう言いました。「本当、ふしぎな夢だったのね。でも、もうお茶の時間じゃないかしら。走っていかないと、遅れちゃいますよ」。で、アリスは立ちあがると、駆けて行きました。力いっぱい駆けて行きながら、それにしてもなんてすばらしい夢だったんだろうと思っていました。

* * * * *

* * * *

* * * * *

でも姉様は、アリスが駆け出していったときのままじっとすわっていました。手を頬に当てて夕日を眺め、小さなアリスとそのふしぎな夢のことを考えているうち、姉様は姉様でうとうとと夢をみ始めていました。その夢はこんなふうでした――

　まず妹のアリスが出てきました。小さな手がまた膝の上でちょこんと組まれていて、きらきらとかしこそうな目がじっとこちらの目を見あげているのです。――聞こえてくるのはまさしく妹の声ですし、目に落ちてくるほつれ毛をはらおうとちょっと頭をそらす変わったしぐさもまちがえようがありません――そして、そうやって耳を傾けている間にも、もっともそうやって耳を傾けているように自分では思っていただけのことかもしれませんが、彼女のまわりいたるところが、妹の夢の奇妙な動物たちでどんどん一杯になっていったのです。

　白うさぎが走り抜けていくと、彼女の足元の長い草がさやさやと音をたてました――こわがったネズミが近くの水たまりでぱしゃぱしゃ泳いでいました――三月うさぎと仲間が終りのないお茶の席でたてるティーカップのちゃらちゃらという音や、不幸な客たちにおきさき様が死刑を宣告する金切り声さえたしかに聞くことができました――皿や深皿ががちゃんがちゃんと割れるかたわら、公爵夫人の膝の上でブタ赤ん坊がもう一度大くしゃみします――懼龍犇の叫び声、トカゲが鉛筆で石板をきしらせる音、制圧されたテンジクネ

ズミのむせぶ声、すべてがもう一度虚空《こくう》に満ち、かわいそうな似而《にせ》海亀がどこか遠くでたてるすすり泣きの声とごっちゃになりました。

　そうやって目を閉じて彼女はすわり続け、半ばふしぎの国にいる気分でしたが、もう一度目をあけさえすればすべてはつまらない現実に戻ってしまうということもよく知っていました――長い草はただ風にそよそよと吹かれているだけのことでしょうし、水たまりは葦《あし》のそよぎに合わせてちゃぷちゃぷいってるのにすぎますまい――ちゃらちゃらいうティーカップは山羊たちの鈴のちりんちりんに、おきさき様の甲高い大声は山羊飼いの少年の叫び声に――変わってしまうことでしょう――赤んぼうのくしゃみや懼龍犇の叫びなどなど、それら奇妙なもの音はひとつ残らず、忙しい農家からしてくる、いろいろまじりあった物音に変わってしまうはず（ということも彼女は知っていました）――そして、似而海亀の低いすすり泣きにとって代わるのは遠くで「牛《もう》っ！」と鳴く牛の声にちがいないのです。

　最後に、このかわいい妹がいつか妹自身、大人になっている姿を、年とっても子供の時代の愛らしい純な心を失わないでいる姿を、そしてそのまわりに他の少女たちを集め、たくさんの奇妙な物語で、そしておそらくはその昔の「ふしぎの国」の夢の物語で少女たちの目をきらきら輝かせている姿を、そして妹が少女

たちの純な悲しみの心でものを感じ、少女たちの純な喜びの心をもって喜ぶ人となって、彼女自身の子供時代と、あの浄福の夏の日々をなつかしそうに思いだしている姿を、姉様はそうやってひとり思いうかべてみるのでありました。

鏡の国のアリス

Through the Looking-Glass
and What Alice Found There

くもりもなき真澄《ますみ》のひたいし
　おどろきの夢見る瞳した子よ、
時は流れ、我れと汝《いまし》
　生涯の半ばも齢《よわい》へだたれど、
汝が笑《えま》いいとしや愛を籠《こ》め
　贈るおとぎ話笑うて受けめ

汝《いまし》が燦《かんがや》く花貌《かんばせ》も目にせず
　汝が銀の笑いも耳にせずなり、
我れへの想《おも》いなど占むる場もなく、
　汝が向後《あす》の若き日々のなかに——
まさに今、我が語るおとぎに
　耳傾《かたぶ》けてくれれば夢それに尽き

ものがたりその往昔《かみ》に始まる、
　夏の陽の輝きしときに——
朴たる鐘の我れら漕《こ》ぐ
　櫂《かい》の動きに音《ね》を合わし——
今なお記憶の底にそのこだまが、
　歳華《とき》ねたましげに「忘れよ」と言うが。

さあ聴け、おそろしき声が
　苦きしらせも重たく。

憂《う》れはしき褥《とこ》に汝を呼ぼうが、
　乙女《おとめ》ひとり気も重たく。
我れらとて年くいながらも
　寝る刻《とき》にはぐずるわらべぞ。

外は霜《しも》、めくらます雪、
陰々《いんいん》と狂おしの吹雪《ふぶき》なり——
内は焚く火も赤々とし、
　そこはわらべらの巣のいかに嬉しき。
魔法の言《こと》の葉《は》、汝が耳とらうるも然《し》かと、
　ごうごうたる業風《かぜ》さえ忘れよ。

よしやため息の気ひとつさえ
　物語のさなかにふるえるとも、
「浄福の夏の日」すでに逝《ゆ》きて
　夏の栄え絶えしなど言うとも、
我が悩みの気ひとと息たりと混らんとはせず、
　この話の愉しみにはさらに触れざんす*。

＊草稿では「愉しみ」には「プレジャー」の語が使われていたが、完成稿で「プレザンス」という雅語に代えられたのは、アリス・プレザンス・リドゥルのミドルネームに掛けたためであるという。ここ一番、無理にでも遊ぼう！。［訳者］

第*1*章 鏡のお家

そのことだけはたしかでした。白い仔猫《こねこ》はなんの関係もなかったのです——まったくもって黒い仔猫のわるさだったんです。なぜって、白い猫ちゃんはもう四半時もずっとお母さん猫に顔をなめてもらっていましたから（しかも、よく辛抱してたこと）、このわるさに加わるなんてできるはずもなかったのです。

　ダイナが仔猫たちの顔をなめるのはこんなふうでした。まず一方の前足で仔猫の耳を押さえてから、もう一方の前足で仔猫の顔を、鼻からはじめて逆さの方向にずうっとこすりあげるのです。今もダイナは、さっき言ったように、白い仔猫ちゃんの身だしなみに一生懸命で、白い仔猫ちゃんはじっとしたまま、のどをごろごろ言わそうとしていました——自分のためにしてくれているんだって、よくわかっていたんです。

　ところが黒猫ちゃんの方は昼すぎにはすんでいたものですから、アリスが大きな肘かけ椅子の隅に丸っこくなってすわり、半ばひとりごとを言い、半ばうとうとしていた間に、この猫ちゃんがアリスが巻こうとしていた毛糸の玉を遊び相手にはね回り、あっちこっちと転がしたあげくに、とうとう毛糸玉はすっかりほどけてしまっていたのでした。そして炉端の絨毯《じゅうたん》の上にほつれ目もつれ目だらけになって広がってしまい、そのまん中で猫ちゃんが自分のしっぽをぐるぐる追い回していたというわけなんです。

「ま、おまえったら、いけない子っ！」そう叫ぶと、アリスは猫ちゃんをつかみあげ、叱られているのだとわからせるためにちょっとキスしてやりました。「ほんとに、ダイナったら、もっとちゃんとお行儀を教えてくれなくっちゃあ！」と、母猫をとがめるように眺めながら、できるだけ不機嫌な声でアリスは言いました——そして仔猫と毛糸玉を持つと肘かけ椅子によじのぼり、糸玉をもう一度巻き始めました。でも、なかなかはかどりません。だってアリスは四六時中、自分と、それから仔猫ちゃんに何かおしゃべりしていたからです。キティちゃんはアリスのおひざの上にちょこなんとすわって、糸巻きを眺めているふりをしては、時々、何かお手伝いできるのがうれしいとでもいうように糸玉に前足でちょっかいを出しておりました。

「キティや、明日が何の日か知ってるの？」アリスが口を開きました。「さっき私と一緒に窓のとこにいたら、当てられたのにね——でも、ダイナがおまえをきれいきれいしてたから、無理だったのよねえ。男の子

TATEISHI

たちが、たき火にする木ぎれを集めてたわ——キティ、ほんとにたくさん、木ぎれがいるんだから！　でも冷たくなったし、雪もひどくなったから、みんなやめにしなくちゃならなかったのよ。でも心配いらないわ、キティ。明日になったらかがり火をいっしょに見に行こうね」そしてアリスは仔猫の首のまわりに毛糸を二巻き三巻きかけて、どんなぐあいか見ようとしました。が、これがもとで玉の取りっこになり、そうするうちに糸玉は床の上に転がり落ち、またしても何ヤードも何ヤードもほどけてしまったのでした。

「キティったら、わかる、わたし怒ってるんだから」もう一度椅子に落ちつくとすぐアリスは言いました。「おまえのわるさを見とどけた時ね、もうちょっとで窓をあけて、おんもにほっぽりだすとこだったのよ！　そうされても仕方ないでしょ、このお茶目さん！　何か言いわけすることとあるの？　もうじゃましちゃいやよ」指を一本立てながらアリスは言い続けました。「おまえのおいたをみんな言ってあげる。まず、けさダイナがおまえのお顔を洗ってた時、おまえきいきい言ったわねえ。そのとおりでしょ、キティ。ちゃんと聞いてましたからね。ええっ、何ですって？」（と、まるで仔猫が口がきけるというつもりです。）「母さんの手が目に入ったって？　そりゃおまえがいけないのよ。目をあけてるなんて——きつくつむってたらそんなことにならずにすんだのよ。言いわけはよして、お

聞き。わるさその二よ。私がスノードロップちゃんの前にミルク皿を置いたら、おまえあれのしっぽを引っぱったでしょ！　えっ、なーに、のどがかわいてたんですって？　あの子だってかわいてたんじゃなくって？　それから、おいたその三。おまえったら、私が見てない時に毛玉をすっかりほどいてしまったわね！」

「これでおいたが三つよ、キティ。そしてどれもまだこらしめてなかったわね。次の水曜日からの一週間のためにおまえの罰はみんなとってあるんだからね——だけど、このわたしの罰もみんなためられてるんだとしたら」と、仔猫ちゃんよりは自分の方に向かってアリスはおしゃべりし続けました。「一年のおしまいに私、どうされるのかしら。その日が来たら、きっと牢屋に入れられるんだわそれとも——そうだわ——ひとつの罰ごとに一回夕食抜きなのだとして、そのみじめな日が来たら一度に五十回も夕食抜きですまさなきゃならないんだわ！　でも、そんなことかまうことないわ！　そんなにたくさんじゃ、食べさせられるよりは抜く方がましだもんね！」

「キティや、窓に当たる雪の音が聞こえないこと？　すてきにやわらかい音だわね！　だれかが窓の外側いっぱいにキスしてるみたい。雪んこちゃんが木や野原が大好きだからって、あんなにやさしくキスするのかしら。そして白い羽ぶとんで気持ちよくくるんであげて、それできっと『また夏が来るまでおやすみ

ね』って言ってあげるのね。それから夏が来て木や野原は目をさますと、緑色のお洋服着て――風が吹くたびに――踊りだすんだわ――わあっ、なんてすてき！」と、アリスは叫びながら手を打とうとしたので、毛糸玉が落ちてしまいました。「ほんとにそうだといいわねえ！　木さんたちは葉っぱが黄色になる秋が来ると眠そうに見えるのよ」

「キティ、おまえチェスができて？　さあ、笑ってちゃだめ、私まじめにきいてるんだから。だって、さっき私たちがやってたら、おまえまるでそんなのわかるってお顔して見てたでしょ。そして私が『チェック！』って言ったら、おまえのどをごろごろ言わせたわね！　ほんとにいい詰めだったのよ。ほんとは勝てたはずなのに、私の駒の間に騎士の駒がふらふらして出てきたもんだから！　キティや、つもりごっこして――」ここで、アリスって子が口ぐせの「つもりごっこ」で切り出したあれこれのことを、半分なりとお話できればどんなにいいでしょうね。ほんの前の日に彼女は姉様と長い議論をしたばかりでした――なにもかも、アリスが初めに「つもりごっこして、王たちやおきさき様たちになりましょうよ」と言ったせいだったんです。すると万事正確じゃなきゃいやな姉様は、そんなことはできるはずがない、だって二人きりしかいないのだから、というので、アリスはとうとう「ああ、そうなの。じゃあそのうちの一人だけに姉様がなってよ。残りはみんな私がなる」と言わせられる羽目なったのでした。また昔のことですが、彼女は年寄りの乳母《うば》の耳元で「ばあや！　つもりごっこして、私がお腹をすかせたハイエナで、ばあやが骨よ」と突然叫んで、乳母をびっくり仰天させたこともありました。

　アリスが仔猫ちゃんに言っていたことから話がそれてしまいました。「つもりごっこして、キティ、おまえは赤のクィーンよ！　いいこと、おまえちゃんとすわって腕を組んだら、きっとクィーンそっくりだわよ。さあ、やってごらん、いい子だから」そしてアリスはテーブルから赤のクィーンの駒をとると、仔猫がそれを真似られるように仔猫の前に置きました。「でもやっぱりだめだわ」とアリスは言いました。「だって、猫に腕がちゃんと組めるはずなんかないんだもの」そこでお仕置のために、猫ちゃんを鏡の前に置いて、自分のすねた様子が見えるようにしてやったのでした。「すぐにいい子にしないなら」とアリスはつけ加えました。「鏡のお家の中へやってしまってよ。そうなったらどう？」

「さあ、キティ、私の言うことよく聞いて、そんなにおしゃべりしなければ、鏡のお家のことをお話ししてあげますよ。まずね、鏡の向こうにお部屋が見えるでしょう――こちらの客間とまるでおんなじお部屋だけど、家具がみんなあべこべだわね。椅子の上に立つと向こうがみんな見えてよ――炉のまうしろだけは見えないけど。そう、そこ、見たいわね！　冬にはそこに火が入るかどうか知りたいわ。こっちの火から煙が立って、それから向こうの部屋のからも煙が出てはじめてわかるのよね――それから、うちの本そっくりの本もあるけど、字があべこべねえ。なぜって、鏡にうちの本を一冊かざすとね、向こうでも一冊かざしてよこすからなの」

「鏡の国で暮らすのどう、キティ？　あっちでミルクもらえるかしら。鏡の国ミルクって、きっとおいしくないわよ――で、あっ、キティ！　こんどは廊下だわ。うちの客間をいっぱいに開けっぱなしとくと、鏡のお家の廊下がちょっとだけのぞけるわ。見える限りでは、うちの廊下そっくりね。でも、そっから向こうはまるでちがってるかも知れない。ねえ、キティ、通り抜けて鏡のお家へ出られさえしたらいいわねえ！　きっとその中にはすっごくきれいなものがあるにちがいなくってよ！　つもりごっこして、そこに抜けていく方法があることにしましょうよ、キティ。この鏡がガーゼみたいにやわらかくなって通り抜けられるつもりよ。あら、あらっ、ほんとに、鏡がもやみたいになってくわ！　簡単に通り抜けられそう――」と言いながら、どうやってそこにのぼったものやら、アリスはいつのまにか炉棚の上にのぼっていたのでした。そして、たしかに鏡は、まるできらきらした銀のもやみたいに溶け始めつつあったのです。

次の瞬間、アリスは鏡を通り抜けていて、軽々と鏡のお部屋にとびおりていました。まっさきに炉の中に火がついているかどうか見ましたが、そこにはたしかに火があって、いま後《あと》にしてきたお部屋にあった火と同じように赤々と燃えていたので、とても嬉しくなりました。「だったら、あのお部屋にいたときみたいにあったかいんだわ」と、アリスは考えました。「いや、もっとあったかいはず。だってここではだれも火のそばから私を追いたてたりしないんだから。私がこっちへ鏡を通り抜けるのを見とがめても、つかまえられないなんて、ほんとに愉快！」

それからアリスはあたりを眺め始めました。すると、向こうのお部屋から見えていたものは本当にあたりまえのつまらないものばかりでしたが、見えていなかったものたちはすべて突拍子《とっぴょうし》もなく風《ふう》が変わっていることに気付きました。たとえばの話、火の近くの壁の絵はまるで生きているようでしたし、炉棚の上の時計も(鏡の中ではその裏側が見えるだけだということはおわかりですね）おじいさんの顔をしていて、彼女ににんまりと笑いかけたりしていたのです。「この部屋はあっちみたいにきちんとしてないのね」と、アリスは思いました。チェスの駒がいくつか炉の燃えさしの中にころがっているのに気づいたからです。ところが次の瞬間、びっくりして「あらっ！」と言うと、アリスは四つんばいになって駒たちに見入っていました。

駒たちは二つ一組でそこらじゅう歩き回っていたのです！

「これは赤のキングと赤のクィーンねっ」と、アリスは（びっくりさせないように小声で）言いました。「それからシャベルのふちにすわってるのが白のキングとクィーン――腕を組んで歩いてるのはお城さんね――私の声は聞こえないでしょうねえ」と、もっと低くかがみながらアリスは言い続けました。「それに私の姿だって見えてないにちがいないわ。なんだか私、まわりからは見えなくなっていくみたいで――」

このときアリスの後のテーブルの上できいきい言い始めたものがありました。アリスがふりむくと白の歩《ふ》が一つ引っくりかえってばたばたやり始めたところが目に入りましたので、次には何が起こるんだろうと好奇心いっぱいに目を凝らしてみたのでした。

「姫の声です！」と叫ぶと、白のクィーンが白のキングのそばを走り抜けていったものですから、当たった勢いでキングは燃えさしの中へまっさかさま。「かわいいリリー！　いたいけな！」そしてクィーンは炉格子の側を荒々しくよじのぼり始めました。

「痛いけなのは、こっちじゃわい！」落っこちてすりむいた鼻をこすりこすり、キングが言いました。キングはクィーンのことを少しは怒ってもよいのでした。というのも、キングは頭からつま先まで灰まみれになってしまっていたからです。

アリスは手助けがしたくてたまらず、またかわいそうに小さなリリーのきいきい声がもう引きつけみたいになりそうでしたから、急いでクィーンをテーブルの上へつまみあげると、さわがしい姫君のそばに置いてあげました。

クィーンはあえぎながらすわりこんでしまいました。空中をあっという間にすっとんだのですっかり息が切れてしまい、一分ぐらいただ黙って小さなリリーを抱きしめる以外何もできませんでした。やがてちょっとばかり落ちついてくると、灰の中にぶすっとすわりこんでいた白のキングに向かって大声で叫んだものです。「火山にお気をつけあそばせ！」

「どの火山じゃと？」キングは、まるでそのあたりに火山があるのかとばかり、心配そうに火の中をのぞきこみながら言いました。

「わたしを――ふ、吹き――あげたのです」まだ少し息切れがしたまま、クィーンがあえぎあえぎ言いました。「気をつけておのぼりあそばせ――ちゃんとおのぼりあそばせ――吹きあげられてはなりませぬぞ！」

アリスは白のキングが炉の横棒から横棒へのろのろと苦労してのぼるのを見ていましたが、とうとう「がまんできない、そんな調子じゃ、テーブルにつくのに何時間もかかるわ。お助けしてあげた方がよくはなくって？」と言いました。キングはこの申し出に気づきません。キングがアリスの姿を見ることも彼女の声

を聞くこともできないのは、どうやら間違いないようでした。

そこでアリスはとてもやさしくキングをつまみ上げ、息が切れないように、クィーンのときよりはずっとゆっくりと運んであげました。でも、キングをテーブルの上に置く前に、ひどく灰だらけのキングから少し灰を落としてあげた方がいいんじゃないかしら、と思いました。

後日《ごじつ》アリスが言ったところでは、見えない指につままれて空中を運ばれ、灰を落とされている時のキングみたいな顔はそれまで一度も見たことがなかったのだそうです。叫ぼうにもびっくり仰天してしまっていて、眼と口ばかりがどんどん大きく開いてまん丸くなり、アリスはおかしさに耐えかねてすんでのところでキングを床に落とすところでした。

「ねえ、どうかそんなお顔をなさらないで、王様！」キングには聞こえないのを忘れてアリスは叫びました。「おかしくて落っことしちゃいますよ！　お口をそんなにあけないで！　灰がみんなはいっちゃいますってば――さあ、これできれいになりました！」と、キングの髪をなで、テーブルのクィーンのそばに置いてあげながら、アリスは言いました。

キングはたちまちあおむけにのびてしまい、まったく動きませんでした。アリスは自分のしでかしたことに少しあわてて、キングにかける水はないかと部屋を

見てまわりました。でも、インク壺が見つかっただけで、それを手に戻ってきてみると、キングはもう正気に戻っていて、キングとクィーンで何やら恐ろしそうにひそひそ話をしていました――あんまりひそひそなものですから、何を話しあっているものやら、アリスにはほとんどわかりませんでした。

キングが申されました。「奥や、わしゃまっことひげの先までつめとうなったぞ！」

するとクィーンが答えて「あなたにはおひげなどございませんよ」

「あのときのこわさ言うたら」とキングは続けました。「決して、決して忘れまいぞ！」

「決して忘れますよ」とクィーンが言いました。「ちゃんとメモしておかれませんとね」

アリスが好奇心いっぱいで眺めていると、キングはポケットから大きな帳面を出して、何やら書きつけ始めました。突然、アリスはいたずらを思いつき、キングの肩のところからちょっとばかり出ている鉛筆の片はしをつかむと、キングの代わりに書き始めたのです。

かわいそうにキングは当惑の体《てい》で不幸な顔付きになり、それでも少しのあいだは何も言わずに鉛筆に立ち向かっていましたが、アリスの力にはとうていかなわず、ついに「奥や、もっと細い鉛筆でのうてはまるでだめじゃ。こいつめは動いてくれよらん。わしが思いもせんことどもばっかり書きおってからに――」

「どんなことどもをですって？」クィーンは言いながら、帳面をのぞきこみました（そこにはアリスが「白の騎士が火かき棒をすべり落ちてる。バランスあやうし」と書きつけてありました）。「これはあなたのお気持ちのメモとはちがいますわね！」

さて、テーブルの上の、アリスに近いところに一冊の本があって、アリスはすわって白のキングを見ながら（というのは、キングのことがまだ少し気がかりだったからで、もしまた気を失ったらかけようと思ってインクをかまえていたのです）、その本のページをぱらぱらめくってどこか読めそうなところをさがしました。「――だって、私の知らない言葉ばっかりなんだもの」とアリスは思いました。

それはこんなふうでした。

ゆうまだきにぞ　ぬめぬらとおぶ
にひろのちにやころかしきりる
うたてこばれたるぼろこおぶ
えかりたるらあすぞひせぶる

ジャバウォッキー

少しのあいだアリスには何の詩なんだかよくわかりませんでしたが、やっといい考えがひらめきました。「なあんだ。鏡の国のご本じゃない！　鏡にかざしたら、字は元通りちゃあんと読めるはずよ」

こうやってアリスが読んだ詩はこんな具合でした。

ゆうまだきにぞ　ぬめぬらとおぶ
にひろのちにやころかしきりる
うたてこばれたるぼろこおぶ
えかりたるらあすぞひせぶる

「蛇馬魚鬼《じゃばうおつき》に気を付けよ、吾子《あこ》！
「噛みつく顎《あご》、摑《つか》みくる爪に！
「邪武邪舞《じゃぶじゃぶ》の鳥に気を付けよ、
近寄るなたけりまく蛮駝支那魑《ばんだすなっち》に！

さげたるはこお栄《ば》える抜身
まんとうがましき仇《あた》求めてぞ久しく――
おぽろぽろんの木の辺《へ》にいこい、
しばし思いにふけりてありぬ

して、あらく思いて立ち上ると、
かの蛇馬魚鬼が灼々《しゃくしゃく》たる眼《まなこ》し、
たるじき森ぬちよりぞひゅうひょうと
ものすさまじくも　ぶく滅《め》りにけり

やっとう！　やっとう！　ぐさりやぐさり
こお栄《ば》える鋭刃《とじん》たちまる！

かく仇《あた》ほふるや、その首もち
　帰り来たり宝ぶらしく
「やよ、かの蛇馬魚鬼ほふりたるなり。
我が腕《かいな》に来よ、おもてらす御身！
やよ　はねばねしき日やな！　軽う！　華麗！」
　ゐみいびくががとばかりに

ゆうまだきにぞ　ぬめぬらとおぶ
　にひろのちにや　ころかしきりる
うたてこばれたるぼろこおぶ
　えかりたるらあすぞひせぶる

「とっても面白そうね」読み終えるとアリスは言いました。「でもほんとにむつかしいわねえ！」（こんなこと自分自身にだって認めたくなんかなかったんです。でも何にもわからないのだから、仕方ありません。）「何だかいろいろ思いついて頭がぐるぐるしちゃう——だけど何がどうなってるのかはっきりしないの！ともかく、だれかが何かを殺したのね。これだけはまちがいないわ——」

「だけど、いけない！」考えると、アリスはぱっととびあがりました。「急がないと。このお家があとどんなぐあいかも見ないうちに、鏡の向こう側へまた帰らなくちゃならなくなるわ！　まず、お庭をちょっと見てみよう！」すぐにアリスはその部屋をあとにしていました。そして階段をかけおり——というか、少なくとも正確にはかけおりではありませんでした。これは階段を早く楽におりる新発明なんだわ、とアリスはひとりごとを言いました。なにしろ指先を手すりにふれておいて、あとはゆっくりと空中をふわふわおりていって、足は階段にふれさえしないのです。そして、広間いっぱいふわふわし続けたものですから、もしドアのところの柱につかまらなかったら、そのまんまドアの外まで飛びだして行ったにちがいありません。そんなにも空中をふわふわしていたのでアリスは少しくらくらっとしましたが、やがてまた自分が当たりまえに歩いているのがわかって、ほっとしたのでした。

第2章 もの言う花の庭

「あのお山のてっぺんに出たら」と、アリスはひとりごとを言いました。「あの庭がもっとよく見えるのかもね。てっぺんにはこの道がまっすぐつながっているんだわ――（そしてその道ぞいに何ヤードか歩き、急な角をいくつか折れてみて）――どうもまっすぐにはつながっていないようね。まあ、最後には、行き着くと思うわ。それにしてもなんて奇妙に曲がりくねってるの！　道じゃなくて、これじゃまるでコルク栓抜きじゃないの！　あら、ここを折れるとお山なのかな――だめ、行けない！　まっすぐにお家に戻ってしまう！　じゃあ、もう一方を行ってみましょう」

　そこでアリスは行ってみました。あっち行きこっちめぐり、折れては、また折れて行ってみるのですが、どうやってみてもいつもお家に戻ってきてしまうのです。ほんとに一度なんか、ある角をそれまでになく急に曲がったときなど、体を止めることもできないままお家にぶつかってしまったのです。

「文句を言っても始まらないわね」お家を見上げて、それが彼女と口をきいてでもいるかのように、アリスは言いました。「もう中へ入ることなんかいやよ。そしたらまた鏡を通り抜けて――元のお部屋へ戻って――冒険とはさよならじゃないの！」

　そこで、お家にきっぱりと背を向けると、もう一度道を歩き始めました。お山に着くまでまっすぐ行ってみようと心に決めて。二、三分ぐらいはうまく行きましたので、思わず「こんどこそうまく――」と言いかけたそのとたんに、道が急に曲がって（彼女が後日《ごじつ》言った言い方なんですが）ぶるんと身をふるわせると、次の瞬間には彼女はやっぱりお家の入口のところを歩いていたのです。

「何てことなのっ！」アリスは叫びました。「こんなに人のじゃまばっかりするお家なんて見たことないわ！　ほんとうに！」

　ところがお山はあいかわらずよく見えますので、もう一度やってみるよりありませんでした。今度は大きな花壇に出くわしました。へりはデイジーで、まん中に柳の木が一本ありました。

「オニユリさん！」気持ちよさそうに風にそよいでいる花に向かって、アリスは言いました。「あなたがお口をきけるといいのにねえ！」

「きけるともさ」と、オニユリが言いました。「だれかまともな話し相手さえいればね」

アリスはびっくり仰天して、一分ほど口がきけませんでした。息が止まってしまいそうでした。オニユリはゆれているばかりでしたから、やっとアリスはおそるおそる――ささやくように――言いました。「みなさんが、おしゃべりできますの？」

「きみとおんなじぐらいにはね」とオニユリ。「ずっと大きな声でさ」

「だって、こちらからしゃべりだすのって無作法じゃなくって」と薔薇が言いました。「だからあなたがいつおしゃべりし始めるかなって思っていたところなの！　私、ひとりごと言ってたのよ。『この子、利口な顔とは言えないけど、ちょっとは分別のありそうなところもあるわ』って！　それにしても、いい色してるのね。たいしたものだわ」

「色なんかどうでもよろしい」とオニユリが言いました。「その、花弁がな、こうもう少しくるっと巻いてれば、いい感じなのになあ」

アリスは悪口を言われるのはいやでしたから、こちらからたずねにかかります。「あなたたち、話してくれる人もいないのにこんなお外に植えられて、こわいなあって思うことないの？」

「まん中に柳が見えるでしょう？」と薔薇。「あれはそのためだけにあるのよ」

「でも何かあっても、柳に何かできるの？」とアリスは尋ねました。

「怒ることができるわ」と薔薇。

「柳眉《りゅうび》をさかだててね」とデイジー。「だって柳が眉をつりあげるわけだもの！」

「そんなことも知らなかったの」と、別のデイジーが言いました。そしてここでみんながいっせいに叫びだしたものですから、そこいらじゅうが小さなきいきい声でいっぱいになりました。「みんな、うるさいんだ！」怒りに体をふるわせ、興奮のあまりわななきながら、オニユリが叫びました。「こっちにつかまえられんことを知ってるんだ！」と、ふるえる頭をアリスの方に向けながら、あえいでいます。「でなきゃあ、こんなふうになんかできるもんか！」

「気にかけないで！」と、アリスはなだめ声で言いました。そしてまたしゃべり始めたデイジーの方に身をかがめると、「おしゃべりをよさないと、ひっこ抜いちゃうわよ！」とささやきました。

たちまち静かになりました。ピンク色のデイジーの何本かなどは血の気が失せてまっ白になりました。

「これでいい！」とオニユリ。「デイジーどもが一番悪い。誰かが口をひらくと、いっせいにやりだすんだ。あいつらのしゃべるのを聞いてたら、こっちがしなびちまう！」

「みなさん、どうしてそんなに上手におしゃべりができますの？」ほめてあげれば機嫌が直るかも知れないと思って、アリスは言ってみました。「いろんなお庭を知ってるけど、おしゃべりできるお花さんたちなんて初めて」

「手を伸ばして、地面にさわってみな」とオニユリ。「そしたらなぜだかわかるよ」

　アリスはやってみました。「とってもかたいわ。でもそれが何の関係があるの？」と彼女は言いました。

「たいていの庭では」とオニユリ、「苗床《ベット》をちょっとふかふかさせすぎるんだ——そうなりゃ花たちだっていつも眠ってばかりってわけだろ」

　もっともな理由でしたから、アリスはわけがわかって本当に満足しました。「今までそんなこと考えてみたこともなかったわ！」とアリスは言いました。

「私に言わせれば、あなたはなんにも考えたりしないんだわ」と、ちょっときつい口調で薔薇が言いました。

「こんな間抜けた顔、いままで見たことない」と、スミレが出し抜けに言ったものですから、いやアリスのびっくりしたことといったら。だってこの花はそれまでひとことも口をきいていなかったからです。

「うるさーい！」とオニユリ。「まるで人間に会ったことがありますって口ぶりじゃないか！　いつも葉っぱのかげに頭をつっこんでぐうぐうやってるもんだから、箱入りみたいに世間さまのことなんかまるっきり知らないくせして！」

「この庭には私のほかにも人がいますの？」薔薇のとげある言葉を気にかけるのがいやで、アリスはこう切り出しました。

「この庭にはあなたみたいに動き回ることができるお花がもうひとつあるわ」と薔薇が言いました。「どうして動けるんだろうって、妙な気がしてほんとうに仕方ないの——」（「お前はいつだって妙な木で、ほんとうに仕方ない奴だ」とオニユリ）「でも、あっちの方があなたよりは毛深いわねえ」

「その人、私みたい？」アリスは熱心にたずねました。「このお庭のどこかに、もう一人女の子がいるんだわ」という考えが頭をよぎったからです。

「そうね。あなたと同じで変な格好してるわね」と薔薇。「だけどあっちの方が赤いし——花弁も少し短いみたいね」

「花弁はダリアみたいにきっちりしててさ、君のみたいにあっちこっちしちゃいないな」とオニユリ。

「でもそれはあなたの罪じゃないわね」と、薔薇がやさしいことを言いました。「あなたはしなび始めてるのね——だったら花弁がちょっとだらしなくなるの仕方ないわね」

　こんなこと考えるのもいやでしたから、アリスは話を変えて「その子、ここへ来ることがあって？」とたずねてみました。

「じきに会えると思いますけど」と薔薇。「とげをね、九つもつけてる種類なのよ」

「どこにつけてるの？」アリスは好奇心にかられてた

ずねました。

「どこって、頭の周りに決まってるじゃない」と薔薇。

「あなたはつけてないから妙な気がしてたの。つけるのがきまりなのかと思ってたから」

「来たぞ！」と飛燕《ひえん》草が叫びました。「彼女の足音がどしん、どしん、砂利道づたいに聞こえてくる」

　アリスが熱心にあたりを見回すと、それは赤のクィーンなのでした。

「何て大きくなっちゃったのかしら！」これがまずアリスの口からこぼれた言葉でした。ほんとうに、何て大きくなっていたことでしょう。最初アリスが灰かぐらの中に見た時、クィーンはほんの三インチほどの背の丈しかなかったのが——今ここにいるクィーンは、アリスよりも頭半分ほども背が高いんですもの！

「新鮮な空気のせいなのよ」と薔薇が言いました。「ほんとうにここは空気がいいから」

「行って、あの方に会ってみる」とアリスは言いました。お花たちもとても面白かったのですが、何といっても本もののクィーンと口がきけるならこちらの方がもっと面白いにきまっていますものね。

「まあ無理でしょうね」と薔薇が言いました。「私だったら逆の方へ歩いて行けって忠告するわね」

　これはアリスにはばかなことだと思われたので、アリスは何も言わず、すぐに赤のクィーンの方へ歩き始めたのです。ところがたちまちクィーンの姿が見えな

くなっただけではなく、気がついてみるとまたまたあのお家の正面玄関のところを歩いていたのです。

　少し腹をたててアリスは引き返しました。そしてあちこちクィーンをさがしたあげく（やっと、大分遠くの方に見かけたのですが）、こんどはあべこべの方角へ歩いてみようと決めました。

　思ったとおりでした。一分も歩かないうちに赤のクィーンとはちあわせになっていて、またあんなにずっとめざしてきた山もすっかり見えてきたのでした。

「いずこより来たのじゃな」とクィーンが言いました。「していずこへ行こうとかの。顔をおあげ。そしてきちんとお話し。そうやってずっと指ばかりいじくっていてはなりません」

　アリスは、指図にみんな従い、わたしの道がわからなくなってしまったのと、一生懸命説明してみました。

「わたしの道とはこれはまた笑止なことをお言いだねえ」とクィーンが言いました。「このあたりの道はみなこのわしの道なのじゃ——それにしても、どうしてこんなところへやってきたのかい」と、少しやさしい声で言い足しました。「言うことを考えている間におじぎをするのじゃ。時間のむだじゃによって」

　アリスはそんなばかなことと思いましたが、クィーンがおそれおおくて、信じないわけにもいきませんでした。「お家に帰ったらやってみるわ」とアリスは心の中でつぶやきました。「この次、夕ごはんにちょっ

と遅れたときにね」

「おまえが答する番じゃ」時計を眺めながらクィーンが言いました。「しゃべる時はもう少し口を大きくおあけ。そしていつも『陛下』をつけるのじゃ」

「私はお庭がどんなぐあいなのか知りたかっただけです。陛下――」

「よろしい」言いながらクィーンはアリスの頭を軽くたたきましたが、アリスはとても気にさわりました。「して、『庭』とお言いじゃったが――わしゃいろいろと庭を見てきたが、それに比べれば、これなんど荒れ野も同然じゃ」

　アリスはそんなことを議論したくありませんでしたから、次のように続けました――「それから、あのお山のてっぺんへはどうやって行けばいいのかと思いまして――」

「おまえ『お山』とお言いじゃが」と、クィーンが口をはさみました。「おまえに山とはどんなものか見せてやりたいわい。それに比べれば、これなど谷というにすぎぬ」

「そんなこと、ありません」びっくりしてアリスはとうとうクィーンに口答えしてしまいました。「山が谷だなんてはずがないですわ。そんなばかなことって――」

　クィーンは頭《かぶり》をふりました。「これをばかと言いたくばお言い。じゃがわしの知っとるばかに比べれば、

これなどまるで字引きのごとくにまともじゃわい！」

　アリスはクィーンの声音からして、どうも相手が少し怒っているらしいので、もう一度おじぎをしました。それから二人は黙って歩き、やがて小さな山のてっぺんに着いたのでした。

　しばらくの間、アリスはものも言わず、その土地をあちこち見渡していました――ほんとうに妙な土地でした。一方から一方へたくさんの小川がまっすぐに流れていましたし、それらにはさまれた土地は、小川のところから別の小川のところまではえているたくさんの小さな緑の生垣によって正方形に細かく区切られていました。

「まるでチェス盤みたいに仕切られてるんですね！」アリスがこう切りだしました。

「すると、どこかに駒が動き回ってなきゃあ――あっ、いた、いたっ！」アリスはうれしそうにつけ足しました。そして言いながらもうれしくてたまらず、胸がどきどきし始めていました。「大きなチェスの試合をしてるのね――世界を舞台に――これが世界と言えればだけどねえ。うわっ、おもしろそう！　私もはいれたらどんなにいいでしょう！　別に、歩《ふ》の駒だってかまわないわ――もちろんクィーンだったら一番だけど」

　こう言いながら本もののクィーンの方をおずおずと見ましたが、相手はおもしろそうににっこりしただけでした。そして「そんなこと、たやすいことじゃ。ひ

とつ白の女王の歩《ふ》におなり。リリー姫はまだ小さすぎて勝負にはむりじゃでのう。二つ目の目からして始めればよい。そして八つ目の目についたら、おまえも女王に成り上がるのじゃ――」そう言ったとたん、突然どういうわけでか二人は走り始めました。

　あとでいくらその時のことを考えてみても、アリスには二人がどんなぐあいに走り始めたものかわかりませんでした。おぼえているのは、二人が手に手をとって駆けたこと、クィーンがあんまり速くて、遅れまいとするのがせいいっぱいだったということぐらいでしょうか。それでもクィーンは「はやく！　もっとはやく！」と叫び続けていました。アリスはこれ以上、速く走れませんでしたが、息が切れていてそんなことすら口に出せませんでした。

　しかしこのことで一番奇妙だったのは、まわりの木やらなにやらがまったく位置を変えないことでした。二人がどんなに速く走ろうと、何も後のほうへ飛んでなんか行かないのです。「みんな、私たちといっしょに動いていくのかしら」とかわいそうにわけがわからず、アリスは考えました。その考えを見抜いたのか、クィーンが「もっとはやく！　しゃべるでない！」と叫びました。

　しゃべろうなどと別にアリスは思っていたわけではないのです。息が切れに切れて、もう二度と口がきけないんじゃないかしらと思っていたのですが、クィーンのほうはあいかわらず「はやく！　もっとはやく！」と叫び、アリスをひきずって走るのです。「すぐ着くんですか？」やっとこさアリスはあえぎ声でたずねました。

「着くんですか、じゃと！」クィーンが言いました。「十分も前に通りすぎてきたぞ！　もっとはよう！」そしてしばらく二人はものも言わず走り続けましたが、アリスの耳元で風がひゅんひゅんとうなっていて、もう髪の毛が抜けてしまいそうとアリスは思いました。「さあ！　さあ」とクィーンが叫びました。「はやく！　もっとはやく！」そして二人があまり速く走るものですから、しまいには空中を走っていて、足が地面にろくろくついていない有様でした。アリスはまったくへとへとでした。と、突然、二人は急にとまり、アリスは息が切れ、めまいがして、地べたにぺたんとつきすわってしまいました。

　クィーンはアリスを支えて木にもたれさせてから、やさしく「少し休むがよい」と言いました。

　アリスはまわりを見わたしながらびっくり仰天してしまいました。「ンまあ、私たちずっとこの木の下だったの！　みんな元のまんまなの！」

「そうじゃよ」とクィーン。「どうであればよいとお言いかい？」

「私の国では」まだ少しあえぎながら、アリスは言いました。「どこか別の場所に着くはずなんです――私たちみたいに長い間、あんなに速く走ったりしますと」

「のろまな国じゃ！」とクィーン。「ここではのう、同じ場所にいようと思うたら、あとう限りの速さで走ることが必要なのじゃ。もしどこか別の所へ行こうつもりなら、少なくともその倍の速さで走らねばならん」

「別の所へなんか行きたくない！」とアリス。「ここで十分満足です——ただ、とっても暑くて、のどがかわいてるんですけど！」

「おまえが何がほしいかわかっておるぞ！」クィーンは親切に言いながら、ポケットから小さな箱をとりだしました。「ビスケットをお食べかい？」

「いいえ」と言うのは失礼にあたるだろうとアリスは思いましたが、ほんとうはまるで欲しくなんかなかったのです。それをもらうと、できるだけ口に入れてみました。何て水気のないこと。生まれてからこんなにのどがつまりそうなことはいっぺんもなかったわ、とアリスは思いました。

「おまえが一息入れておる間に」とクィーンは言いました。「ちょっとばかり測っておこうかの」ポケットから一インチごとに刻みの入ったリボンをとりだすと、地面を測り、あちこちに小さな杭を差しこみ始めました。

「二ヤード行ったところで、」その距離を示す杭を差しながら、クィーンは言いました。「すべきことどもを教えてやろうぞ——もうひとつ、ビスケットはどうじゃ？」

「いいえ、結構です。ひとつでもう十分です！」と、アリスは言いました。

「そうか、かわきは止まったのじゃな？」とクィーン。

　何と答えてよいものやらアリスにはわかりませんでしたが、ありがたいことにクィーンは答を待ちもせず、しゃべり続けました。

「三ヤードのところへ行ったら、もう一度復習しようぞ——おまえがよくおぼえておくようにな。四ヤードのところで、さらばじゃ。五ヤードのところで、わしは消えてしまうぞ！」

　このときまでにクィーンはすべての杭を差しおわっていて、クィーンが木のところに戻ってきて、杭の列ぞいにゆっくりと歩きだすのをとてもおもしろくアリスは眺めていました。

　二ヤードの杭のところでクィーンはふり返ると、言いました。「歩《ふ》は最初の一手で二目進むのじゃ。だからして、ぽーんと第三の目へ行くのじゃ——汽車を使うてな——で、たちまち第四の目にいよう。この目はトゥィードルダムとトゥィードルディーのものじゃ——第五の目は水ばっかり——第六の目はハンプティ・ダンプティ——ところでおまえ、何も言わないのかえ？」

「その――その、ちょうど何を言ってよいやらわからなかったものですから」アリスは口ごもってしまいました。

「おまえは言うべき、だったのじゃぞ」と、重々しいとがめ声でクィーンは続けました。「『一から十までみんなお教え願いまして、ほんとうにありがとうございました』とな――まあよいわ、礼はすんだということにしておこう――第七の目は森だらけじゃ。騎士が一人、道案内をしてくりょう――そうして第八の目で、わしらは同じクィーンとなって、飲めや歌えの宴なのじゃ！」アリスは立ち上がっておじぎをすると、また腰をおろしました。

次の杭のところでクィーンはもう一度ふりむいて、「何かを英語で思いつかないときには、フランス語で言うてみるのじゃ――歩くときは足指を外に向けてな――それから自分が誰なのか忘れてはならんぞ！」と言いました。クィーンはこんどはアリスがおじぎする間も待たないで、次の杭へと行ってしまい、そこでちょっとふりむくと「さらばじゃ」と言い、そして最後の杭へと急いで行ってしまいました。

どうしてそんなぐあいになるのかアリスにはわかりませんでしたが、クィーンは最後の杭に着くと姿が見えなくなったのです。雲になりかすみとなったか、足早に森に入って行ったものか（「なんて足の速い方！」とアリスは思いました）、わけがわかりませんでしたが、ともかくその姿は消えてなくなりました。そしてアリスは、自分が歩《ふ》の駒であること、いよいよ動き始める時が近づいていることを思い出しておりました。

第3章　鏡の国の昆虫たち

まずしなければならなかったのは、もちろん、これから入りこんでいく国をはるかに見渡しておくことでした。「まるで地理の時間みたい」少し遠くまで見えないかとつまさきだちになりながら、アリスは思いました。「主要な河川は――一つもないわ。主要な山岳は――この山ひとつだわ。しかも名なしの山なのね。主要な町村は――あら、あっちで蜜をあつめてるの、あれ何かしら。ミツバチのはずはないし――だって一マイルも向こうのハチが見えるはずはないしね――」そしてしばらく黙りこくってつっ立ったまま、そのうちの一匹が花の間で忙しく動き回り、吻《くち》を花の中につっこむのを眺めていました。「普通のハチみたいね」とアリスは思いました。

しかし、これは普通のハチどころではありませんでした。彼女はまもなく知ったのですが、それは実は一匹の――象だったのです。そうわかると最初アリスは息がとまりそうでした。「すると、あの花たちはなんて大きいのでしょう！」と、彼女は次に考えました。「まるでお家から屋根をはずして、茎をつけたようなものなんだ――それにしてもたくさん蜜をつくるんでしょうねえ！　おりていってみようかなっと――いいえ、いまはよしとこう」お山をおり始めたところで立ちどまりながら、アリスは言いました。そんなに急に気おくれしてしまった言いわけをさがそうとしました。「払いのけるための長い枝も持たないであの花の間におりて行くなんてだめよ――お散歩どうだったって、お花たちがきくと面白いだろうな。『ええ、とっても面白くてよ――』と答えるわ（ここで頭をつんとそらすお得意のくせがでます）。ただね、とってもほこりっぽくって、暑くて、それから象たちがとっても気にさわったわって！」

「あっちの方へおりて行こうっと」ちょっと間をおいて、アリスは言いました。「象さんたちにはいずれ会いましょう。それにいまは、第三の目に行きたくてたまらないの！」

こう言いわけすると、山を走りおり、六つある小川の一番最初のものをぽーんととびこえたのです。

＊　＊　＊

1
2
3
4
5
6
7
8
9
10
11
12
13
14
15
16
17
18
19
20
21
22
23
24
25
26
27
28
29
30
31
32
33
34
35
36
37
38
39
40
41
42
43
44
45
46
47
48
49
50
3
C128

「切符を拝見！」車掌が窓から首をつっこんで言いました。すぐにだれもが切符を差しだしていました。彼らは人間と同じくらいの大きさで、車じゅうにあふれているようでした。

「おいこら！　切符を見せるんだ、子供」と、怒ったようにアリスをみつめながら、車掌が続けました。そしてたくさんの声がいっせいに（「まるでお歌のコーラスみたい」とアリスは思いました）こう言いました。「彼を待たすんじゃないよ、子供！　車掌さんの時間は一分千ポンドの値打ちがあるんだぞ！」

「持ってないんですけど」おずおずとアリスは言いました。「私の来たところに切符売場なんかなかったんです」するともう一度声たちのコーラスです。「あの子が来たところには切符売場用の土地もなかったんだ。その土地は一インチ千ポンドの値打ちがあるんだ！」

「言いつくろうんじゃない」と車掌は言いました。「機関士から買っておくべきだったんだ」そしてもう一度声たちのコーラスが「機関車を動かしている人のことさ。煙だけでも一吹き千ポンドの値打ちがある！」と言いました。

アリスは「何を言っても仕方ないわ」と心の中で思いました。彼女が口に出しはしなかったので、声たちは今度は加わりませんでしたが、ところがアリスがびっくり仰天したことに彼らはいっせいにコーラスで考えたのでした（コーラスで考えるってどういうことかおわかりになるといいですがね――だって私にも正直、わからないんです）。「何も言わないのが賢明さ。言葉は一語千ポンドの値打があるんだ！」と。

「これじゃ今晩きっと千ポンドの夢を見るわ、きっと見てしまうわ！」とアリスは思いました。

この間じゅう車掌は、まず望遠鏡、次には顕微鏡、そして次にはオペラグラスを使ってアリスを見ていました。とうとう口を開いて「おまえは逆方向に旅してるんだ」と言うと、窓をしめて行ってしまいました。

「こんなちいちゃな子供は」と、アリスの向かい側にすわった紳士が言いました（この人は白い紙でできた着物を着ていました）。「自分の名前はわからんにしても、どこへ行くかはわかっておらにゃあな！」

この白服の紳士の隣りにすわっていた山羊が目を閉じて、大きな声で言いました。「あいうえおを知らんでも、切符売場へ行く道ぐらい知っとらにゃあ！」

その山羊の隣りには甲虫がすわっていましたが（ほんとうに車一台分よくもこんな変てこな客ばかり集めたものです）、どうやら順々に口をきくというのがきまりらしく、彼も口を開いて「貨物扱いで、ここから戻らにゃなるまいて！」と言いました。

その山羊の隣りに何がすわっているのやらアリスには見えませんでしたが、次に口をきいたのは何だかかすれた品がよくない声でした。「機関車を替えろ――」と、それは言いましたが、そこで息がつまったか、ことばがとぎれてしまいました。

「まるでお馬みたいな声」アリスは心の中で思いました。すると、ほんとうに小さな声が彼女の耳元で「そのヒンがよくないというのと馬とでさ、なにか――うまいしゃれがつくれるよ」と言いました。

今度は遠くでとてもやさしい声が言いました。「この子には『割れ娘注意。天地無用』とかなんとか荷札をつけとかないとねえ――」

すると他の声たちが続いて（「この車両には何てたくさんの人がいるんだろう！」とアリスは思いました）「この子は郵便で届けるのが一番。なにしろ貼り切手る子のようだしな――」とか「電報文で届けた方がよかないか――」とか、「残りの道のりは、この子に汽車を引かせるべきだ――」などと言いました。

しかし、白服の紳士が前かがみになって、アリスの耳元でささやきました。「いちいち彼らの言うことを気にかけてはいかんですよ、お嬢ちゃん。それにしても、汽車がとまるごとに往復切符をもらうようにしてはどうかね」

「もらいませんことよ！」アリスはじりじりして言いました。「私、この汽車の旅と何の関係もありませんの――さっきまで森にいたんです――森に帰るのが願いなんです！」

「そいつでしゃれが言えるよ」と、小さな声が耳元で言いました。「できるもんならもりもり願うとか何とかさ」

「しゃれになんないわよ」と、一体どこから声がくるのか見とどけようとむなしくあたりを見回しながら、アリスが言いました。「そんなにしゃれ、しゃれって言うんなら、自分でつくればいいでしょ」

小さな声は深いため息を漏らしました。とても不幸なことがはっきりわかりましたから、アリスは何かなぐさめになることを言ってあげたいところでした。「みんなみたいにただ何となく息をついてるというだけのことならいいのに！」とアリスは思いました。ところで、このため息はとってもかすかな音でしたから、もし彼女の耳元ぎりぎりのところでした音でなかったら、とても聞こえはしなかったでしょう。なにしろ耳元のせいで彼女は耳がとてもこそばゆくて、あわれな生きものがどんなに不幸せかを考えるのも忘れてしまいました。

「君のこと友だちだと思ったよ」と小さな声は続けました。「いい友だち、昔からの友だちだって。ぼくは虫っけらだけど、君はぼくをいためやしないよね」

「どんな虫さんなの？」少々おもしろくなってきて、アリスが聞きました。本当はそれが刺す虫かそうでないのかを知りたかったのですが、そんなことを聞くのは失礼なことだと思ったのです。

「つまり、君はむし――」と小さな声は続けようとしたのですが、機関車のけたたましい金切り声にかき消

されてしまいました。みんなびっくりしてとび上がりましたがアリスだって驚きました。

窓から首をつきだしていた馬が、首をそっと引っこめると言いました。「ちっぽけな小川があって、そいつを飛びこえるだけさ」それでみんな納得しましたが、アリスだけは汽車が飛ぶなんて考えるとちょっと心配になりました。「でも、それで第四の目に行けるんだから、まあ、ありがたいわね！」と自分に言いきかせました。すぐに彼女は汽車が空中にとび上がるのを感じました。そして恐ろしさのあまり一番近くにあったものをつかみましたが、それは山羊のおひげでありました。

*　*　*　*　*

*　*　*　*

*　*　*　*　*

ところが、そのおひげはアリスがふれると溶けてしまったようでした。そして気がついてみると彼女は一本の木の下に静かにすわっていて――一匹のユスリ蚊が（アリスがおしゃべりしていたのはこの虫だったんですね）、アリスの真上にある小枝の上で体のバランスをとりながら、羽で彼女をあおいでいました。

ほんとうに大きな蚊でした。「ひよこぐらいはあるわ」とアリスは思いました。でも、あんなに長いあいだおしゃべりしたあとでしたから、アリスはあらためて蚊見知りなんかしません。

「――つまりきみは虫はみんな好きじゃないの？」何もなかったみたいに静かに蚊は言い続けました。

「おしゃべりしてくれれば好きよ」アリスは言います。「私のいた所では、虫はおしゃべりしないの」

「きみがいたところ、どんな虫がいるの」蚊が聞きました。

「私、どんな虫もいらないわ」アリスは説明します。「だって、こわいんですもの――少なくとも大きいのはね。でもどんな虫がいるか、その名前はいくつか教えてあげられるわ」

「むろん名前を呼んだら答えるんだろうね」蚊が気のり薄に言いました。

「そんな虫なんか知らないわ」

「名前を呼ばれて返事もしないのなら」と蚊は言いました。「そいつら名前をもってて何の役に立つんだい？」

「そりゃあ彼らには役に立たないわよ」とアリス。「でも彼に名前をつける人たちには役に立つのよ。でなけりゃ、ものに名前がついているのはなぜ？」

「わからないね」と、蚊が答えました。「あっちの、あそこの森の中じゃ、名前のついてるものなんかありゃしないよ――ところで、君の虫づくし、続けてごらんよ。むだ話していないでさ」

「そうね。まずウマバエね」指で数えながら、アリスは始めました。

「ほいきた」と蚊が言います。「あの茂みの中ほどをごらんよ。ユスリウマバエがいるだろう。こいつはまったく木でできていて、揺り子をゆすって枝から枝へと動き回るんだ」

「何を食べて生きてるのかしら？」とても興味をそそられて、アリスはたずねました。

「樹液とおがくずってとこかな」と蚊。「虫づくし続けなよ」

アリスは目を丸くしてユスリウマバエをみつめましたが、きっと色を塗り直したばかりなのだろうと納得しました。とにかくぴかぴかぺたぺたしていたからです。それから、アリスは言い続けました。

「次はトンボかなあ」

「頭の上の枝をごらん」と蚊です。「そこにいるのがトシノセゴクラクトンボってやつさ。からだはすももものプディング、羽はひいらぎの葉、そして頭は酒のなかで火がついた干しぶどうでできてるんだ」

「何を食べて生きてるの？」前と同じようにアリスがたずねました。

「フルーメンティとミンス・パイさ」と、蚊が答えました。「それからこいつは、クリスマスの時の御祝儀箱の中に巣をつくるんだ」

「それから蝶々もいるわ」頭に火がついた虫をとくと見、「虫たちがあんなにろうそくの火の中にとびこみたがるのはそういうわけだったのね――トシノセゴクラクトンボになりたいからなんだわ！」と考えながら、アリスは言い続けました。

「君の足元でごそごそしているのが」と蚊が言いました（アリスはびっくりして足をひっこめます）。「アサカラゼッコー蝶ってやつだ。羽はバターつきパンのうすっぺらなスライスだし、からだはパン皮、頭は角砂糖だ」

「それ、何を食べて生きてるの？」

「クリームの入ったうすいお茶さ」

アリスはまたまたわからなくなりました。「もしそんなものを見つけられなかったらどうなるの？」と彼女は言ってみました。

「そしたら、むろん死んじまうだろうね」

「でも、そしたら、そういうことはしょっちゅう起こってるんじゃない？」考え深げにアリスが言います。

「ああ、しょっちゅうさ」と蚊。

アリスは一分くらい黙りこんで、もの思いにふけりました。蚊の方はそのあいだじゅう、ブンブンとアリスの頭の回りを飛び回って楽しんでいました。しばらくしてもう一度止まると、蚊は言いました。「きみ、名前をなくしたくはないだろうね？」

「ないわ、むろん」ちょっと心配そうに、アリスが言いました。

NAME

The name
Unknown

「でも、どうなんだろう」蚊が無雑作な感じで言いました。「もし名前なしで家に帰れるんだとしたらどんなに便利か思ってもみなよ！　たとえば、家庭教師のおばちゃんがきみに勉強させようと呼びつけようにもさ、『おいでなさい』までは言えても、そのあとが出てこない。なぜって呼びつける名前がないんだからね。そして、もちろんきみは行く必要のヒもないわけさ」

「そんなことじゃだめよ、きっと」とアリスが言いました。「家庭教師はそんなことでお勉強を許してなんかくれないわ。私の名前がおもいだせなきゃ、召使いがよくやるように、『お嬢さん』って呼ぶに決まってるわ」

「へええ。もし彼女が『お嬢さん』きりしか言わないのなら」と蚊。「勉強なんかお冗談って言ってやればいい。おもしろいしゃれだろう。きみに言ってほしかったな」

「どうして私に言ってほしかったと思うの？」アリスは言いました。「ただのだじゃれじゃない」

　蚊はただ深いため息をつくばかりで、大きな涙がふたしずくその頬をつたいました。

「しゃれになんないわよ」とアリスは言いました、「言ってそんなにつらくなるんだったら」

　すると蚊の鳴くようなかぼそく悲しげなため息がもうひとつもれ、そして今度はかわいそうに蚊は自分のため息で本当に消されてしまったもののようでした。


というのは、アリスが目を上げたとき、枝の上にはもう何も見えなかったからです。そんなに長くじっとすわっていたせいで、ほんとうに寒気がしてきたものですから、アリスは立ち上がると歩き出しました。

　すぐに開けた所に出ました。向こう側に森がありましたが、さっきの森よりも暗い感じでした。アリスはその中に入って行くのにちょっと気おくれを感じました。しかし気をとり直すと、行くことに決めました。「だって引っ返すなんていやだもの」そう彼女は思いましたし、なにしろこれだけが第八の目への道だったからです。

「これがあの」と、アリスは考え深げに言いました。「名なしの森にちがいないわ。入って行ったら、私の名前、どうなるのかしら。なくなったらいやだわ！——そしたら新しい名前をつけてもらわなくちゃならないし、きっといやな名になってしまうのよ。でも、私の古い名前をつけた動物をたずねる楽しみができるわねえ！　まるで犬さがしの広告みたいじゃない——『ダッシュと呼べば答えます。しんちゅうの輪がついています』ってわけよ——会ったものを何でも、それが答えるまで『アリス』って呼びつづけるなんてね！だけど、相手が利口なら、きっと絶対に答えないでしょうけど」

　こんなぐあいにとりとめのないことを考えているまにも森に着きました。とてもひんやりして小暗い森です。「まあ、ともかく一息つけるわ」と、木の下を歩きながらアリスは言いました。「なにしろあんな暑いところから、こんな――こんな――こんな何だっけ」としゃべり続けましたが、その言葉が思いつかないのでほんとうにびっくりしてしまいました。「つまりこんな――こんなっと――そうこの下にはいれてよ！」と、木の幹に手をふれました。「これは何て名なのかしらね。名前なんかないのかもね――そうよ、きっとそんなものないんだ！」

彼女はもの思いにふけって一分ほど黙って立っていましたが、突然またしゃべり始めました。「してみると、やっぱりそうなってしまったのね！　だったら、この私はだれなの。なんとか思い出してみるわ！　きっと思い出してみせるわ！」しかし、みせるわ、みせるわってがんばってみても何にもなりませんでした。ちんぷんかんぷんのあげく、彼女にやっと言えたのは「リ、たしかにリで始まるんだ！」ということだけでした。

ちょうどこのとき一匹の仔鹿がぶらぶらとやってきました。それはやさしい丸っこい目でアリスを見ましたが、おそれているようすはまったくありませんでした。「おいで！　おいで！」と、手を出してなでようとしながら、アリスは言いました。相手はちょっと後ずさりしただけでもう一度アリスの方を見ました。

「名前はなんていうの？」とうとう仔鹿が言いました。

なんて甘くてやさしい声なんでしょう！

「それがわかればねえ！」と、かわいそうにアリスは思いました。彼女はつらそうに「名なしなの、今のところ」と答えました。

「もう一度よく考えてみたら？」とそれは言います。「それじゃ困るでしょうに」

アリスは考えてみました。が、何も出てきませんでした。

「おねがいよ、あなたのお名前をきかせて下さいな」と、アリスはおずおず言ってみました。「それで何かわかるかも知れないから」

「もうちょっと行ったら、教えてあげられるよ」と仔鹿は言いました。「ここでは思い出せないんだ」

それで二人はいっしょに森を抜けて行きました。アリスは親しみをこめて両腕を仔鹿のやわらかな首に巻きつけていましたが、やがて開けたところへ出ると、仔鹿は急にぽんと宙にとび上がり、アリスの腕から身をふりほどいたのでした。

「ぼくは仔鹿だ！」嬉しそうにそれは叫びました。「そして、びっくり！　きみは人間の子供だ！」その茶色の美しい目に急に驚きの色が走り、そしてたちまち全速力で駆け去って行ったのです。

アリスはそれを見送りながら、こんなに急にかわいいお伴をなくしたことが口惜しくて泣き出しそうでした。「それにしても、やっと名前がわかったわ」とア

リスは言いました「ちょっとほっとできるわ。アリス——ア——リ——ス——こんりんざい忘れないわ。ところで、この道しるべのどっちへ行けばいいのかしらねぇ」

これは大して難問ではありませんでした。なにしろ森の中には道は一本きりしかなく、二つの道しるべは二つともその道を指していたからです。「道が分かれて」とアリスは心の中で言いました、「別々の方角を向いたときに考えることにしようっと」。

しかしそんなぐあいになるようすはありませんでした。行けども行けども、歩きに歩きましたが、道が分かれる所には必ず、同じ方向を指している二つの道しるべがあって、一つには

トゥイードルダムの家へ ☞

そしてもう一つには

この家にはトゥイードルディー ☞

「あっ、そうか」と、とうとうアリスは言いました。「二人はおんなじ家に暮らしているのよ！　どうしてこんなことがもっと早くわからなかったのかしら——でも、そこに長くはいられないわ。ちょっとのぞいて『こんにちは』って言って、森の出口をたずねるだけよ。暗くならないうちに第八の目へ行かれるといいけどなあ！」こうしてひとりごとを言いながら歩き続け、とある急な角を折れたとたん、そこで二人のふとっちょとはちあわせになりました。あんまり急だったものですから、思わず後ずさりしてしまいました。しかしすぐに我に返ると、思ったことは、この人たちこそまぎれもない

第4章 トゥイードルダムとトゥイードルディー

で、二人は一本の木の下にいて、おたがいの肩に手を回して立っていました。そしてどちらがどちらか、すぐにわかりました。なぜって一人は襟《えり》に「ダム」と刺繍《ししゅう》し、もう一人は「ディー」と刺繍してあったからです。「きっと二人とも襟のうしろのところにトゥィードルって書いてあるんだわ！」と、アリスはひとりごとを言いました。

二人があんまりじっとして立っていたので、アリスは相手が生き物だということをすっかり忘れていました。そして二人の襟の後側に本当にトゥィードルって書いてあるかどうか見ようと、ちょうど後に回ろうとしていたときに、「ダム」って書いたほうがいきなり口をきいたので、アリスはびっくりしました。

「わしらのことを蠟《ろう》人形だと思っとるのなら」と相手は言いました。「ちゃんと金を払わなきゃいかんね。

蠟人形はただで見られるために作られちゃおらんのだから。とんでもはっぷん！」

「さかさまさかさ」と、「ディー」って書いたほうがつけ加えました。「わしらが生きてるって思うのなら、そっちから口をきいてしかるべきだね」

「ほんとうにごめんなさい」と、アリスはやっとそれだけ言いました。というのもある古い歌の言葉が、まるで時計のカチカチいう音みたいに頭の中になり続けで、もう大きな声で口に出しそうになっていたからです――

トゥィードルダムとトゥィードルディー
　一戦やろうと段取りついた。
新しいがらがらがトゥィードルディーに
　こわされたとトゥィードルダムが言ったから。
おりもおり黒きことタール桶《おけ》さながら
　怪物がらす舞いおりて、
二人の戦士　おどろくまいことか
　けんかのことなどほっぽいて。

「そっちゃの考えてることはわかってるぞ」とトゥィードルダムが言いました。

「だが、それはそうじゃない。とんでもはっぷん」

「さかさまさかさ」と、トゥィードルディーが続けて言いました。「それがそうだとすると、そうなのかもしれない。それがそうであるとすると、それはそうなんだろうが、それはそうじゃないのだからして、それはそうじゃないのだ。論理学万歳だ」

「私が考えていたのは」と、とても丁寧にアリスは言いました。「この森を出るにはどの道がいいかってことです。こんなにも暗くなっちゃって。教えて下さいませんこと？」

　しかし、二人のでぶっちょの小男は顔を見あわせて、にやにやするばかりでした。

　二人の恰好がまるでもう大きな小学生という感じでしたから、アリスは思わずトゥィードルダムを指さして、「はい、そこのきみっ！」って言ってしまいました。

「とんでもはっぷん！」トゥィードルダムはきびきびと叫ぶと、ぱちりと口を閉じてしまいました。

「次の、きみっ！」アリスはトゥィードルディーにうつりながら言いましたが、こちらが「さかさまさかさ！」という以外なんにも言わないだろうとはよくわかっていました。そして思ったとおりになりました。

「始め方を間違ってる！」と、トゥィードルダムが叫びました。「人を訪問したらまず『こんにちは』と言って、握手をするんだ！」そしてここで二人の兄弟はおたがいに抱きあい、それからあいている方の手を二つ、握手しようとアリスのほうにさしだしました。

　どちらかの手を握るのは、もう一方の側の気持ちを傷つけることになるので、アリスはいやでした。そこで、窮余《きゅうよ》の策として一度に二つの手を握りました。たちまち三人は輪になって踊りだしていました。ごく自然にそんなぐあいになった（とこれはあとで思いだしたことです）のでしたし、音楽が聞こえてきても彼女は別におどろきもしませんでした。その下で三人が踊っていた木の上から聞こえてくるようでした。（アリスにわかる限りでは）どうやら木の枝どうしが、ヴァイオリンと弓みたいにおたがいにこすりっこして奏でる音楽のようでした。

「でもたしかに変だったわ」（あとで、これら一切を姉様に話してあげながら、アリスは思ったものです。）「気がついたら私『マルベリーの木をぐるりと回ろ』を歌ってたんですもの、いつ歌いだしたんだかもわかんないの。でもなんだかずーっと歌ってたみたいな気がしたのよ」

　あとの二人の踊り手は肥っていましたから、たちまち息が切れてしまいました。「一度踊るのに四べんも回れば十分だ」トゥィードルダムがはあはあしながら言いました。そして始まったときと同じで、突然三人は踊りをやめました。同時に音楽もやみました。

　それから二人はアリスの手をはなして、少しのあいだアリスをみつめていました。何ともバツのわるい間《ま》でしたこと。なぜってね、いままで一緒に踊っていた相手と、改めてどう話を始めてよいものやらアリスには皆目《かいもく》わからなかったからです。「いまさら『こんにちは』もおかしいし」と彼女はひとりごとを言いました。「だってもうそんなとこ通り越しちゃってるみたいだし！」

「あんまりお疲れでないといいですけど」彼女はとうとうそう言ってみました。

「とんでもはっぷん。おたずねの段おおいにいたみいりますな」とトゥィードルダム。

「感謝カンゲキだ！」とトゥィードルディーが加えました。「ときにきみ、詩は好きかい？」

「え――ええ。かなり――詩にもよりますけど」アリスは曖昧《あいまい》な答え方をします。「森を出る道をきかせてくださいませんこと？」

「この人に何をきかしてやりやいいかね」大きなまじめくさった目をしてトゥィードルダムをふりかえると、トゥィードルディーが言いました。アリスの言ったことなんか聞いてもいません。

「『せいうちと大工』が一番長いよ」と、トゥィードルダムが兄弟を優しく抱きながら答えました。

　トゥィードルディーがすぐにやりだしました。

「お日さまきらきら――」

　ここでアリスは思いきって口をはさみました。「とても長い詩なのでしたら」と、できるだけ丁重に彼女は言いました。「先に道を教えてくだ――」


　トゥィードルディーはにっこり笑うと、再び始めました。

お日さまきらきら海んうえ
　めいっぱいに光ってた。
力の限り光ったら
　きらきらと波も穏やか――
さても奇怪《きっかい》　なぜならばときは
　草木も眠る丑満《うしみつ》時だ。

お月さまはむっつり光る
なぜって月の思うには
お日さまうろうろめいわく至極
　昼日中とっくに終ってしまってた――
「さてもいやな人だこと」と月いわく
　「人の愉しみ邪魔するなんざ！」

さても海は濡れに濡れ、
　さても砂は乾きに乾く。
お空に雲ひとつなかったからにゃ
　雲のひとつ見えるでなく、
空とぶ鳥のひとつあるでなし――
　とぶ鳥一匹なかった以上

せいうちと大工

肩ならべて歩いておった。
かくも砂また砂見て
むやみと泣けた。
「みんなきれいに片づきゃあ、
なんぼかよかろ！」と二人は言った。

「七人女中が七本モップ
半年かけて掃《は》いたなら、
さてどうなるか」と、せいうち言った。
「それできれいになくなるか」
「そりゃあどうだか」大工言い
こぼす泪《なみだ》のほろにがさ。

「これは牡蠣《かき》君、いっしょに歩こ！」
と せいうち言った。
「楽しく歩いて、楽しく語ろ、
しょっぱい浜辺の道づれだ。
よったり以上はどうにもならぬ。
貸せるお手々は四つだけさ」

年寄り牡蠣が奴を見た
が吐きはせぬ 何の言葉も。
年寄り牡蠣は目まばたかせ
重いこうべを振るのがやっと——
牡蠣のお家をはなれるなんか

何があろうがまっぴらごめんと。

ちょいと出ました若牡蠣《がき》四たり、
うまい話に目の色変えた。
上着ぴかぴか、お顔つるつる、
靴もすべすべ磨きあげた——
さても奇怪《きっかい》、なぜならば
牡蠣のどこにあるのか足なんか。

さらに出ました牡蠣四つ
またまた続く牡蠣四つ。
やがてどんどんやってきた、
どんどん、どんどん、どんどん続く——
泡だつ波をカキわけて
岸辺めがけてカキ上る。

せいうちと大工
一マイルそこら歩いたら
ちょうど手頃な岩の上
ちょっくらちょいと腰おろした。
牡蠣たち立ちんぼ
一列なしての待ちぼうけだ。

「いまこそその時」せいうち言った。
「あまたのことをともに語ろ。

DAM

鞄だの――船だの――封蠟だの――
　キャベツのことやら――王様のこと――
なんで海は煮えたぎる――
　豚につばさはありやなしと」

「ちょっと待って」と牡蠣くどく。
　「あとからゆっくり喋りたい、
息が切れてるものもいる、
　それにみんな太ってるし！」
「のんびりやろう！」と大工が言った、
　それで礼言うそこな牡蠣。

「パン一丁」とせいうち言った。
　「それこそわしらの欲しいもの、
こしょうとお酢までおまけにつけば
　こりゃまったく言うことないぞ――
さても、牡蠣君、覚悟ができたら、
　こっちはぱくつけるいつでも」

「ぱくつかれてはたまらない！」

　青くなって牡蠣が言う。

「あんなにやさしくしてくれて、
　いまさらそんなの話がちがう！」

「夜こそよけれ」とせいうち言った。

　「加えて眺めもいと良好」


「来てくれたとは恐縮な！

　君ら何ともすばらしや！」

大工ひとこと言っただけ、

　「もう一切れ切ってくれや。

そんなつんぼでなきゃいいが――

　二度まで頼まにゃならんとは！」

「恥知らずな」とせいうち言った。
　「こんなぺてんにかけるとは。
こんな遠くに連れだして、
　こんなにてくてく歩かせた！」
大工ひとこと言っただけ
　「バターを厚く塗りすぎだ！」

「君ら思うと泣けてくる」とせいうちいわく。
　「君らの気持ち、よくわからあ」
と泣きつ涙でつかむのは
　しっかり大きなえものじゃないか、
ハンカチあてたが両の目は
　滂沱の泪にカキくれた。

「これは牡蠣君、ねえ」と大工言う。

　「君ら駈けてきた道も楽しく！

こんどはお家へ走ろうか」

　したが答はありませぬ。

さても奇怪《きっかい》などとどの口で、
二人で食べたんだよきれいに全部。

「私、せいうちの方が好きだわ」とアリスが言いました。「だって、かわいそうな牡蠣さんに少しは同情してるんですもの」

「だけど、奴は大工よりたくさん食ったんだぜ」とトゥィードルディー。「奴、顔んとこへハンカチを当ててただろう。自分がいくつ食ったか大工に数えられんようにさ。さかさまさかさ」

「ずるいっ！」怒ってアリスが言いました。「じゃあ大工のほうがいいわ――せいうちほど食べなかったんならね」

「でも、こいつだって自分に食えるだけは食ったんだぜ」とトゥィードルダムが言いました。

これは難問でした。ちょっと間をおいてアリスが言いました。「いいわ！　二人ともとってもいやな性格なのよ――」と、ここでびっくりしてアリスの言葉がとぎれました。何だか近くの森で蒸気機関車のたてるしゅっしゅっというような音がしたように思ったからですが、どちらかというと獣の声みたいだと思ってアリスはびくびくしました。「このあたりにはライオンか虎かがいるの？」おそるおそる彼女は聞きました。

「なに、ありゃあ赤のキングの大いびきさ」トゥィードルディーが言いました。

「行ってキングを見ようよ！」兄弟は叫ぶと、アリスの手を片方ずつとって、キングが眠っているところへつれて行きました。

「なかなかかわいい恰好だろ」とトゥィードルダムが言いました。

そうだとは正直アリスには言いかねました。キングは房のついた赤いナイト・キャップをかぶっていて、体を丸めて眠っているさまはまるでだらしない何かのかたまりみたいで、そしてなにしろすさまじいいびきでした――トゥィードルダムの言いぐさでは「自分の頭をいびきとばす！」ほどのものでした。

「濡れた草の上で寝たりして風邪をひかないかしら」アリスはとても考えの深い少女でしたから、こう言いました。

「彼いま夢をみてるのさ」とトゥィードルディーが言いました。「何の夢だと思う？」

アリスは「そんなの誰にもわかりっこないわ」と言いました。

「なんと、きみの夢だ！」してやったりと手を打ちながら、トゥィードルディーが言いました。「そしてもしキングがきみの夢を見やめたら、君はどこに行くと思う？」

「もちろん、今いるここだわ」とアリス。

「どこにもおらん！」こばかにしたように、トゥィードルディーがやりかえしました。「君の行くところな

5

んかありゃせん。なんせきみはキングの夢の中にだけ存在するにすぎんのだぜ！」

「そこなキングがもし目をさましたら」とトゥィードルダムが言い足しました。

「君は消えるんだ――こう、パッと――まるでろうそくの火みたいに！」

「私、消えない！」怒ってアリスは叫びました。「それに、私がこの人の夢の中のものにすぎないというのなら、あなたたちは、どうなの、ぜひ教えていただきたいものだわ」

「そちらに同じさ」とトゥィードルダム。

「そちらに同じ、そちらに同じ！」とトゥィードルディーも叫びました。

　この叫び声があんまり大きかったものですから、アリスは思わず「しーっ！　そんな大きな声をたてたら、この人を起こしてしまうじゃないの」と言いました。

「この人を起こしてしまうなんて、君が言ったところで何の役にもたたんさ」とトゥィードルダムが言いました。「だって、君は彼の夢の中にあるものにすぎんのだよ。自分がほんものの自分じゃないこと、よく知ってるくせに」

「私、ほんものよ！」と言って、アリスは泣き出してしまいました。

「泣いたからって、ちっとはほんものになるわけじゃないし」トゥィードルディーが言いました。「何を泣

くことがあるんだい？」

「もし私がほんものでなかったら」アリスは言いました――あんまりばかばかしくって、泣き笑いのかっこうです――「泣くことなんかできないはずでしょう」

「まさかそれがほんものの涙だなんて思っちゃいまいね」ばかにしきった調子で、トゥィードルダムが口をはさみました。

「この人たちのおしゃべり、ナンセンスだってことぐらいわかるわ」と、アリスは心で思いました。「だから泣くなんて愚の骨頂」そこで彼女は涙をぬぐうと、できるだけ快活に言いました。「とにかくこの森から出たいの。だってほんとうに暗くなってきちゃった。雨がくるんでしょうかしら」

　トゥィードルダムは自分たちの上に大きなこうもり傘を広げ、中を調べました。そして「いいや、こないと思うね」と言いました。「少なくとも――この下にはね。とんでもはっぷん」

「でもお外には降るかもしれませんよ」

「かもね――好きにするさ」とトゥィードルディー。

「反対はせんよ。さかさまさかさ」

「えて勝手なことばっかし！」とアリスは思いました。そして「おやすみなさい」を言って彼らのところを立ち去ろうとしたとき、傘の中からトゥィードルダムが飛び出てきて、アリスの手首をつかみました。

「あれが、見えるかい」と、興奮してのどを詰まらせ

ながら彼は言いました。その目はたちまちのうちにまん丸く黄色くなっていきます。そのふるえる指が指しているのは、木の下にころがっている何か小さな白いものでした。

「ただのがらがらじゃない」この白い小さなものをよく調べると、アリスは言いました。「がらがら蛇なんかじゃないわよ」相手がこわがってはいけないと思って、アリスはすぐつけ足しました。「ただのがらがらよ──でも古びてて、こわれてるわ」

「わかってるさ！」トゥィードルダムが叫びました。地団太《じだんだ》をふみ、髪をかきむしりながら、トゥィードルダムが叫びました。「むろん、こわれちゃってるんだ！」と言ってトゥィードルディーを見ますと、こちらはすぐに地べたにすわり、傘のかげに身を隠そうとしました。

アリスは相手の腕に手をおいて、なだめ声で「古いがらがらのことで何もそんなに怒らなくたって」と言ってみました。

「古くなんぞない！」前にもまして頭に血が上って、トゥィードルダムが叫びました。「新しいんだ、いいか──きのう買ったんだからな──おいらのすてきな新しいがらがらちゃん！」その声はまったくの金切り声に変わっていました。

このあいだじゅう、トゥィードルディーのほうは自分を中に入れたまんま傘をたたもうともがいていました。奇妙きてれつな光景でしたから、アリスは怒り

狂った片割れの方からそちらに目をうばわれてしまいました。しかし相手はいっかなうまくいかず、ついにはころがってしまい、傘にくるみこまれたまま頭だけ突きだしていました。そうやって、口と大きな目を開けたり閉じたりしている恰好といったら──「そう、お魚に一番似てるわ」とアリスは思いました。

「むろん、けんかに同意だろうな？」少し落ちついて、トゥィードルダムが言いました。

「いかにもさ」もう一人が傘からはい出てきながら、むっつりと答えました。「ただしこの子に、着付けを手伝ってもらわにゃな」

そこで二人の兄弟は手に手をとって森の中に入って行くと、ほどなく腕一杯がらくたを抱えてもどってきました──下まくら、毛布、炉絨毯、テーブルクロス、皿ぶた、それに石炭入れ、などなど。

「きみ、ピンどめや紐むすび、得手《え》だといいが」とトゥィードルダムが言いました。「こいつらみんな、なんとかして着なくちゃならんのだ」

こんな大さわぎ生まれてから見たことがなかったと、これはあとになってアリスが言ったことです──この二人の大さわぎといい──二人が身に帯びたがらくたの山といい──紐をゆわえたり、ボタンをとめたりするのにアリスがした骨折りといい──「仕上がる頃までには古着屋さんみたいになってるわ！」と、アリスはひとりごとを言いました。そのときアリスは

GAragARa

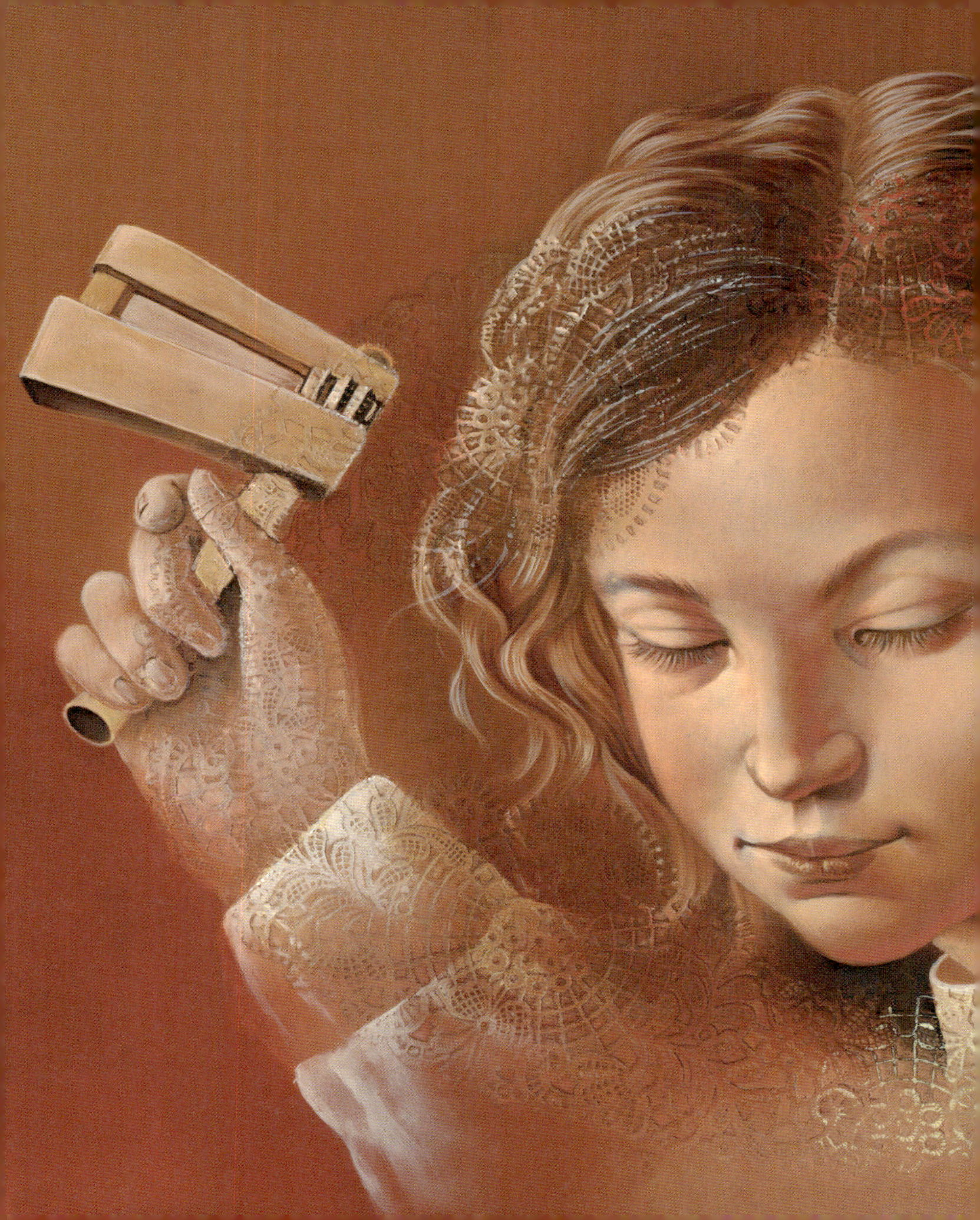

トゥィードルディーの首のまわりに下まくらをつけてあげていましたが、彼に言わせるとこれは「首がちょん切られないように」するためなのでした。

「わかるじゃろ？」と彼はとてもしかつめらしく加えました。「およそ戦いの中でおこりうる一番深刻なこと言うたら――首をとばされることだからなあ」

　アリスは思わず声に出して笑ってしまいましたが、何とか咳のように見せました。だって相手が傷ついちゃ悪いですものね。

「わし、顔まっ青かね？」かぶとをつけてもらうのにやってきたトゥィードルダムが言いました（彼はかぶとと言いましたが、どうみたってシチュー鍋にしか見えませんでした）。

「そう――そうね――ちょっとは」アリスはやさしく答えます。

「わし、勇敢なんじゃよ、いつもはね」低い声で相手は言いました。「ただ今日はたまたま頭痛がするんだ」

「こっちは歯痛ときた！」聞いていたトゥィードルディーが言いました。「そっちよりずっと痛むぞ！」

「だったら今日のところは戦わないでおいたら？」和解の好機とみて、アリスが言います。

「ちっとはやらんならん。長くはやりとうないが」とトゥィードルダム。「いま何時だい？」

　トゥィードルディーは時計を見て、「四時半だ」と言いました。

「じゃあ、六時までけんかして、それから夕食だ」とトゥィードルダム。

「よかろう」悲しげにもう一人が言いました。そして「この子が、見ててくれる――あんまり近く来んほうが身のためだぞ」と言い足しました。「目に入るものならなんでもなぐり倒すからな――とくにその、かっかしてくるとね」

「手に届くものならなんでも打ちつけるのはこちらも同じさ」とトゥィードルダム。「目に入ろうと入るまいと！」

　アリスは笑いました。「きっと木を何度も打ちすえるのね」とアリスは言いました。

　トゥィードルダムは満足そうに微笑するとあたりを見回しました。「一戦終るころには」と彼は言いました。「あたり一面残っている立木なんか一本もありはせんよ！」

「がらがらひとつでねえ！」そんなつまらぬものが原因で戦うなんて恥ずかしいとちょっとは思わないかしらと期待して、アリスは言ってみました。

「もしあれが新品でなかったら」とトゥィードルダムが言いました。「これほど気にはせんかったのさ」

「あの怪物がらすがやってこないかなあ！」とアリスは思いました。

「剣はたった一振りしかないから」トゥィードルダムが片割れに言いました。「おまえはその傘をえものにしなよ――同じくらい鋭いぜ。はやいとこ始めよう。どんどん暗くなってくるぞ」

「どんどん暗く」とトゥィードルディーが言いました。

あまり急に暗くなったものですから、これは嵐が来るにちがいないとアリスは思いました。「なんて厚くて黒い雲！」とアリスは言いました。「なんて速くやってくること！　わあ、きっと翼があるんだわ！」

「からすだ！」びっくり仰天、金切り声でトゥィードルダムが叫びました。そして二人の兄弟は一目散に逃げだして、あっというまに見えなくなりました。

アリスは森の中へ少しばかり走りこんで、大きな木の下で止まりました。「ここだとつかまりっこないわね」とアリスは考えました。「あんなに大きいんだもの、木の間になんか入りこめないわ。あんなに羽をばたばたさせなきゃいいのに――森じゅうすごい嵐になるわ――ほおら、もう誰かのショールが吹きとばされてる！」

第5章 羊毛と水

と言いながらアリスはショールをつかまえると持主はいないかとあたりを見回しました。すぐに森をものすごい勢いで白のクィーンが駆け抜けて来ました。両方の手を大きく広げて、まるで飛んでいるみたいな恰好です。そこでアリスはショールを手に、クィーンを丁重にお迎えしました。

「私がおりましてほんとにようございましたわ」相手がもう一度ショールをはおるのを手伝いながら、アリスが言いました。

白のクィーンは頼りなげにおびえた様子でアリスを見るばかりで、何やら「バターつきパン、バターつきパン」というようなことを小声のひとりごとで言っておりました。だから、少しでも話そうと思えば、まず自分から切り出さなくちゃ、とアリスは思いました。そこでおずおずとこう言いました。「おぼし召しでは、クィーンは白のクィーン様で？」

「お帽子召しかと言われるなら、いかにもわらわじゃ」とクィーンは言いました。「もっとも何やら召すものがちがっとるようじゃが」

会話が始まったばかりで議論になるのはよくないとアリスは思いましたから、にっこり笑ってこう言いました。「どう始めるのがよいとおぼし召しかお教え下さるなら、そのようにいたしますが」

「いまさら始めると言うてものう！」哀れなクィーンはうめき声で言いました。「わらわ自身、もう二時間も召し続けじゃによって」

クィーンが着物を召すのを誰かがお手伝いしてさし上げてれば、ずっとよかったろうに、とアリスは思いましたが、それほどクィーンはひどくだらしないありさまでした。「何もかもがねじれてるわ」とアリスは心で思いました。「まるでピンだらけ！――ショールをお直ししてさしあげましょうか？」と声に出して言ってみました。

「こやつめときたらどうなってるのか、わらわにはさっぱりわからん」憂鬱そうにクィーンが言います。「思うに、こやつ、つむじを曲げとるのじゃ。あっちに留め、こっちに留めしてやるのに、まるできげんを直してくれよらん！」

「片側だけ留めても、まっすぐにはなりませんことよ」やさしく直してあげながら、アリスが言いました。「あらまあ、なんてひどいおぐしですこと！」

「ブラシがすっかりからまりついてもうたのじゃ！」

クィーンがためいきまじりに言いました。「おまけに櫛《くし》はきのうどこぞかへやってもうた」

アリスは注意深くブラシをはずすと、髪を直してさしあげました。「さあ、ずうっとよくなりましてよ！」ピンをあらかた留め直すと、アリスは言いました。「でも、ぜひ侍女をおつけになるべきですわ」

「そちを喜んでつけよう！」とクィーンが言いました。「週二ペンス、それに一日おきにジャムをあげよう」

「別に私を雇ってほしくはないんです――それにジャムも好きではありませんし」と言いながら、アリスは笑わずにはいられませんでした。

「極上のジャムじゃぞ」とクィーンが言いました。

「どちらにしても今日は、欲しくないんです」

「欲しいと言うても、やれはせんのじゃよ」とクィーン。「明日のジャム、昨日のジャムはあげられても――今日のジャムはない。これがきまりなんじゃ」

「でもいずれは『今日のジャム』になるはずでしょう？」とアリスは反対しました。

「そのはずはない」とクィーン。「一日おいたごとにジャムなのじゃ。しかるに今日をおいたら他に今日という日はないわけじゃろうが」

「何だかよくわかりません」とアリス。「ほんとうにややっこしくて！」

「うしろ向きに生きとればそんなことはないよ」クィーンがやさしく言いました。「誰でもはじめのうちは少し目が回るものじゃが――」

「うしろ向きに生きる、ですって！」びっくりして、アリスは繰り返しました。「そんなこと聞いたことありませんけど！」

「――しかしそれにはひとつだけとてもいいところがある。記憶が二つの方向に働くことじゃ」

「私のは片方にしか働きません」とアリスが答えました。「何かが起こらないうちにおぼえてしまうなんてできませんもの」

「うしろ向きにしか働かぬ記憶力など、あわれなものじゃ」クィーンは言いました。

「陛下が一番よくおぼえておられることというと、どんなことですの？」アリスは思い切ってきいてみました。

「ふむ。さ来週に起こったことどもじゃ」と無頓着にクィーンは答えました。「たとえばの話」言いながらクィーンは指に大きなこうやくを貼っています。「王の使者がおるのじゃが、この者は今は罰せられて、牢屋の中じゃ。裁判は来週にならんと開かれんし、さらにその後になって罪がおかされるのはむろんじゃ」

「その方がもしその罪をおかさなかったら」とアリス。

「ならめっぽう結構じゃないか」ひもっ切れでこうやくを指にしばりながら、クィーンが言いました。

　そのとおりだとアリスも思いました。「めっぽう結構ですわね。でも罰せられる人はとてもめっぽう結構

というわけにはいきませんでしょうに」

「そこがそちのまちがいじゃ、ともかく」とクィーン。「そち、罰をうけたことはあるのかい？」

「悪さをしたときだけですけど」とアリス。

「じゃからこそそち、めっぽう結構な子になったのじゃろう！」勝ちほこったようにクィーンが言いました。

「ええ、でもそのときは私がげんに悪いことしたので罰されたわけですから」とアリスは言いました。「これとはまったくちがいます」

「じゃが、げんに悪さをしてなかったら」とクィーン。「そのほうがめっぽう結構なことじゃったろうて。めっぽう、めっぽうな、めっぽうに！」その声は「めっぽう」を言うたびに少しずつ高まっていって、ついにはめっぽうな金切り声になってしまいました。

「それって、まちがって――」とアリスは言いかけていたのですが、クィーンがあんまり大きな声で叫び始めたものですから、尻きれとんぼになってしまいました。「お、おお、おおお！」まるでふりちぎらんばっかりに手をふってクィーンが叫びます。「指から血が！　お、おお、おおお、おおおお！」

　この叫び声がまったくもって蒸気機関車の汽笛そっくりだったので、アリスは耳を両手でふさがずにはいられませんでした。

「どうなすったんですか？」聞いてもらえそうな機会をとらえると、すぐにアリスは言ってみました。「指

をお刺しなんですか？」

「まだ刺してはおらんが」とクィーン。「すぐこれからじゃ――お、おお、おおお！」

「いつだとお思いになりまして？」笑いたくてたまらずに、アリスはたずねました。

「こんどショールを留めるときじゃ」かわいそうにうめき声のクィーンです。「じきにブローチがはずれるのじゃ。お、おお！」言ってるうちにもばっとブローチがはずれ、クィーンはやみくもにそれにつかみかかると、もう一度留めようとしました。

「あっ、危ないっ！」とアリス。「曲がったまんまでつかんでおられます！」そしてブローチをつかもうとしましたが、ときすでにおそし。ピンがすべって、クィーンは指を刺してしまったのでした。

「血の出たわけがおわかりかい？」にっこり笑ってクィーンがアリスに言いました。「これで、ここがどんなぐあいのところか、そち、呑みこめたであろう」

「でもどうして今お叫びになりませんの？」たずねながら、アリスはいつでも耳をふさげるようにかまえています。

「ふむ。もうすっかり叫びおさめておる」とクィーン。

「もう一度やってなんになるのかい」

　この頃までには明るくなっておりました。「あのからす、飛んで行っちゃったんだわ、きっと」とアリス。

「行ってよかった。もう夜かと思ったんだもの」


「わらわもよかったなんと思うてみたいのう！」クィーンが言いました。「じゃが、そのやり方を思いだせいでの。この森に住んで、しかも好きなときによかった思えるなんと、そちなんぼか楽しかろうのう！」

「でも、ここでとってもひとりぼっちなんです！」アリスは悲しそうに言いました。そして自分がひとりぼっちだと思うと、二筋の涙が彼女の頬をつたいました。

「なあ、そんなじゃいけない！」かわいそうにクィーンは絶望して手をもみしだきながら叫びました。「自分がどんなえらい子かって考えるのじゃ。今日はなんで遠くまで歩いてきたか考えるのじゃ。いま何時かって考えるのじゃ。なんでもよい、考えるのじゃ。べそかきだけはおよし！」

　これをきくとアリスは泣き笑いにならざるをえませんでした。「陛下は、考えれば泣かずにおすみになりますの？」とアリスはたずねました。

「おすみになる」とクィーンはきっぱりと答えました。

「誰にしたって、いっぺんに二つのことはできぬのでな。手はじめに自分はいくつか考えてみや――そち、いくつかの？」

「七歳と六か月、きっかりこれです」

「わざわざ『きっかりこれです』など言わいでよい」とクィーンは言いました。「かれこれ言わいでも、わらわは信じようぞ。今度はそちが信じる番じゃ。わらわは百一歳五か月と一日じゃ」

「そんなこと信じられません！」アリスは言いました。

「信じられんとな！」クィーンはあわれむように言いました。「もう一度やってみや。大きく息を吸って、目をつぶるのじゃ」

　アリスは吹きだしてしまいました。「やってもむだです。ありえないことは信じられませんわ」

「練習が足らんとみゆるの」とクィーン。「わらわがそちの年輩には、一日に三十分はお稽古したぞ。さようじゃ、ありえぬことを六つまでも朝食前《あさめしまえ》に信じたこともあった。あれえ、ショールがまたとんでいく！」

　クィーンが言っている間にもブローチがとれ、突風がショールを小川の向こう側へ吹きとばしてしまいました。クィーンはまたまた手をひろげて、ショールを追って飛んで行き、こんどは自分でなんとかつかみました。「とらまえてやったわい！」とクィーンは誇らしげに言いました。「こんどはわらわが自分でピンを留めるによって、見ておいで！」

「すると、指はもういいんですね？」アリスはクィーンのあとから小川をわたりながら、丁重に申し上げました。

＊　＊　＊　＊　＊　＊　＊

＊　＊　＊　＊　＊　＊

「ああ、めっぽう結構じゃ！」と叫んだクィーンですが、叫ぶうちにもその声はどんどん金切り声になっていきました。「めーっぽー！　めーっ！　めーえーえーっ！　めーえーえ！」最後の言葉はとうとう長いめーだけになってしまい、まるで羊そっくりでしたから、アリスのびっくりしたことったら。

　アリスがクィーンを見ますと、クィーンは突然羊の毛にすっぽりくるまれてしまったみたいでした。アリスは目をこすって、もう一度見ました。なにがどうなったのか彼女にはわかりません。私、なんだかどこかのお店にいるのかしら。お帳場の向こう側にすわってるの、あれひょっとして――ひょっとしてひつじなのかしらん。目をこすってもこすっても、あいかわらずなにもわかりません。アリスはとあるうすぐらい店の中にいて、両ひじを帳場についていました。そして彼女の向かい側には一頭の年とった羊が肘かけ椅子にすわってせっせと編みものをし、ときどき手をやすめては、大きなめがねごしにアリスを見やっております。

「あんた、なにが買いたいんだね？」編みものからちょっとのあいだ目を上げると、とうとう羊の方から切りだしました。

「まだよくはわからないんですの」アリスはとても丁重に言いました。「できれば、まわりをいっぺん見てみたいんですけど」

「望みなら、あんたの正面は見られるし、両側だって

見られるよ」と羊は言いました。「でも、まわりをいっぺんに見てみたいって言っても、それは無理さ——頭のうしろに目でもありゃ別だけど」

あいにくとそんな目はアリスにはついておりませんでしたから、そこでアリスはくるっと回って、棚の方に歩みながら目をこらしました。

この店は奇妙なものでいっぱいのようでした——が、なかでも一番奇妙だったのは、何がのっかってるんだろうと、どの棚の方に目をこらしてみても、まわりの棚はぎっしりいっぱいなのに、見られた当の棚だけはいつも空っぽだということでした。

「ここではものがどんどん流れていっちゃうのね！」なんだか大きくてぴかぴかしたものを一分くらいむなしく追いかけ回したあとで、アリスはとうとう悲しそうに言いました。その大きなものは、時には人形みたい、時にはお針箱みたいに見えましたが、いつだって彼女が目をこらしている棚の上隣りの棚にのっかっているのです。「これがなんたって一番頭にくるやつだわね——そうだわ——」と、名案がひらめいて、彼女は言いました。「一番上の棚まで追いつめてやる。そしたら逃げ道がなくなって、天井を破るしかないはずよ！」

ところがこの思いつきもだめでした。その「もの」は、こんなことはいつものことだとばっかりに、音もたてずにあっさり天井を抜けて行ってしまいました。

「あんた、子供なのかい、それとも四角駒《ごま》かい？」もう一組の編棒をとりながら羊が言いました。

「そんなにくるくる回るから、こっちはもう目がぐるぐるしてきちゃうよ」羊は今や一度に十四組もの編棒をうごかしていましたから、アリスはびっくり仰天して相手をみつめないではいられませんでした。

「この人、こんなにたくさんでどうして編めるのかしら」アリスはわからなくなって、心の中で思いました。「この人、だんだんヤマアラシに似てくるわ！」

「あんた、漕《こ》げるかい？」と羊がききました。言いながら一組の編棒をアリスに渡しました。

「ええ、ちょっとなら——でも陸《おか》の上じゃあ——それに編棒じゃあね——」とアリスが言い終わらないうちに、突然手の中の編棒がオールに変わっていき、そして気がつくと二人は小さなボートの中にいて、土手に沿ってボートは滑っておりました。だからもう一生懸命に漕ぐ他ありませんでした。

「はねっ！」もう一組の編棒をとりながら、羊が叫びます。

別に答える必要なんかない言葉みたいでしたから、アリスは何も答えずに、せっせと漕ぎました。この水、何だか妙だわ、とアリスは思いました。というのは時々オールが水にしっかりと入りこんでしまって、なかなか出てこないのです。

「はねっ！　はねっ！」編棒をとりながらまた羊が叫

ぴました。「どうやっても動かにいって言って泣くことになるよじき！」

「小さなかわいいかにさん！」とアリスは心の中で言います。「つかまえたいわ」

「はねって言ってるのが聞こえないのかい」もう束にして編棒をつかみあげながら、羊が怒って叫びました。

「聞こえてますわ」とアリス。「何度もそうおっしゃいました――とっても大きな声で。かにさんはどこにおりますの？」

「むろん水中に決まってる！」手がふさがっているものですから、何本か編棒を髪に刺しながら、羊が言いました。「はねろって言ったのよ！」

「どうしてそんなに何度もはね、はねっておっしゃいますの？」腹がたってきて、とうとうアリスはたずねました。「私は鳥なんかじゃありません！」

「いいや」と羊の言うこと。「立派にあほうどりだわ、あんたは」

　この言葉でアリスは少しむっとしましたので、それから一、二分会話がとぎれてしまいました。その間、ボートの方は静かに、時には草むらをくぐり（いつにもましてオールが水中にしっかりとはまりこんでしまいました）、時には木の下をすべり続けましたが、いつも同じ高い土手が二人の頭上でしかめっつらをしておりました。

「あらっ、お願い！　いい香りの燈心草だこと！」急

に有頂天になってアリスが叫びました。「ほんとうにあるのね――とってもきれい！」

「そのことで別に私に『お願い』なんて言うこたあないよ」編みものから目を上げるでもなく、羊が言いました。「私がそこにおいたわけでもないし、それにどっかへもってこうってつもりもないんだから」

「いえ、そのお、私の言いたかったのは――お願い、ちょっと止まって、摘みたいんですけど、ということだったんです」アリスは言いわけしました。「ちょっとボートを止めてもいいでしょうか？」

「私に止めようがあるかい」と羊。「あんたが漕ぐのをやめりゃあ、ひとりで止まっちまう」

　そこでボートは好きなように流れに漂いはじめ、やがて燈心草のさやぎのまっただ中にゆっくりとすべりこみました。そこで小さな袖が注意深くまくりあげられ、小さな腕がひじの深さまで水中に入れられ、ずっと深いところで燈心草をつかむと折りとるのでした――しばしのあいだ、アリスは羊と編みもののことはすっかり忘れ、ボートから身をのりだすと、もつれた髪の先だけが水に濡れておりました――目をきらきらさせてアリスはいい香りのすてきな燈心草の束を次から次へとつかもうとしました。

「ボートが引っくりかえらなきゃそれでいいわ！」心の中でアリスはそうつぶやきました。「あらっ、なんてきれいなの！　でも手が届かないのね」たしかにち

よっといらいらさせました。(「なんだかわざとやってるみたい」とアリスは思いました。) なぜって、ボートがすべるにつれてたくさんきれいな燈心草を集めてみたのですが、もっときれいなのがいつも手の届かぬ先の方にあるのです。

「一番いいのはいつも遠くなんだ!」とうとうアリスはそう言うと、いつも頑《がん》として遠くに遠くに茂っている燈心草にため息をつきました。それから頬を紅潮させ、髪と手からしずくをしたたらせながら、元の位置に戻ると、集めたばかりのたからものをそろえ始めました。

燈心草たちが、摘みとられたその時から、色あせ始め、香りも美しさもなくし始めていたとしても、その時のアリスには何だったでしょう。だってそうでしょう、本ものの燈心草だってほんのつかのまの命なんです――ましてこれらは夢の燈心草なんです。だからアリスの足元に積まれたまんまはらはらと溶けはててしまったのでした――といっても、アリスはこのことに気がつきませんでした。奇妙なことで頭がいっぱいだったのです。

たいして進みもしないうちに、オールの片方の水かきが水の中にしっかりとはまりこんでしまい、どうしても出てきてくれなくなりました(と、あとでアリスはそのことを説明しました。)そしてその結果、そのオールの柄《え》があごにあたり、あわれなアリスは小さく続けて「お、おお、おおお!」と悲鳴をあげましたが、座席からふっとばされて、燈心草の山の中に落っこちてしまいました。

でも、これっぽっちもけがはありませんでした。それですぐに起きあがりました。羊はそのあいだずっと、何もなかったみたいに、せっせと編み続けていました。

「動かにい、っていっても、こりゃすごいわ!」アリスがそれでもボートの中に自分がいたのにほっとして席にもどると、そう羊が言いました。

「そんなかにでしたか。私には見えませんでしたけど」ボートのふちから注意深く、暗い水中をのぞきこみながら、アリスが言いました。「つかまえときゃよかったな――小さなかにさんを家にもって行きたいな!」羊はばかにしたように笑っただけで、編みものを続けました。

「ここにはかにがたくさんいますの?」とアリスは言いました。

「かになとなんなとたくさんあるよ」と羊が言います。「よりどりみどり。これだって自分で決めればいいだけだよ。さて、あんた、なにが買いたいんだね?」

「買いたい、ですって!」なかばびっくりし、なかばおびえたような声でアリスが繰り返しました――なぜってオールも、ボートも、川さえもがあっというまに消えてしまっていて、彼女はまたまたあの小さな暗いお店の中でしたからね。

「じゃ卵を一つくださいな」おずおずとアリスは言いました。「おいくら？」

「一つなら五ペンス一ファージング——二つなら二ペンスだよ」羊が答えます。

「えっ、二つの方が一つよりも安いわけ？」財布をだしながら、びっくりしてアリスが言いました。

「ただし二つ買ったら、二つとも食べなきゃいかんよ」羊が言いました。

「じゃ一ついただくわ」帳場にお金をおきながら、アリスが言いました。「まるでおいしくないかもしれないじゃない」と心の中でひそかに思ったからです。

　羊はお金を受けとると箱の中にしまいました。それから言うことには「私はお客さんの手にものをわたしはしないよ——そんなこたあ、よくないことだ——あんた、自分でお取りよ」そう言うと、羊はお店のもう一方のはしに行き、棚の上に卵をまっすぐに立てました。

「よくないことだって、なぜなのかしら」とアリスは思いました。彼女はテーブルや椅子の間を手さぐりで進んでいきます。お店のはしの方はひどく暗くなっていたからです。「卵は私が近づくにつれて遠くに行っちゃうみたいね。あらっ、これ、椅子かしらね。あら、枝がついてるのねえ！　こんなとこに木がはえてるなんて妙ね！　あら、この小川、ほんものだわ！　ほんとうに、こんな妙なお店、見たことない」

＊　＊　＊　＊　＊
＊　＊　＊　＊
＊　＊　＊　＊　＊

アリスは歩いて行きましたが、一歩行くごとに不思議な気持ちになっていきました。なぜってなにもかもが、彼女がそこに行ってみると木に変わってしまうのですから。それであの卵もきっとそうなるだろう、とアリスは思いました。

第6章
ハンプティ・ダンプティ

が、卵はますます大きく、ますます人間のようになっていって、アリスがそこから数ヤードのところまで来てみると、それには目と鼻と口がついていることがわかりました。そして、もっと近づいてみると、それはたしかにハンプティ・ダンプティその人でありました。「他のだれだっていうの！」とアリスはつぶやきます。「絶対だわ。顔中、名前を書いているみたいなものよ！」

　なにしろ大きな顔ですから、何百だってたやすく名前を書けそうでした。ハンプティ・ダンプティはトルコ人のように足を組んで、高い塀《へい》の上にすわっていました――何しろ薄い塀で、この人どうやってバランスをとってるのかしらとアリスがいぶかったほどでした――そして、彼は反対の方角にじっと目を注ぎ、アリスなどにはちらりとも目を向けないので、つまりは縫いぐるみ人形にちがいないとアリスは考えました。

「それにしても、なんて卵みたいなの！」こう声に出

して言うと、いつ相手が落ちてくるかと思ったものですから、つかまえてあげようと両手をかまえてアリスは立っていました。

「すごく頭にきたぞ」長い沈黙のあとでハンプティ・ダンプティは言いました。言いながらも、目だけはアリスからそらしています。「卵よばわりされて――すっごく！」

「みたいって言っただけですよ。サー」と、アリスは丁寧に言いました。「卵の中にはとてもきれいなものもありますもの」と、自分の言葉をなんとかほめ言葉に変えようとして、アリスは言ってみました。

「人間の中には」と、相変わらずアリスから目をそらしたまま、ハンプティ・ダンプティが言いました。「その分別、赤ん坊なみという連中もあるものだ！」

　アリスはこれには何と答えたものやらわかりませんでした。これじゃ会話じゃ全然ないわ、だってこの人、私には何にも言わないんだもの、とアリスは思いました。事実、相手の最後の言葉は一本の木に向けられたものでした――そこで彼女は立ったまま、静かに暗誦してみました――

「ハンプティ・ダンプティ　塀のうえ
ハンプティ・ダンプティ　落ちてしまい。
王の馬　王のご家来みんな寄っても
ハンプティ・ダンプティをもう一度元にはもどせ

ない」

「この最後の行は長すぎて、詩にはどうもねえ」と、アリスはほとんど口に出して言ってしまいました。ハンプティ・ダンプティが聞いていることを忘れていたのです。

「そんなふうに一人でしゃべくってばかりおるんじゃない」やっとアリスの方を見て、ハンプティ・ダンプティが言いました。「そっちの名前と、どんな用事かを言ってみな」

「私の名前は、アリスと言いますけれど――」

「なんたる間抜けた名前だ！」いらいらしてハンプティ・ダンプティが口をはさみました。「それ、どんな意味なんだ？」

　名前が何かを意味しなくちゃいけませんの？」いぶかしげにアリスがたずねました。

「しなくちゃいかんさ、むろんだよ」ちょっと笑うと、ハンプティ・ダンプティは言いました。「わしの名前はわしのかたちを意味しとる――すてきないい恰好をね。おまえのような名前じゃ、どんな恰好だってかまわんだろうて」

「こんなところでなぜひとりぼっちでおすわりですの？」議論をしたくないので、アリスはこう言ってみました。

「タッ。ふたりぼっちでないからに決まっとろうが」とハンプティ・ダンプティは叫びました。「こんな問にわしが答えられんとでも思ったか。別の問」

アリスはそれが別の謎々になろうなど思いもせず、ただただこの奇妙な相手のことを心配してあげるお人好しから、こう言いました。「その塀、すっごくせまいでしょ！」

「なんとたわいない謎々ばっかりきくのじゃ！」ハンプティ・ダンプティがうなり声をあげました。「もちろん、わしはそうは思わんね！　いいか、よしんばわしが落っこちても――ありえぬことだわい――もし落っこちてもだな――」ここで彼はくちびるをすぼめ、なんとも勿体《もったい》ぶったしかつめ顔になりましたので、アリスは笑わないわけにいきませんでした。「万が一わしが落っこちても」と彼は続けました、「キングがじきじきに約束下されたのだ――どうだ、おそれおおくば青くなってもいいぞ！　わしの口からこんな言葉が出ようとは驚いたろうが。キングがわしに約束して下された――おん王様じきじきのお口からじゃ――その――そのお――」

「王様のお馬と御家来衆をみんな送って下さるっていうんでしょう？」軽はずみにも、アリスはこう口をはさんでしまいました。

「タッ。そりゃないぞ！」突然怒りにかられて、ハンプティ・ダンプティが叫びました。「さては戸口のと

C. L.

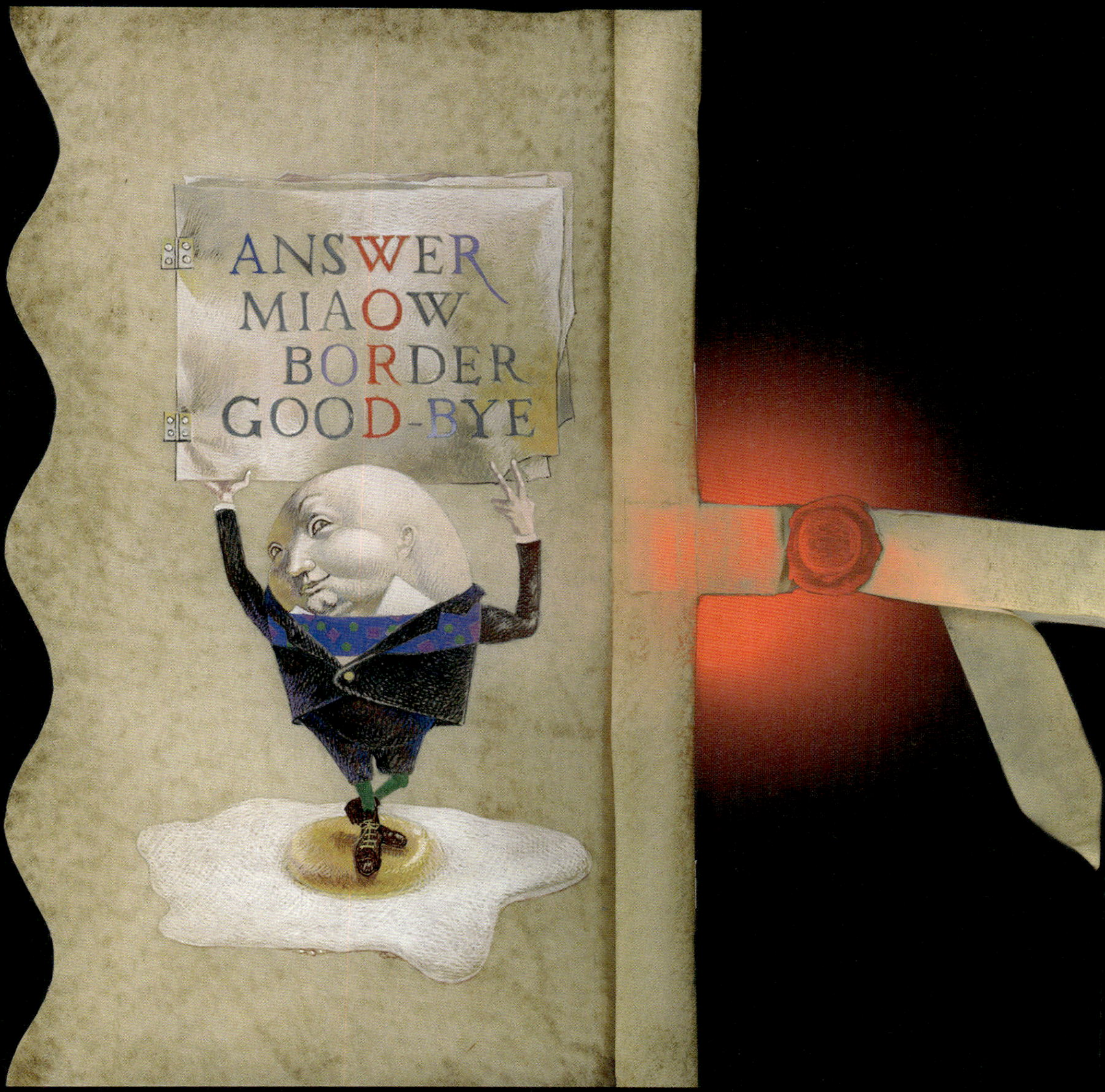
ANSWER
MIAOW
BORDER
GOOD-BYE

こで立ち聞きしてたな――木のうしろで――煙突の中で――じゃなきゃ、どうしてそれを知っとるんだ！」

「人聞きの悪いこと！」アリスはとてもおだやかに言いました。「本に出てたんですわ！」

「タッ。そうか！　なるほどあいつらならそんなこと本に書きかねん」少し落ちついたハンプティ・ダンプティが言いました。

「それがあいつらのいわゆる英国史ってやつなんだ。さて、このわしをとくと見ろ！　わし、王に口をきいたんだぞ。このわしはなあ。もうそういう人間にはまたとは会えんだろうよ。じゃが、わしが別にお高くとまってない証拠に、あんたと握手してやっても苦しうないぞ！」そして前にかがみ（それであやうく塀から落ちそうでしたが）アリスの方に手を伸ばしながら、ほとんど耳から耳までぱっくりさけた口でにたっと笑ってみせました。相手の手をとりながら、アリスは少し不安そうに相手を見ました。「もっと笑ったら、きっとあの口がうしろでつながってしまうかも」とアリスは考えました。「そうなったら、この人の頭一体どうなっちゃうのかしらねえ！　とれてしまわないといいけど！」

「しかりさ。王のお馬と王の御家来衆がみんなして」と、ハンプティ・ダンプティは続けます。「すぐさまわしを起こしてくれる、そういう段取りだ！　したが、今この会話はちと先走ってしまいすぎるな。ひとつ前

の台詞に戻ろうじゃないか」

「どういうんだったか思いだせませんけど」アリスはとても丁重に言いました。

「その時には初めからやればよい」とハンプティ・ダンプティ。「話を選ぶの、今度はわしの番だったよなあ――」「まるでゲームみたいに言うのね！」とアリスは思いました。「それであんたに質問。いくつじゃと言ったかい？」

　アリスはすぐ計算してから「七歳と六か月です」と言いました。

「はずれっ！」勝ち誇ったように、ハンプティ・ダンプティが言いました。「言ったか言わないかと聞いたんだ！」

「私はいくつかっておたずねだったんでしょう？」アリスは言いわけします。

「そのつもりなら、そう言っとるよ」と、ハンプティ・ダンプティ。

　アリスは議論にもどるのがいやでしたから、黙っていました。

「七歳と六か月ねえ！」もの思わしげに、ハンプティ・ダンプティが繰り返しました。「なんてぶざまな年だ。わしの忠告を、って来とったなら、『七歳でやめときな』って言ってやったろうに――もう手遅れじゃが」

「年をとることで誰かに忠告してもらおうなんて思い

ません」むっとしてアリスは言います。

「お高くていらっしゃる」相手が言いました。

　このあてつけにアリスはいっそうむっとなりました。

「私の言いたいのは」とアリスは言いました。「ひとりで大きくなっていくの、だれにも止めることはできない、ってことです」

「おそらく、ひとりではな」とハンプティ・ダンプティ。「じゃがふたりでならできる。ちゃんと助けてもらえば、七歳で止められておったかも知れん」

「なんてきれいなベルトをしてるの！」だしぬけにアリスが言いました。（私たち年齢《とし》の話ばっかりしすぎるわ、と彼女は思いました。それにもし話題をほんとうに代わりばんこに選ぶのだとすると、今度は私の番だもの。）「少なくとも」よく考えてから、アリスは言い直しました。「きれいなネクタイ、って言うべきだったのね――いえ、その、ベルトのつもりで――ごめんなさい！」こまってしまって言い足しました。なぜってハンプティ・ダンプティがすっかり腹をたてているように見えたからです。こんな話題にしなけりゃよかった、とアリスは思い始めていました。「どこが首で」と、心の中でつぶやきます、「どこがウエストかさえわかればねえ！」

　一分ほど口こそききませんでしたが、ハンプティ・ダンプティは明らかにひどく怒っていました。もう一度口をきいた時、それは低いうなり声でした。


「す――すっごく――あた――頭にきたぞ」やっと彼は言いました。「ネクタイとベルトの区別もつかんときた！」

「ほんとに私って何も知らないものですから」と、アリスがぐっと下手《したて》に出たものですから、ハンプティ・ダンプティも少しなごみます。

「ネクタイじゃよ。いいかい、それもあんたの言うとおりできれいな奴だよ。白のキングとクィーンからのプレゼントなんだ。ほら、見なよ！」

「ほんとうですか？」やっぱりいい話題を選んだとわかってすっかり安心すると、アリスは言いました。

「おふたりがわしにたまわれたのじゃ」ひざを重ね、両手を輪にしてそれを抱きながら、感慨深そうにハンプティ・ダンプティが言いました。「おふたりからこれをいただいたのは――誕生しない日《ひ》プレゼントとしてじゃった」

「すいませんが、なんですか？」わけがわからなくて、アリスが言いました。

「すいませんって、わし別に怒ってないよ」とハンプティ・ダンプティ。

「その、誕生しない日《ひ》プレゼントってなにかって聞きたかったんです」

「誕生日でない日にもらうプレゼントにきまっとろうが」

　アリスはちょっと考えました。「私だったらお誕生日プレゼントのほうが好きだわ」とうとう、彼女は言いました。

「自分の言うことがわかっとらんのだ！」ハンプティ・ダンプティが叫びました。「一年は何日だい？」

「三百と六十五日です」とアリス。

「するとあんた、誕生日はいく日だい？」

「一日ですわ」

「三百と六十五から一引くと、残りはいくつになる？」

「三百と六十四ですわ、むろん」

ハンプティ・ダンプティは疑わしそうな顔をしました。「紙の上でやってみてもらいたいな」と彼は言いました。

アリスは笑わずにはいられませんでしたが、手帳を出すと、彼のために計算してあげました。

$$\begin{array}{r} 365 \\ -1 \\ \hline 364 \end{array}$$

ハンプティ・ダンプティは帳面をとって、じっと眺めていました。が、「あってるみたいだな――」と言いました。

「上下逆さまですよ！」とアリスが口をはさみます。

「タッ。そうかそうか！」愉快そうに言うと、彼は帳面をひっくり返しました。

「なんかおかしいとは思ったんだ。さっきも言ったが、あってるみたいだな――今は徹底的に調べる暇はないが――すると、あんたがお誕生しない日《ひ》プレゼントをもらえる日は三百六十四日あることはたしかになったわけだ――」

「たしかに」とアリス。

「ところがお誕生日プレゼントのほうはたった一日。なんとも光栄至極じゃ！」

「コーエーシゴクって、どういうことなんでしょうか？」アリスが言います。

ハンプティ・ダンプティはいかにもこばかにしたような笑いを浮かべました。「むろんわかるまいさ――こっちが説明してやらんことにはな。つまり『切れのいい大なたで一件落着！』と言いたかったわけだ」

「でもコーエーシゴクは切れのいい大なたという意味にはなりません」アリスが反論しました。

「このわしがある言葉を使うときには」と、見くだしたような調子でハンプティ・ダンプティは言いました。「それはわしがこうと選んだことだけを意味する――それ以上でも以下でもないのだ」

「問題は」とアリス。「そんなふうにいろんなことを言葉に意味させることができるものかどうかよ」

「問題は」とハンプティ・ダンプティ。「どちらが主人になるか――それに尽きとる」

アリスはさっぱりわからないので何も言えません。するとしばらくして、ハンプティ・ダンプティがまた言い始めました。「奴らは自制がきいたりきかなかったりする、ものによるが——特に動詞はそうだ。お高くとまってることとったらない——形容詞相手ならなんとでもなるが、動詞の時制はどうしようもない——じゃが、このわしにかかればみな思いのまま！　もうフカニューだ！　このわしがこう言うとするとどうじゃ！」

「あの、お願い」とアリス。「それはどういう意味ですの？」

「やっと、まともな子供らしい口のきき方ができたな」たいそう満足そうに、ハンプティ・ダンプティは言いました。

「この『不可入』って奴にわしが意味させたいのは、この話はもううんざりだから、次は何をするつもりなのかあんたに言ってもらいたいな、とそういうことさ。だってあんた、一生ずっとここにいる気だとは思えんものな」

「一つの言葉にずいぶんたくさん意味させるんですね」考え考え、アリスが言いました。

「こんなふうに言葉に大目に仕事をさせるときにはな」とハンプティ・ダンプティ。「わしはいつも超勤手当てをつけるんだ」

「ンまあ！」とアリス。びっくりしてしまって、ンまあとしか言いようがなかったんですね。

「そうだ、彼らが土曜の夜にわしの周りに集まってくるところをあんたに見せたいね」頭をえらそうに左右にゆすりながら、ハンプティ・ダンプティは言いました。「むろん、お給金をうけとりに来るのさ」

（給金って何をあげるものやら、アリスには聞く勇気がありませんでした。ということは、私からきみに教えてあげることもできないわけだね、ははは）

「言葉を説明するのがお上手のようですね、サー」アリスが言いました。「『ジャバウォッキー』って詩の意味をお教え願えませんこと？」

「よし、聞かせてもらおうじゃないか」ハンプティ・ダンプティは言いました。「かつて作られたすべての詩を説明してやれるし——いまだ作られておらぬ詩のあらかたも説明してやれるぞ」

　これは有望そうでした。そこでアリスは第一聯《れん》をそらんじてみました。

「ゆうまだきにぞ　ぬめぬらとおぶ
にひろのちにや　ころかしきりる
うたてこばれたるぼろこおぶ
えかりたるらあすぞひせぶる」

「手始めはそれで十分じゃ」ハンプティ・ダンプティが口をはさみました。「むつかしい言葉がいっぱいある。『ゆうまだき』というのは夕方の四時のことじゃ——夕ごはんをたき始めるのがこの刻限なんじゃよ」

「それでわかりました」とアリスは言いました。「じゃあ、『ぬめぬら』は？」

「そうさな。『ぬめぬら』とは『ぬめぬめ、かつ、ぬらぬら』の謂《いい》じゃな。『ぬめぬめ』とは『元気な』と同義じゃ。つまり、鞄《かばん》みたいなものじゃよ――一つの言葉の中に二つの意味がつめこまれとるというわけじゃな」

「よくわかりました」考え深げにアリスが言いました。「それじゃ『とおぶ』は？」

「うむ。『とおぶ』は穴熊に似ていて――とかげに似ていて――コルク栓ぬきに似たものじゃ」

「ずいぶんと変な恰好ですね」

「そうだ。それに日時計の下に巣をつくるし――チーズを常食している」とハンプティ・ダンプティは言いました。

「『ころかす』と『きりる』は？」

『ころかす』ってのはジャイロスコープみたいにころころ転がるということ。『きりる』はねじ錐《きり》みたいに穴をあけることだ」

「『にひろのち』というのは、日時計のまわりの草地のことじゃない？」アリスは言って、自分でも自分の頭のいいのにびっくりしました。

「その通り。その前にひろびろ続いておるし、その後にひろびろ続いているがゆえに、『にひろ』という名がついたのじゃ」

「横にひろびろもしてるのね」アリスがつけ加えました。


「まったくその通り。『こばれたる』は『こわれた』かつ『はばかられる』の意味《こころ》だ（これも鞄語になっとるな）。それから『ぼろこおぶ』というのは、やせて見ばえのせん鳥で、羽がそこらじゅうくっついて――生ける柄《え》ぞうきんという恰好をしとる」

「じゃあ、『えかりたるらあす』って？」とアリスは言いました。「御面倒ばかりかけてすみませんけど」

「かまわんさ。『らあす』とは緑色の豚の一種。『えかる』っていうのは、もうひとつ良うわからんな。思うに『家を離《か》る』を縮めたんじゃろう――道に迷ってしまった、という意味じゃろうな」

「それから、『ひせぶる』はどういうことですの？」

「うむ。『ひせぶ』ちゅうのは何やら吼《ほ》えるでもなく、さえずるでもなく、その間にまあ、くしゃみみたいなもんが入るのよ。あんたもそのうち耳にすることがあるじゃろう――あっちの森の中でな――それで、一度耳にしたら、もういいって言うにちがいないさ。それにしても、こんな七面倒くさい奴ばっかり、あんたに聞かせたのは誰だい？」

「本で読みましたの」とアリス。「でも人から聞かせてもらったのなら、もっとずっとやさしいのを聞かせてもらいましたことよ――トゥィードルディーさんからだったかしら」

「詩にかけてはな」と、大きな手の片方をつきだしながら、ハンプティ・ダンプティが言いました。「十人並みにはこのわしもそらんじられるぞ。やってみろっていうことなら――」
「いいえ、やってみろって言いません！」相手にやりださせては大変と、すぐアリスが言います。
「わしがそらんじようという一篇はじゃね」アリスの言ったことなど上の空で、彼は言い続けました。「まったくもってあんたの楽しみのために書かれたものなんじゃ」
それだったら聞かないわけにはいかないだろうとアリスは思いました。そこで腰をおろすと、大分つらそうに「ありがとう」と言いました。

「冬、野辺に雪おくとき、
われはこの歌を君がため歌うべし――

わしゃ別に歌わんがね」と、彼は説明をつけ加えました。
「思いみるところ、そのようね」とアリス。
「歌わんという思いが見えるなんて、あんたよほどいい目をしとるってわけだ」きびしい口調で、ハンプティ・ダンプティが言いました。アリスは黙っています。

「春、木々緑なすとき、
わが思うことをば君に伝うべし」

「ありがとう」と、アリスは言いました。

「夏、日ながきとき、
おそらくは君この歌に理解ゆき
秋、木々の黄ばむころ
筆とりて、記せかしそを」

「そのときまで覚えてたら、そうしますわ」とアリスは言いました。
「いちいちあげ足とるんじゃない」ハンプティ・ダンプティが言いました。「ばかげとる。そんな文句でわしは頭にくる方なんだ」

「おいらは魚に頼んだことづてを。
〈これこそおいらの望みなれ〉と
海の小さな魚ども
おいらにくれよったその答を。
小さな魚の答えるにゃ
〈そりゃできない。そのわけは――〉」

「まるきりわかりませんけど」とアリスが言います。

「ちっと先へいけばやさしうなる」ハンプティ・ダンプティが答えました。

「も一度奴らにことづけた。
〈従う方が身のためだ〉
にんまり答えたは魚ども
〈おお、ごきげんの悪いこと！〉
一度言った、二度言った、
奴ばら忠告に耳貸さぬが。
大きな新品やかんをとった、
こいつは仕事にうってつけだ。
心ははやる、胸おどる
ぽんぷでやかんに水をはる。
そこに誰やら曰《いわ》くには
〈眠ってるぞ、小さな魚〉
奴に言った、はっきり言った、
〈それならも一度起こさねば〉
大きく言った、しっかり言った、
奴の耳元でどなったさ」

この歌をそらんじるうちにも、ハンプティ・ダンプティの声はどんどん高くなって、ほとんど金切り声になりました。アリスはぶるっと身ぶるいして、「何をもらっても、この人のことづてだけは頼まれたくないわ」と思いました。

「奴はつっぱる、お高くとまる、
〈小さな声でねがいます〉と来る。
お高くとまってつっぱらかって
〈行って起こそう、もしも――〉って。
棚からおいら栓抜きとった
おいらが奴ら起こしに行った。
見ればドアには錠おりてた、
押した、引いた、蹴った、なぐった。
見ればドアは口とざし、
そこで取っ手を回したが、なぜか――」

そこで長い休止が入りました。
「それで全部ですの？」おずおずとアリスはたずねま

した。

「これで全部じゃ」ハンプティ・ダンプティが言いました。「さよならだ」

　これじゃあんまり尻切れとんぼだわ、とアリスはそう思いましたが、行った方がいいんだとこれほどはっきりとうながされては、これ以上いるのは礼儀に反するとも思いました。そこで立ち上がると、手をさし出しました。「さようなら。またお会いしましょう！」と、できるだけ快活に言ってみました。

「また会ったにしろ、あんたをおぼえとりゃせんよ」不機嫌そうに、ハンプティ・ダンプティが言いました。指を一本だけ握手のためにアリスにさしのべています。「あんた、他の奴らとまるで同じ顔なんじゃものな」

「ふつうは顔で見わけがつくんですけれど」考え深げに、アリスが言いました。

「そこに文句を言いたいね」とハンプティ・ダンプティ。あんたの顔はみんなの奴とおんなじだ――目が二つだろ、それから――」（親指で空中に絵を描きながら）「まん中に鼻、下に口。いつだって同じだ。鼻の片側に目が二つあってくれたりとか――てっぺんに口とか――それならちょっとは手間がはぶけるのにな」

「見よいものではありませんね」アリスは反論しました。

　しかしハンプティ・ダンプティは目をつぶって、

「まずやってみるさ」と言うばかりでした。

　アリスは少しのあいだ、相手がもう一度口を開くかどうか待っていました。が、相手が目を開けず、彼女にそれ以上まったく気をとめもしないのを見て、また「さようなら！」と言いました。答がないので、アリスは静かに立ち去って行きました。でも、歩きながら心の中ではこう言わずにおられませんでした。「不愉快極まる――」（これを彼女はもう一度こんどは口に出して言いました。そんな長い言葉を言ってみるのはとても楽しいことでしたからね。）「これまで会った不愉快極まる人たちの中でも――」アリスはこの文句を言い終りませんでした。なぜって、この時、どっしーんという大きな音が森をはしからはしまでゆすぶったからです。

第7章 ライオンとユニコーン

と、たちまち兵隊たちが森を駆け抜けて行きました。初めは二人、三人という感じ、それが十人、二十人の束になり、ついには森を埋めつくすほどの押すな押すなの数になりました。踏みつけられては大変と、アリスは木の蔭にかくれて、兵隊たちの通りすぎるのを眺めておりました。

それにしてもこんなに足元のあやしい兵隊さんたちなんて今までに見たことがないわ、とアリスは思いました。いつも何だかんだに蹴っつまずいていて、一人が倒れるといつだって何人もその上に倒れ、すぐに地べたじゅうに人間の山ができました。

次に馬たちがやって来ました。こちらは四つ足ですから歩兵たちよりはうまく進みましたが、それらでさえ時々ころびました。どうやら馬がころぶと、乗っている者も必ずすぐにころび落ちなければならぬというのがきまりのようでした。混乱は刻一刻ひどくなっていきましたから、アリスは森を出て開けたところに出

られたときには本当にほっとしました。そしてそこで彼女は、地面にすわって手帳に忙しく筆を走らせている白のキングをみつけました。

「彼らを送りしは朕《ちん》ぞ！」アリスを目にとめると、嬉しそうにキングは叫びました。「ひょっとして、そち、森を抜けるとき、兵隊たちにでくわさなんだかい？」

「はい、会いました」とアリスは言いました。「何千もいた、と思います」

「四千と二百と七人。正確にはな」帳面を見ながらキングが言いました。

「馬をみんな送ることはできなんだ。どうしても二頭はゲームの方に割《さ》かねばならぬのじゃ。それから二人の使者もだめじゃった。二人とも町へやっとるのだ。道づたいに眺めて、二人のどっちか見えるかどうか見てくれんかの」

「道にはいない」アリスが言いました。

「そのような目がわしにも欲しいのお」じれったげに、キングが言います。「なんせイナイが見えるなんて！　しかもあんな遠くの！　うむ、この光では、わしには家内を見るのがやっとじゃというに！」

アリスには何のことやらわかりませんでしたから、あいかわらず、こてをかざして道の方をじっとみつめていました。

「誰かが見えます！」とうとう彼女は叫びました。「とってもゆっくり来ます――でも恰好がおかしい！」

(なぜって、その使者は両手をまるで扇子かなにかのように広げてやって来ながら、上下にはねたり、うなぎみたいにくねくねしてばっかりいましたから。)

「別におかしうなどないぞ」とキングが言いました。「奴はアングロサクソン人の使者なんじゃ――だからして、あれがアングロサクソン風のふるまいなんじゃ。ハッピーなときに限ってやるのじゃよ。奴はヘアという名なんじゃ」(この名を王様は市長《メア》と韻をふむように発音しました。)

「私、あの子にはひふへほの字」アリスは思わず口にしていました。「だってあの子はハッピーだから。私、あの子をはひふへふるの、だってあの子はひどいもの。私、あの子に食べさせる――そのお、ハム・サンドにほし草を。あの子の名前はヘア、住んでるところは――」

「平《ひら》たい原じゃよ」は行で始まる町の名前をアリスが考えている間に、キングがそっけなく言いました。御自分ではゲームに入っていることなんかまるで御存知ないようすでした。「いまひとりの使者はハッタと言うんじゃ。二人かかえておらにゃならん――行くのと帰るのと。一人が行き用、一人が帰り用じゃ」

「何ですって？」アリスが言いました。

「何だろうと掏《す》るのはいかんことじゃよ」とキングが言いました。

「つまり何だかよくわかりませんって申しあげたかったんです。一人が行く方、もう一人が帰る方っていうのが」とアリスは言いました。

「わしゃ言わなんだかい？」キングはいらいらしながら繰り返します。「二人かかえておらにゃならんのだ――持って行くのと持って帰るの。一人は持っていく奴、一人は持って帰る奴」

この時、使者が到着しましたが、なにしろ息切れがひどくて、何も言えませんでした。そして腕をふりまわすばかりで、見るも恐ろしいしかめっつらを、気の毒にキングの方に向けました。

「こ、このお嬢さんがおぬしにはひふへほの字じゃと」使者の注意を懸命に自分からそらそうとして、アリスを紹介しながらキングが言いました――が、何にもならず――アングロサクソン風ふるまいは刻々あんぐろしくなりまさるばかりです。その大きな目玉は目の中をぐるぐるかけ回っています。

「おぬしには仰天するわい！」キングが言いました。「ふらふらするぞ――ハム・サンドをよこせ！」

言われると使者は首からぶらさげた袋を開けて、サンドイッチをひとつキングにわたすので、アリスはとても面白く思いました。キングはがつがつと食べました。

「もうひとつ！」とキングが言いました。

「あとは干し草しかありません」袋をのぞきこむと、使者が申しました。

「では、干し草を」か細いささやき声で、キングがつぶやきました。

それでキングがもりもり元気をとりもどすのを、アリスは面白く眺めていました。

「ふらふらする時は、干し草を上回る手はないわい」口をもぐもぐさせながら、キングは彼女に言いました。

「冷たい水をかけるか」とアリスは言いました、「気つけ薬を使うのがもっといい手でしょうけど」

「もっといい手がないなんて別に言っとらんぞ」とキングは答えました。「上を回る手はない、とそう言うただけじゃ」そりゃまあそうだけど、とアリスは思いました。

「道で誰かを追い越したか？」もっと干し草をもらおうと使者の方に手を出しながら、キングは言い続けます。

「それはいない、です」と使者が言います。

「なーるほど」と王様。「このお嬢さんもきゃつを目撃されとる。するとむろん、イナイめはおぬしより足がおそいわけじゃな」

「私は全力疾走しとります」むっとしたように使者が言いました。「私めより速い人間はいないです」

「イナイが速いはずはないのお」とキング。「さなくば、きゃつの方がここに先に来とるはずじゃからな。ところでじゃ、一息ついたようじゃから、町のようすをきかせてくれ」

「小声で申し上げますする」そう言うと、使者は両手を口のところでラッパの形にして、王様の耳元に身をかがめました。アリスはニュースを聞きたかったのに、とても残念でした。ところがどうでしょう。小声どころか、使者は声を限りに叫んだのです。「やつら、またやってます！」

「そっ、それが小声か！」気の毒に、とび上がると、身をふるわせながら、キングは叫びました。「こ、こんどそんなまねをしてみよ、バター焼きの刑にしてやる！　地震みたいに頭のこっちからこっちへ突っぱしったぞ！」

「とってもちいちゃな地震なのねえ！」とアリスは思いました。「誰がまたやってますの？」思い切って彼女は口に出してみました。

「そりゃ、ライオンとユニコーンの奴に決まっとる」とキングが言いました。

「王冠めあてのけんかですの？」

「たしかにそうじゃて」とキングが言います。「しかもこのわしの王冠をずっとつけねらっとる。冗談もたいがいにしろだ！　見に行ってみよう」

一行は小走りに行きます。アリスは走りながら、古いお歌の文句をつぶやきました。

「ライオンとユニコーン、王冠めあてにけんかし
た、

ライオンがユニコーン、まちじゅうでまかした。
彼らに白パンくれる人ら、彼らに黒パンくれる人
ら、
干しぶどうをくれる人、太鼓叩いて彼らを町から
叩きだした」

「そのお——勝った——ほうが——王冠もらうんですの？」アリスはなんとかそれだけ聞きました。走ったせいですっかり息が切れていたのです。

「ちがう、ちがう！」キングが言いました。「阿呆なことを！」

「どうか——お頼みします——」さらに走ってから、アリスはあえぎあえぎ言いました。「一分だけ止まって——も一度——ひといき入れさせて！」

「お頼みされよう」とキングが言いました。「我ながらお頼もしい方とは言えんがね。一分というのは、さほどにもおそろしく早く過ぎていくのじゃ。一分を止めようなど、蛮駝支那驪《ばんだすなっち》を止めようとするも同じだわい！」

　話そうにもアリスの息は切れに切れています。そこで無言のまま一同走り続けましたが、するうちに人だかりが見えてきて、その中心でライオンとユニコーンが争っておりました。なにしろものすごい砂ぼこりを立てているものですから、アリスには初めどっちがどっちだかわかりませんでした。やがて何とかその角《つの》でユニコーンを見わけることができました。

　一同は、もう一人の使者ハッタが、片手にティー・カップ、そして片手にバターつきパンを持ってようすを眺めているそばにおちつきました。

「あいつは牢屋を出てきたばかりなのさ。放りこまれたとき、まだお茶が終ってなかったんだ」ヘアがアリスにささやきました。「あそこじゃ、牡蠣《かき》がらぐらいしきゃくれはせん——そいであいつはのどもからからお腹もからっぽなんだ。景気はどうだい、兄弟？」彼はハッタの首にやさしく腕を回しながら言い続けました。

　ハッタはふり返るとうなずき、やっぱりバターつきパンをぱくつきました。

「牢屋暮らしはどうだったい、兄弟？」ヘアが言います。

　ハッタはもう一度ふり向くと、こんどは涙がひとしずくふたしずく頬をつたいましたが、一言も口にはしませんでした。

「何とか言えよ！」じりじりしてヘアが叫びます。でも、ハッタはもぐもぐやるばかり、ごくごくやるばかり。

「かんとか申せ！」キングも叫びます。「こいつらの戦況はどうなんじゃ」

　ハッタは死にものぐるいでがんばって、大きなバターつきパンを呑みこんでしまいました。「非常によ

HARE
HATTA
Messenger 2

くやっておりますです」のどをつまらせながら、彼は言いました。「うち一名はおおよそ八十七回ほどダウンしておりますですが」

「では、もうすぐ人が白パンと黒パンを持ってくるんですね？」アリスは思い切って言ってみました。

「パンの方で彼らを待ってるところです」とハッタ。

「私が食しておりますのもその一切れなんですがね」

ちょうどその時、争いに一段落がついて、ライオンもユニコーンもはあはあ言ってすわりこんでしまいました。キングが大声で「おやつタイム十分間！」と呼ばわりました。ヘアとハッタはたちまち仕事にかかり、白パン、黒パンのお盆を持ってそこらをとび回ります。アリスも一切れ口に入れてみましたが、いやその水気《みずけ》のないことったら。

「本日はこれ以上戦うこともあるまいによって」と、キングがハッタに言います。「行って、太鼓にやり始めるよう申せ」そこでハッタはばったのようにばったばったとすっとんで行きました。

少しのあいだアリスはハッタを見送りながら、黙って立っていました。が、突然、彼女の顔がパッと明るくなりました。「見て、見て！」熱心に指さしながら、彼女は叫びます。「野原を白のクィーンが走って行くわ！　あっちの森からとび出てきたのよ――クィーンたちって、何てみんな足がお速いのかしら！」

「おそらく、うしろに敵がおるのじゃ」ふりむきもしないで、キングが言いました。「あの森は敵でいっぱいじゃから」

「でも、行ってあの方をお助けにはなられませんの？」キングが悠々《ゆうゆう》としているのにとてもびっくりして、アリスは聞いてみます。

「むだじゃ、むだじゃ！」キングが言いました。「奥の足の速いこと言うたらない。蛮駝支那魑をつかまえるようなもんじゃ！　したが、そちの所望とあらば、奥のこと帳面に記しておこうぞ――奥はかわいいおなごじゃ、とな」帳面をあけながら、やさしい声でつぶやかれました。「おなごのおは、をじゃったかいの？」

この時、ユニコーンがポケットに手をつっこんだまま、ぶらぶらと彼らのそばを通りました。「こんどはこちらが一本とったろうが」通りすがりにちらりとキングを見ると、ユニコーンは言いました。

「ちょっと――ちょっとだけな」不安そうにキングが答えました。「したが角で突いたのは反則じゃぞ」

「傷にはなるまいさ」どうでもいいというふうに、ユニコーンは言いました。行こうとして、彼の目がひょっとアリスの上にとまりました。すぐにふり向くと、しばらく不愉快げにアリスを見つめました。

「これ――なん――なのかい？」とうとう彼が聞きました。

「これはコドモであります！」アリスを紹介しようと彼女の正面にやってきたヘアが答えました。彼は両手をアングロサクソンふうの振舞《ふるまい》で彼女の方に広げて突き出しました。「これを本日見つけたばかりであります。大きさは実物大、自然らしさは二倍ですぞ！」

「そんなの、おとぎ話の中の怪物かと思っていたよ！」とユニコーンが言いました。「生きてるのかい？」

「口もききますですよ」ヘアがおごそかに言いました。ユニコーンは夢をみるようにアリスを見てから、「コドモ、なんか言ってみな」と言いました。

　アリスは言いだそうとしながら、唇がゆるんでいって笑いそうになるのをどうにもできませんでした。

「あのね、私もユニコーンはおとぎ話の中の怪物かと思ってたのよ。生きてるのなんて初めてよ！」

「そうか、じゃこうしておたがいあいまみえたからには」とユニコーンが言いました。「こっちがいると信じてくれるなら、そっちがいることを信じてもいいよ。これで合点かい？」

「ええ、そうお望みならね」と、これはアリスです。

「さあ、おやじ、干しぶどうのケーキを出しなよ！」アリスからキングに目をうつして、ユニコーンが言いました。「おやじの黒パン、こちとらごめんこうむるぜ！」

「承知――承知！」キングはつぶやくと、ヘアを呼びました。「袋をあけろ！」と小声で言います。「急げ！　そっちのじゃあない――そりゃあ、干し草のほうの奴だろうが！」

　ヘアは袋から大きなケーキをとりだし、アリスにもたせてから、次に皿とナイフをとりだしました。そんなものがどうしてそこから出てくるのか、アリスには見当もつきませんでした。

「まるで手品みたい」とアリスは思いました。

　そうこうするうちに、ライオンも加わってきました。とても疲れて眠そうで、目は半分ひっついています。

「こりゃ何だ！」ものうげに薄目をあけてアリスを見るとライオンは大鐘の鳴る音みたいな太いうつろな声で言いました。

「さあ、わたしはだれでしょう？」ユニコーンが面白そうに叫びました。「当てられっこないさ！　こっちもだめだったんだから！」

　ライオンはけだるそうにアリスを見ました。「あなたは動物ですか――植物ですか――鉱物ですか？」一語ずつあくびをしながら、ライオンは聞きました。

「わたしはおとぎの化けものです！」アリスが言うまえに、ユニコーンが叫びました。

「じゃあ、バケモノ、干しぶどうの菓子を配んな」そう言うと、ライオンは横になって、前足にあごをのせました。（キングとユニコーンに向って）「お二人さんもすわんなよ。菓子はちゃんと分配するんだぜ！」

　キングは大きな動物の間にすわらなければならず、目に見えて居心地悪そうでしたが、さりとて他に場所もありませんでした。

「これで、王冠めざして大勝負だな！」ずるそうに王冠を見上げて、ユニコーンが言いました。キングはひどくふるえていて、ほとんど王冠をふるえ落としそうでした。

「おれの楽勝よ」とライオン。

「そいつはどうだか」これはユニコーンです。

「阿呆、町じゅうてめえをぶちのめしてやったろう、このひよっこが！」獅子吼えしながら、ライオンはもう、半分体を起こそうとしています。

　けんかをやめさせようと、ここでキングが口をはさみました。彼はとてもびくびくしていて、だから声もひどくびくびくしています。「ま、まちじゅうだって？」彼は言いました。「そ、そりゃあ大変なものだなあ。古い橋は通ったのかい？　市場のとこは？　古い橋のところからの眺めは実にすばらしいだろ？」

「そんなのおれの知ったことかよ」もう一度横になりながら、ライオンがうなりました。「ほこりがすごくて、なんも見えんかったさ。あのバケモノ、ケーキを切るのに何をのんべんだらりんやってやがるんだ！」

　アリスはひざの上に大皿をのせたまんま、小川の土手にすわって、一生懸命ナイフを動かしていました。

「ほんとに頭にきちゃうのよ！」ライオンに答えてアリスは言いました（「バケモノ」と呼ばれることにはすっかり慣れておりました）。「もう何個も切り分けたはずなのに、いつもすぐくっついちゃうの！」

「鏡の国のケーキの扱い方を知らんのかね」ユニコーンが言いました。「まず配る。切り分けるのはそのあとだ」

　ばかばかしい話だとは思いましたが、アリスはおとなしく立ち上がると、皿を持って回りました。そうする間にもケーキは三つに切れていきました。「切るのは今だ」。から皿を持ってアリスが元のところに戻ると、ライオンが言いました。

「ヤッ。これじゃ不公平だぞ！」ナイフを手に、どう始めるべきかアリスが困り切っていると、ユニコーンが叫びました。「あのバケモノ、ライオンにこっちの倍もくれてやってるじゃないか！」

「どのみち、あいつは自分の分をとっとらん」とライオンは言いました。「バケモノ、おまえ、干しぶどう菓子は好きかい？」

　しかし、アリスが答えないうちに、太鼓が始まりました。

　その音がどこから来るのか、アリスにはわかりませんでした。あたりじゅうその音でいっぱいになり、頭の中のすみからすみまで響きわたって、もう他の音が何も聞こえないほどでした。アリスはびっくりして立ちあがると、恐ろしくて恐ろしくて、小さな川をとび越し、ライオンとユニコーンがごちそうの最中にじゃまされてふくれっつらをしながら立ち上がるのをちらりと眺めると、ひざをついて手で耳をふさぎました。おそろしい轟音をしめだそうとしたのですが、甲斐《かい》のないことでした。

「これで『彼らを町から叩きだ』せないのなら」とアリスは思いました。「叩きだせるものなんかありっこない！」

＊＊＊＊＊＊
＊＊＊＊＊
＊＊＊＊＊＊

第8章 こりゃみどもが発明

しばらくすると、音は少しずつ小さくなっていくようでした。そしてついにまったく静かになってしまうと、アリスはびっくりして顔をあげました。なにしろ人影がないのです。それで彼女はとっさに、自分はライオンやユニコーンや珍妙なアングロサクソン人の使者たちの夢を見ていたのにちがいないと思いました。でも、足元には大きな深皿がたしかにひとつところがっています。この上であの干しぶどうケーキを切ろうとしていたのです。「それじゃ、夢じゃなかったのね」と、アリスはひとりごとを言いました。「もっとも――もっとも、私たちがみんな同じ夢の一部分だとすると話は別だけど。この私が見た夢なんだ、赤のキングの夢なんかじゃないわ！　ほかの人の夢の一部分だなんてまっぴらよ」不満げな調子でアリスは言い続けました。「これはぜひにも行って、あの人を起こして、どうなるものか見届けなくっちゃ！」

この時です。「おーい！　おーい！　チェックだぞ！」という突然の叫び声でアリスのもの思いはとぎれてしまいました。そして深紅の甲冑《かっちゅう》に身をかためた騎士がひとり、馬を駆って彼女のところへ現れました。大きな棍《こん》棒をふりまわしています。アリスのところに着くと、馬は突然とまりました。「そちはみどもの捕虜《とりこ》なのじゃ！」馬からころげ落ちると、その騎士が呼ばわりました。

　アリスは飛びあがりましたが、そのときは自分よりも騎士のことが心配でした。アリスは騎士がまた馬に乗るのを不安げに見つめています。相手は鞍《くら》におさまると、もう一度言おうとしました。「そちはみどもの――」と、これはもうひとつの「おーい！　おーい！　チェックだぞい！」という声にさえぎられました。今度の敵は、とびくびくしながら、アリスはあたりを見回します。

　今度は白の騎士でした。騎士はアリスのそばで馬をとめると、赤の騎士同様に馬からころげ落ちました。それから彼がもう一度乗ると、二人の騎士はものも言わずお互いを見つめあいました。アリスはおろおろしながら、二人をかわるがわる眺めているしかありません。

「こ奴は、みどもが捕虜《とりこ》じゃぞ！」ついに赤の騎士が言いました。

「しかり。なればこそみどもが救いに来たのじゃ！」白の騎士が答えました。

「さようか。ならば戦いで決着じゃ」赤の騎士はそう言うと、（鞍に吊った馬の頭の形をした）かぶとをとって、かぶりました。

「おことは戦闘規則を守るであろうの？」こちらもかぶとをかぶりながら、白の騎士が言います。

「破りしためしなし」と赤の騎士は言い、そして二人はお互いにものすごい勢いでなぐりっこを始めたので、アリスはなぐられないように木蔭に身をひそめました。

「それにしても戦闘規則って何なのかしら」おそるおそる木蔭から戦況をうかがいながら、アリスはつぶやきました。「規則その一は、一方の騎士が他を打つ時、相手を必ず馬より叩き落とすものとするが、他を打ち損ぜし時は、自ら馬より転落するものとす、って感じね――規則その二は、互いにまるでパンチ・アンド・ジュディみたいな格好で棍棒を持つことのようだわね――。落ちるときの音、すごいわねえ！　炉道具をいっぱい炉格子へ落としたみたいな音だこと！　お馬さんたちはおとなしいのねえ！　御主人が乗ったりおりたり、好きにさせとくのね。まるでテーブルみたい！」

　この戦闘規則には、アリスは気付きませんでしたが、たしかにその三があって、それは落ちる時は必ず頭から落ちるというもののようでした。二人がこうして枕を並べてころげ落ちたため、争いも落着しました。二人は立ち上がって握手をかわし、赤の騎士の方は馬に乗ると急いで走り去って行きました。

「どうじゃ、光栄至極の勝利であったろうが」はあはあ言いながらやって来ると、白の騎士が言いました。

「どうでしょうかしら」疑わしそうにアリスは答えました。「誰の捕虜《とりこ》にもなりたくなんかありません。クィーンになりたいんです」

「次なる小川を渡るならば、必ずやなれようぞ」と白の騎士が言いました。「森のはずれまで、みどもがおことをつつがなく送り届けよう――それからみどもは引き返さねばならぬ。みどもの打つ手はそれで終りじゃ」

「ありがとうございます」とアリスは言いました。「かぶとをとるの、お手伝いしましょうか?」騎士一人ではとてもできそうになかったのです。それでアリスは騎士をゆすって、なんとかかぶとをぬがせてあげました。

「これで呼吸《いき》がだいぶん楽になったぞ」もじゃもじゃの髪を両手で後ろになでつけ、やさしげな顔、大きなあたたかい目をアリスに向けながら、騎士が言いました。いまだかつて、とアリスは思いました、こんな変てこな恰好の兵隊さんなんか見たことないわ。

騎士は錫《すず》のよろいを着ていましたが、まるで不似合いでした。肩に妙な格好の小さなモミの箱をしばりつけていましたが、これは上下さかさまで、ふたが開いていました。アリスはとても面白く思って見ていました。


「みどもの小箱が気に入ったようだのう」騎士がやさしく言いました。「こりゃ、みどもが発明じゃ――衣類とサンドイッチを入れておくためののう。こうやって上下さかさまにしておけば、雨がしみ入るおそれもない」

「でも中のものがしみ出るおそれがありますわ」親切にアリスは言いました。「ふたがあいてるの、御存知ですの?」

「これはしたり、気付かなんだわい」騎士は言いましたが、いらだちの色はかくせません。「されば、すべて落ちてしもうたと見ゆる! 入れるものがのうては、この箱は無用のチョウブツじゃ!」言いながら箱をはずし、やぶめがけて投げようとした時、何やら名案がひらめいたものと見え、注意深く木にぶらさげたのでした。「これは何のためかわかるかな?」そうアリスに言いました。

アリスは頭《こうべ》を左右に振ります。

「ハチどもがこの中に巣をつくれば、と思うてじゃ――さすれば蜜などとれるじゃろうが」

「でもハチの巣箱――みたいなもの――が、もうお鞍についているじゃありませんの」アリスが言いました。

「さよう。いと良き巣箱なのじゃ」そう言う騎士は不満そうです。「最高の箱なのじゃ。しかるにハチ一匹近づいてこぬ。いまひとつはネズミとりじゃよ。思う

に、ネズミのせいでハチが来ぬのじゃなあ――あるいはハチのせいでネズミが来ぬのか、いずれかはまあ定かでないが」

「そのネズミとりは何のためなんですの？」とアリスは言ってみました。「お馬の背中にネズミがいるとは思えませんけど」

「ネズミ一匹おらん」騎士は言いました。「しかし、万一いたらじゃ、まわりをチュウチュウやられたくないのじゃよ」

　ちょっと間をおいてから、騎士はしゃべり続けました。「よいかな。あらゆる万一にそなえておくにこしたことはない。この馬の足に足輪がついておるのもそのゆえなのじゃ」

「でも何にそなえてですの？」好奇心にかられて、アリスは聞いてみました。

「さめにかまれぬようにな」騎士は答えました。「こりゃ、みどもが発明なのじゃ。さあて、馬に乗るのを手伝うてくれ。森のはずれまで同道しよう――してその皿は何用なのじゃ？」

「干しぶどうケーキをのせるためのよ」アリスが言いました。

「携え行くが得策よな」騎士が言いました。「干しぶどうケーキが見つかれば、きっと便利しよう。この袋に入れるのを手伝うてくれ」

　なかなかに手間どりました。アリスの方はとても注

意して袋の口をいっぱいにあけていたんです。でも、皿を押しこむ騎士の方の何といい不器用さ。二度、三度やってみましたが、騎士の方が袋の中に落ちてしまうんですものね。「ほんにきついのう」やっと押しこむと、彼は言いました。「袋はもう燭台でいっぱいなんじゃ」それから袋を鞍にくくりつけましたが、この鞍そのものがもう人参の束やら炉道具やら何やらかにやらでいっぱいだったんです。

「ところで、おこと、髪はしっかと留めてあろうのう」いざ出発というとき、彼は言いました。

「いつも通りですけど」微笑しながら、アリスは言いました。

「それじゃだめだな」心配そうに騎士が言いました。「よいか、このあたり、風はいいともはやし。げにカレーのごとくハヤシ」。

「髪が吹きとばされないようなみどもさんの発明はございませんの？」と、アリスはたずねてみました。

「まだじゃ」と騎士。「じゃが、髪がぬけ落ちぬための工夫ならないこともない」

「それ、お聞かせ願えませんこと？」

「まっすぐな棒を一本かまえるのじゃ」と騎士は言いました。「それからそいつに、くだものの木みたいに髪をからませる。髪がぬけ落ちる理由というのは、それが垂れ下がるところにあるわけで――垂れ上るものなんどありゃせん道理じゃろ。こりゃ、みどもが発明

じゃ。おこと、やってみるなら、別にかまわんぞ」

あんまり気持ちの良さそうなやり方じゃないわ、とアリスは思いました。少しのあいだ何も言わずに歩きながら、そのやり方のことで首をひねっておりましたが、時々には立ち止まって哀れな騎士を助けてあげなければなりませんでした。馬に乗るのがあまりうまくない人でしたからね。

（しょっちゅう）馬がとまるたびに、騎士は正面に向けて落ちていきました。（大体は突然に）馬が歩き始めると、後ろに落ちていきました。それ以外ならたいそううまく乗っていましたが、時々には横の方にも落ちていきました。それもたいていはアリスが歩いている方に落ちてくるので、あまり馬に近いところを歩かないほうがよい、と彼女はすぐに気が付きました。

「あんまりお馬のお稽古なさらなかったみたいですね」これで五度目落馬した相手に手を貸しながら、アリスは言ってみました。

騎士はこの言葉にとてもびっくりし、少し腹をたてた様子でした。「なぜにかようのことを申すのじゃ」鞍によじのぼるのに、片手でアリスの髪をつかみ、向こう側へ落っこちないようにしながら、騎士が言いました。

「だって、お稽古をたっぷり積んでたら、こんなには落っこちませんでしょう？」

「みども、たんと稽古は積んだ」とても重々しく騎士は言いました。「たんと稽古した！」

「たんとですか？」としかアリスには言いようがありませんでしたが、できるだけやさしく言いました。その後、二人は何も言わずに少し進みました。騎士は目を閉じて何やらひとりごとを言い、アリスは相手が落馬しないかと心配そうに見ていました。

「乗馬の秘訣はの」突然、右手を振りながら、騎士が声高に言いました。「それはその、うま――」と、ここで、始まった時と同じく突然に言葉が終りました。アリスの歩いていた方の道に、騎士が頭からどっしんと落ちてしまったからです。今度ばっかりは彼女も肝を冷やしました。そして相手を起こしながら、心配そうに聞きました。

「あの、お骨、折れてないといいですけど」

「どうと言うことはない」まるで骨の一、二本折れていようと気にかけないという感じの口調です。「さっきも申したが、乗馬の秘訣は――うまくバランスを保つことなのじゃ。こんなぐあいにの――」

騎士はたづなを放すと、アリスに説明しようと両腕を広げました。そして今度は馬の足の下に、ばったりあおむけに落ちていきました。

「たんと稽古した！」アリスが彼をもう一度起こそうとしている間じゅう、騎士は繰り返しました。「たんと稽古したのじゃ！」

「ばかばかしい！」今度ばっかりは勘忍袋の緒が切れ

て、アリスは叫びました。「輪のついた木馬でもかまえるべきよ、絶対そうすべきだわ！」

「その何とか馬はうまく動くのかい？」とても知りたいという様子で騎士が聞きました。あわやまた落ちるというところ、言いながら馬の首にしがみついて辛《かろ》うじて助かりました。

「生きてる馬なんかよりずうっとうまくね」笑っちゃいけないと思ったのですが、こらえ切れずにきゃっきゃっと笑いながら、アリスは言いました。

「そりゃあ、ぜひにも一頭かまえにゃならんのう」考えこみながら騎士がつぶやきます。「一頭か二頭か——いや、もっとだ」

ちょっと沈黙が続き、それから再び騎士が言いました。「みどもは発明が大の得《え》手なのじゃ。おこと気づいたであろうが、さっきみどもを起こしてくれたとき、みども物思いの風情であったろう？」

「たしかに、ちょっとものが重い風情でしたけど」アリスは言いました。

「さよう。あの時、門を越ゆる新手を発明しておったのじゃ——そのこと、知りたいかな？」

「とっても」と、アリスは丁重に言いました。

「なぜにそれを思いつくに至ったかの次第じゃが」と騎士は言いました。「よいか。みどもはこうひとりごちたのよ。『唯一の障害は足だ。頭の方はもう十分に高い』とな。さて、まずは門のてっぺんに頭をのせるのじゃ——すりゃ、頭の方は十分高いわけだからして——それで逆立ちを行う——すりゃ、足も十分高くなって——いやでも越えられることになろうが」

「そうねえそうなれば越えられるでしょうね」考えながら、アリスは言いました。「でも、むつかしいとお思いになりません？」

「いまだ試みてはおらん」重々しく騎士が言いました。「じゃからして、しかとは申せん——が、いささか困難ではあろうのう」

そんなふうに考えて騎士がいらいらしているみたいでしたから、アリスはいそいで話題を変えてみました。「なんて変わったかぶとをお持ちなんでしょう」と元気に言ってみました。「それもみどもの御発明なんですの？」

騎士は得意気に、鞍からさがっているかぶとに目を落としました。「さようさ」と彼は言いました。「が、これよりもっと良いのを発明したことがあった——棒砂糖みたいな恰好のな。あれをかぶっていた当時は、もし馬から落ちて落馬しても、そいつがすぐに地面についたものだ。だからしてみどもの落ちる分はごくわずかですんだ——しかるに、その中へ落ちてゆく危険がつきまとうたのじゃ。一度だけそんな仕儀にたち至ったことがあった——悪いことに、みどもがはい出ぬうちにもう一人の白の騎士がやって来よって、こいつをばかぶりおったのじゃ。己れのかぶとと間違えて、あの粗忽者《そこつ》が」

　騎士があんまり真面目な顔つきだったので、アリスは声をたてて笑うわけにもいきませんでした。「その方をけがさせたんじゃありませんか？」ふるえる声で彼女は言いました。「だって、その方の頭の上にのっかっちゃったんでしょう？」

「もちろん、奴を蹴らにゃならんかった」しごく神妙に騎士は言いました。「それで奴はかぶとをぬぎおった――じゃが、みどもを引っぱり出すのには何時間もかかったのじゃ。さても、みどもがかぶとに引かれること――稲光りのごとくじゃったからだ」

「それは『光れる』の方でしょう？」と、アリスが反論しました。

　騎士は頭《かぶり》を左右に振りました。「どのヒカレルも、みどもにとっては同じことなのじゃ！」こう言いながら、血がのぼってきたか、騎士は両の手を振り上げ、するとたちまち鞍からころげ落ち、まっさかさまに深い溝の中にはまりこんでしまいました。

　アリスは騎士をさがしに、溝のある方に走って行きました。このところ騎士はうまく乗っていたものですから、この落馬にアリスは仰天し、こんどばかりは本当にけがをしたのではないかと気がかりでした。ところが、見えるものと言えば騎士の足の裏だけだったんですが、騎士が相変わらずの口調でしゃべっているのを耳にして、アリスはほっとしました。「どのヒカレルも同じなのじゃが」と彼は繰り返しました。「奴はさしずめイカレル男よ。他人のかぶとをかぶるなんと。しかも中に本人を入れたまんまで」

「頭が下になっていて、どうしてあなたはそんなに落ち着いておしゃべりできますの？」足をつかんで騎士を引っぱり出し、土手の上にうずくまらせながら、アリスは聞いてみました。

　この問に騎士はびっくりしたようすでした。「みどもの体がどこへ行こうとなんじゃと言うのか」彼は言いました。「みどもの頭は依然として働き続けるのだ。実際、頭が下になればなるほど、みどもは次々に新発明をするのじゃ」

　ちょっと黙ってから、「そうした奴で一番さえとったのは何かと言うと、肉料理のコースの間に新式プディングを発明したことだな」と騎士は言いました。

「次のコースに作ってもらおうというわけ？」アリスは言いました。「そうね、それはたしかに早わざでしたね！」

「ふむ。次のコースのためではないな」ゆっくり考えこむ調子で騎士が言います。「ちがう。次のコースのためではなかった」

「それじゃ、次の日のためということになりますね。だって一度の夕食にプディング・コースは一度しかないわけですもの」

「ふむ。次の日のためでもない」さっきと同じように騎士は言いました。「次の日のためでもない。実際のところ」と、彼は言いながら首うなだれ、こころなしか声も細くなっていきます。「あのプディング、いまだかつて作られたことありしとは思えん！　実際のところ、今後作られるとも思えん！　しかし、発明する分にはしごくさえたプディングじゃったな」

「なんでこしらえるおつもりでしたの？」白騎士が、かわいそうにすっかりしょげこんでいるようでしたから、アリスは元気づけてあげようとして言ってみました。

「まずは吸取り紙が必要じゃ」うめきながら騎士が答えました。

「悪いけど、あんまりおいしそうじゃないわ――」

「それひとつではな」いきごんで騎士が口をはさみました。「したが他のものと――火薬とか封蠟とかと混ぜると、どんなにちがってくるか、見当もつくまい。さあて、おこととはここで別れねばならぬ」二人は森のはずれにやってきていたのです。

アリスは面くらった顔しかできませんでした。何しろプディングのことで頭がいっぱいだったからです。

「つらそうじゃな」心配そうに騎士が言いました。

「おことを慰める歌をうとうてやろう」

「とても長いんですの？」なにしろその日は歌だらけだったものですから、アリスはこうたずねてみました。

「長い」と騎士は答えました。「なれど、いと、いと、いと美しい歌でな。みどもがそれを歌うのを聞くと――誰もが目に涙するか、さなくば――」

「さなくば、何ですの？」突然、騎士が言葉を中断したので、アリスは言いました。

「目に涙しないか、にきまっておる。歌の名前は『鱈《たら》の目』と呼ばれている」

「あら、それがその歌の名前ですの？」面白がろうとして、アリスは言ってみました。

「いや、おこと、わかっておらぬな」ちょっとじれったそうに、白騎士は言いました。「その名前がそう呼ばれておるというにすぎん。その名前は実際には『老いに老いたる人』なのじゃよ」

「じゃ、『その歌がそう呼ばれている』と言えばよかったのね」アリスは言い直しました。

「いや、そう言ってもだめなのじゃ。まったくもって別問題なのじゃからして！　その歌は『方法と手段』と呼ばれておって、しかもこれはただその歌がそう呼ばれているというのにすぎん！」

「はあ、ではその歌は実際には？」こうなってはまったくこんがらかってしまって、アリスは言いました。

「それを言おうとしとったのじゃ」と騎士は言いました。「その歌は実際には『門の上にすわってた』なのだ。そして節《ふし》はみどもが発明じゃ」

そう言いながら彼は馬を止め、たづなをその背にあずけました。それから片手でゆっくり拍子をとりながら、まるで我が歌のしらべに酔うかのようににっこりと笑うと、そのやさしい間の抜けた顔にぱっと光がさしました。彼は歌い始めました。

　鏡の国の旅でアリスが出あった不思議なことどものなかでも、これこそは彼女が後になって最もあざやかに覚えていたものでした。何年たっても、この時の光景のすべてをまるで昨日のことのように思いだすことができました――白騎士のおだやかな青い目とやさしい微笑と――その髪に映える落日は、その甲冑にもまばゆく照り映えて、全くアリスの目をくらませるばかり――お馬は首にたづなをゆったり垂らし、静かに歩き回って、彼女の足元の草を食《は》んでおり――うしろの方には森が落とす黒々とした影がありました――これらすべてをまるで一幅《いっぷく》の絵のように、手をこてにかざし木にもたれかかりながら、アリスは眺めていました。奇妙な主従を見つめ、なかば夢ごこちで、歌のもの悲しいしらべに聞き入っておりました。

「でも節《ふし》は実際にはこの人の発明じゃないわね」とアリスはつぶやきました。「『いましにすべて与う。これぞ我がすべて』の節だわ」彼女は耳をそばだてて立ってはいましたが、別に目に涙していたわけではありませんでした。

　できる話は何なと話そか、
話すべきはごくわずか。

老いに老いたる人を見た、
　門の上にすわってた。
みども聞くにゃ「何者なれや、御老体、
　して齢《よわい》はいくらくらい」
篩《ふるい》に水もさながらに
　答は頭を抜け小路。

相手の曰《いわ》くにゃ「小麦の間で眠っとる
　蝶々ばかりさがしては、
羊肉パイに仕立てあげる、
　街でそいつを売り歩くのさ」
奴の曰くにゃ「荒らぶる海を股にかき
　働く船乗り方に売り歩くのさ。
こが日用の糊口《ここう》の資《し》――
　とるにも足りぬなりわいなれや」

したがみども　その時にゃ
　ほおひげ緑に染める手と、
大きな扇をばひらひら
　ほおひげ隠す手　工夫もこっそりと。
老人言うたに　上の空
　答うにすべなく
「何でおまんま食べてるか」
　叫んで頭に一発かます。

ことばやわらげ　話の穂摘んで
奴の言うにゃ「あちこち行きつつ
山のせせらぎ見つけて
　パッとばかりに火を放つ。
そしたら彼らやってきて
　作るはローランド印髪あぶら――。
なのにこちらの駄賃といって
　くれる二分五厘ただのはした」

したが　みども　その時にゃ
　ねり粉食っちゃ
朝から晩までのんびりやっちゃ
　ちょっと太る手をば思案のさ中。
みども　奴めを振りまわした、
　奴の顔はさらに血の気なし。
「さあ、何でおまんま食べてるか。
　何なのか　おまえのなりわい！」

奴の曰くにゃ「鱈の目を
　ヒースの野原にさがして
作ります上衣のボタンを、
　静かな夜に夜なべして。
そいつら売っても　金貨にも
　ピカピカ銀貨にも縁はない。
五厘玉ただの銅貨の、

　九つ売ってやっと一枚」

「バターロール掘り出したり
　鳥もち枝でかに釣ったり、
草の茂った山を行き、
　ハンサム馬車の輪をさがす日々。
かくてわしは」（とウインクひとつ）
「わしの金をばつくります――
ぜひにもここで盃ほしつ
　旦那の健康祝います」

奴に耳貸すその時に
　みども発明にケリついた。
メナイの橋のさびどめに
　ワインでぐつぐつ煮こむ手だ。
身すぎ世すぎのあれこれを
　聞かせてもろうてかたじけない、
みどもの健康を
　気づこうてもろうて礼もない。

さてひょっとしてこのみども
　指をにかわに入れるとか、
ぎゅうとばかりに右足を
　左の靴に入れるとか
足の指に　おもりをば

　どんとばかりに落とすとか、
すりゃみども泪《なみだ》にくりょうが
しのぶはなじみの古老のことなんか――
口は重いが顔にこやかに、
その髪雪より白し、
顔はカラスのぬればづら、
おき火もさながら燃ゆる目し、
心の憂さに気もふたぎ、
体を前後にゆすり、ゆすり、
口中　ねり粉をつめたみたい、
もぐもぐぼそぼそ口をきく、
バッファロー然と鼻ならし――
はるかな昔の夏の宵、
　門の上にすわってた。

　騎士は歌の最後の行をくちずさみながら、たづなをとると、今しがた二人がやってきた道の方に馬を向けました。「おことはもう二、三ヤードも行けばよい」と彼は言いました。「この丘を下って、あの小川の向こうへ出れば、おことはあっぱれクィーンぞ――しかし、まずはここでみどもを見送ってはくれまいか」自分の指さした方角をアリスがじっと見た時、騎士は言いました。「手間はとらせん。あの道のあの角を折れる時、ハンカチなど振ってくれればよい！　それでいささか元気も出よう」


「もちろん、そういたします」とアリスは言いました。「こんな遠いとこまで来て下さって、本当に何て言っていいやら――お歌もありがとう――とっても気に入りましてよ」

「じゃといいが」疑わしそうに騎士が言いました。「みどもが思っておったほどに、おこと、目に涙せなんだのう」

　それから二人は握手し、騎士はゆっくりと森の中へ馬を進めて行きました。「見送るにはあんまり時間かからないと思うわ」騎士を眺めながら、アリスはひとりごとを言いました。「あらっ、また落ちたわ！　またまっさかさまなんて！　でも、うまく乗ったわ――お馬のまわりにあんまりたくさんぶらさげてるからあなるんだわ――」馬がのんびり歩いて行き、まず右に今度は左にと騎士がころがり落ちるのを眺めながら、アリスはひとりごとを続けました。四回か五回落っこちたのち、騎士は曲がり角に行きつきましたので、アリスは彼にハンカチを振り、その姿が見えなくなるまでじっと待っておりました。

「元気出たかしらね」向きを変えて丘を下り始めながら、アリスは言いました。「さあ、最後の小川よ。これでクィーンだわ！　すてきねえ！」ほんのちょっと歩くともう小川のふちでした。「とうとう第八の目ねっ！」そう叫ぶと、彼女はぴょんと飛び越え、すると

＊　＊　＊

あちこちに小さな花壇がある、苔みたいにやわらかい芝生の上におりていました。「ここへ来られて何てうれしいこと！　あら、頭のこれ、なんなのかしら？」びっくりしてアリスは叫びました。手を頭にもっていくと、何だかとても重たいものが、頭のまわりにぴっちりとはまっていたのです。

「知らない間に、どうしてこんなものがのっかってるのかしら？」ひとりごとを言いながら、そのものを下げ、おひざにのせて、一体なんなのか見ましたら、

それはなんと黄金の冠。

第9章　女王アリス

「まあ、ほんとにすごいわ！」アリスは言いました。「こんなにすぐクィーンになれるなんて考えてもみなかったわ――ところで、でございます、女王陛下」と、きびしい口調で（彼女はいつだって自分を叱るのが大好きだったのです）アリスはしゃべり続けます。「あなたがこんなに芝の上なんかでのらくらしていてはいけませんことよ！　女王方というのはもっと威厳がなくては！」

そこでアリスは立ち上がり、歩き回ってみました――初めは、王冠が落ちてはと思ってひどく体をつっぱっていましたが、誰も見ている者がないと思うとぐっとくつろぎました。「それに私、もしもほんとうにクィーンなのなら」もう一度腰をおろしながらアリスは言います。「そのうち、きっとうまくやっていけるでしょう」

すべてが奇妙なぐあいに起こってばかりでしたから、自分の両側に赤のクィーンと白のクィーンがくっつく

ように坐っていると知っても、アリスはまるで驚きなんかしませんでした。どうしてそこまでやって来たのかぜひ聞いてみたかったのですが、失礼に当るのではないかとも思いました。でも、とアリスは考えます。ゲームが終ったのかどうかたずねてみても、別にさしさわりはないはずです。「あの、どうか私に――」おずおずと赤のクィーンを見ながら、アリスは言ってみました。

「話しかけられてから話すのじゃ！」きつい口調でクィーンがさえぎりました。

「でもみんながそのきまりに従っていたら」アリスは言いました。「みんなが話しかけられてから話していつだって、少し議論好きでしたから、こんなふうにたら、相手側はこちらの話しかけるのをいつまでも待っているのだとしたら、誰もなんにも言い出せないでしょうから、つまり――」

「つまらん！」クィーンが叫びます。「この、わからん子だね、おまえは――」とここでしかめっつらをして言いよどむと、ちょっとものの思いにふけり、そして突然話題を変えました。「『私、もしもほんとうにクィーンなのなら』とはどういう意味なのかい。自分をクィーンだなんていうどんな資格をおもちだえ。しかるべく試験に合格せぬうちは、クィーンなんかじゃありませんよ。して試験は早いほど良かろうのう」

「私は『もしも』と言いましたまでです！」かわいそうにおどおどとアリスは言いわけしました。

二人のクィーンはたがいに見つめあうと、赤のクィーンがちょっと身ぶるいして言いました。「私は『もしも』と言いましたまでです、とこの子は言うておるが――」

「それまでどころじゃないですぞ！」手をもみしだきながら白のクィーンが言います。「はるかにいろいろと言いましたぞ！」

「たしかにそうじゃった」赤のクィーンがアリスに言いました。「いつもほんとうのことを言うのじゃぞ――考えてからしゃべる――その後、それを書きつける」

「私、特に意味なんかなく――」アリスは言いましたが、たちまち赤のクィーンがさえぎります。

「わしが不満なのはそこじゃ！　おまえ、ぜひ意味なんかあるべきだったのじゃ！　意味のない子供なんて何の役に立つとお思いかい。冗談一つにしたところでなにか意味せにゃならん――しかも子供は冗談より大事じゃろうが。よしんばどんな手を使うても、このことに反論はできまいがの」

「何かに反論するのに、私はわざわざ手なんか使いません」アリスが反論しました。

「おまえがしたとは言うとらん」と赤のクィーン。「よしんばしようとしてもできまいのと言うたまでじゃ」

「この子の気分からして」白のクィーンが言いました。「何かに反論したいのじゃ――何に反論してよいやらわからんだけなのじゃ！」

「いやな、こすっからいたちじゃの」赤のクィーンが言いました。そこでしばらく気まずい沈黙がありました。

沈黙を破ったのは赤のクィーンで、白のクィーンにこう言いました。「今日の午後、あなたをアリスのディナー・パーティーに招待申しますぞ」

白のクィーンはかすかに微笑して「こちらこそお招き申しましょうぞ」と言われました。

「パーティーをするてはずだなんて私、存じませんでした」とアリス。「でも、もしそのてはずなのなら、お客を私、招かなければ」

「その機会を我ら、おまえに与えたのじゃ」赤のクィーンが言います。「しかし、おまえは礼儀作法の授業をまだ受けておるまいが」

「礼儀作法なんて、授業受けるものではありません。授業では算術とか、そんなものを習うんです」とアリスは言いました。

「おまえ、算術できるのかい？」白のクィーンが言いました。「一たす一たす一たす一たす一たす一たす一たす一たす一たす一はいくらかの？」

「わかりません」とアリス。「数え切れませんでした」

「この子は足し算はだめじゃの」赤のクィーンがさえぎりました。「引き算はできるかの。八から九をとるといくらじゃ？」

「だって八から九は引けませんもの」アリスはすぐ答えます。「でも――」

「引き算もだめかいの。割り算はどうだえ？」白のクィーンが言いました。「パンをナイフで割ると――何になるかい？」

「あのお――」アリスが言いそうになると、赤のクィーンが代わりに答えてしまいました。「むろん、バターつきパンになるのじゃ。引き算をもうひとつ。犬から骨をとると、何が残るかい？」

アリスは考えます。「むろん骨は残らない。私がとっちゃうんだから――犬も残らない、だって私をかみに来るだろうし――すると私だって残ってなんかいられない！」

「では、何も残らぬとお言いかい？」赤のクィーンが言いました。

「そうだと思いますけど」

「またまた、はずれじゃ」と赤のクィーン。「犬のアタマが残るのじゃ」

「ど、どうして、そんな――」

「よいか、考えてもみや！」赤のクィーンが叫びます。「その犬は頭にくるはずじゃろが」

「多分」アリスは用心深く答えました。

「ではじゃ、犬は行くが頭来る！」勝ち誇ってクィーンは叫びました。

アリスはできるだけ勿体《もったい》ぶって、「犬も頭も別々の方へ歩いて行くかもしれません」と言いました。が、心のうちでは「私たち、なんてばかなことをしゃべってるのかしら！」と思わないではいられませんでした。

「この子、お算用はまるでだめじゃ！」まるでというところに力を入れて、二人のクィーンは言いました。

「あなたは、おできになりますの？」急にアリスは白のクィーンにくってかかりました。こんなにも悪口を言われるなんて許せなかったのです。

クィーンはごくっと息を呑むと、目をつぶりました。

「時間をくれれば」とクィーンは言いました。「足し算はできる――が、引き算はどんな条件じゃろうと無理じゃろうな」

「おまえ、むろん『いろは』は言えようのう」赤のクィーンが言いました。

「言えますとも」とアリス。

「わらわも言えるのじゃ」と、白のクィーンが小声で言いました。「時々は一緒にいろはをやろうのう。ひとつ秘密を教えてやろうか――わらわ、一文字の単語が読めるのじゃ！　すごいじゃろうが。しかし、くじけることはない。そのうち、そちにもできようぞ」

ここで赤のクィーンがまたやりだしました。「実践問題を出すが、答えよ」と彼女は言いました。「パンはいかにして作るのか」

「それならわかるわ！」アリスはせきこんで叫びました。「まずは粉を端《はな》から――」

「どこの花から摘《つ》むのじゃと？」白のクィーンが聞きます。「庭のか、それとも生垣のかい？」

「摘むんじゃないの」アリスは説明します。「碾《ひ》くの。とちってばっかり――」

「土地をどれほどじゃと？」と白のクィーン。「途中が抜けてばかりじゃ、話が少しもつながりませんぞ」

「頭をあおいでやりなされ！」赤のクィーンが心配そうに口をはさみました。「考え詰めで、熱が出たのじゃ」そこで彼女らは早速、木の葉の束でアリスをあおぎましたが、ついには髪がバラバラになったので、アリスはやめて下さいと頼まねばなりませんでした。

「ようなったようじゃ」赤のクィーンが言いました。「おまえ、語学はどうじゃな? フィドルディディーはフランス語では何と言うのじゃ？」

「フィドルディディーは英語ではありませんわ」アリスは重々しく言いました。

「そうじゃとは誰も言うてない」と赤のクィーン。

こんどばかりは逃げられる方法がある、とアリスは思いました。

「フィドルディディーが何語なのか教えて下さったら、そのフランス語を言ってさしあげます！」彼女は胸をはって言ってみました。

しかし、赤のクィーンは体をしゃんと突っぱると、

「クィーンたるもの、取り引きはせん」と申されました。

「クィーンたるもの、出題もせんでほしいわね」とアリスは心に思いました。

「言い争いはよしにして」心配そうに白のクィーンが言いました。「稲光りの原因は何かえ？」

「稲光りの原因は」アリスはこれなら自信があると思いましたから、とてもはっきり言いました。「雷です——あら、ちがった！」と、あわてて言い直します。「そのあべこべだって言いたかったんです」

「言い直しはきかぬぞ」と赤のクィーンが言いました。「いったん言うたら、それで決まりなのじゃ。して、その責任はとらねばならぬ」

「それで思い出したが——」目を落とし、神経質そうに手を握ったり開いたりしながら、白のクィーンが言いました。「先週の火曜はひどい雷雨じゃったのう——むろん、先週の火曜のひと組は、ということじゃが」

　アリスにはわけがわかりません。「私の国では」と彼女は言いました。「一度に一日しかないんですけど」

「貧乏ったらしい国じゃのう。ここでは我らは昼も夜も、一度に二つか三つとるのじゃ。冬なんぞはまとめて五晩ほどとることもある——暖をとるためじゃ、むろん」と赤のクィーンが言いました。

「すると一晩よりも五晩の方が暖かいわけですの？」


アリスは思い切って聞いてみました。

「五倍暖かいのじゃ、むろん」

「同じやり方からすると、五倍寒くもある——」

「その通り！」赤のクィーンが言いました。「五倍暖かくかつ五倍寒い——わしがおまえの五倍金持ちでかつ五倍賢いのと同じじゃ！」

　アリスはため息をつき、もうその話題はよしにしました。「まるで答のない謎々みたいなんだもの！」と思ったからです。

「ハンプティ・ダンプティもあれを見たのじゃ」まるでひとりごとみたいに低い声で、白のクィーンが言い続けます。「手に栓抜きなど持って戸口にやって来おって——」

「何の用じゃったのかい？」赤のクィーンが聞きました。

「どうしても中に入りたいと言うてのう」白のクィーンが続けました。「なんでも河馬をさがしとるとか言うのじゃ。その朝、家の中にはたまたまそんなものはおらなんだのじゃが」

「いつもはおりますの？」びっくりしてアリスが聞きました。

「ふむ。木曜だけじゃがな」と白のクィーン。

「私、彼が何しに来たのか知ってるわ」とアリスは言いました。「あの人は魚をこらしめるために来たのよ、だって——」

QUEEN ALICE

　ここで白のクィーンがまた始めました。「ひどい雷雨じゃったぞ。思いもよるまいが！」（「この子にゃ思いもよるまいて」と赤のクィーン）「屋根の一部がとれてからに、雷めがどえらくころがりこんで来よって——大きなかたまりになって部屋中ころがり回るわ——テーブルや何や打ち倒すわ——わらわ、あんまりたまげてもうて、わらわの名前をどうしても思いだせなんだ！」

　アリスは「事故のまっさい中に、私なら自分の名前を思い出そうとなんかしないわ！　そんなことして何になるの」と思いましたが、口には出しませんでした。かわいそうなクィーンの気持ちを傷つけますものねえ。

「陛下には、この人を大目に見ておやりになるべきですよ」白のクィーンの手をとってやさしくなでながら、赤のクィーンがアリスに向かって言いました。「人は好いのじゃが、概して、愚かなことどもを口にせいではおらんのじゃ」

　白のクィーンがおずおずとアリスを見ました。アリスは何かやさしいことをぜひにも言ってあげようと思ったものの、とっさには何も思いつきませんでした。

「この人はまるで育ちが悪うての」赤のクィーンが続けました。「じゃが、この人の人の好さときたら驚くほどじゃ！　頭をなでておやりなされ、きっととてもうれしがりましょうぞ！」でも、そうまでする勇気は、アリスにはありませんでした。

「少々やさしくしてやって——髪など紙で巻いてやれば——この人にはすばらしく効《き》くのです——」

　白のクィーンは大きなため息をつくと、アリスの肩にその頭をのせました。「わらわ、いと眠いぞ！」そうめき声なんかあげて。

「疲れておるのじゃ、かわいそうに！」と赤のクィーンが言いました。「髪をなでておやり——あなたのナイトキャップを貸しておやり——そしてこの人にやさしい子守歌なぞ聴かせてやりなされ」

「私、ナイトキャップなんかありませんことよ」まず最初の指示に従おうとして、アリスが言いました。

「それから、やさしい子守歌なんて存じませんし」

「では、わしが自分でやらずばなるまいの」そう言うと、赤のクィーンは歌い始めました——

ハッシャバイレイディ、アリスのひざを借り！
ごちそう用意のできるまでここはこっくりひとねむり。
ごちそう済んだらつれだって舞踏会へとくりだそか——
赤の女王、白の女王、アリスにみんな！

「さ、文句はわかったであろう」アリスのもうひとつの肩に頭をのせると、クィーンは言いました。「こんどはわしに、通して歌うておくれ。わしも眠うなったによって」言うが早いか二人のクィーンはこっくり白河夜舟、そのいびきのすごいことったら。

「私、どうすればいいの」困りはてあたりを見回しながら、アリスが叫びました。丸い顔が一つ、一つ、それからもう一つ、彼女の肩からころがり落ちて、重たいかたまりみたいにひざの上にころがっていました。「眠っているクィーンをいっぺんに二人までお世話した人なんかいたはずないのよ！　英国史じゅうさがしてもいっこないわよ——だって、一度にクィーンは一人しかいなかったんだもの。起きて下さい、重たいったら！」じりじりしてきてアリスは言いましたが、答はおだやかないびきだけでした。

そのいびきは刻一刻とはっきりしてきて、なんだか節《ふし》がついてきたようでした。ついにはその文句まで聞きとれるほどになりました。アリスはそれに熱心に耳を澄ますあまり、二つの大きな頭がひざの上から突然消えてしまったというのに、そのことにはまるで気が付きませんでした。

彼女はアーチのある戸口に立っていましたが、その上には大きな字で「女王アリス」と書いてありました。アーチの両側にはベルの引き手がついていて、一つには「お客さま用」、もう一つには「召使い用」と書いてありました。

「あのお歌が終るまで待つわ」と、アリスは考えました。「それから鳴らせばいいんだ——ベルを——どっちのベルを鳴らせばいいのかしら？」ベルの名前にとても困ってしまって、アリスは言いました。「私、お客様でもないし、召使いでもない。『女王様用』って書いたのがあっていいはずだわよねえ——」

ちょうどその時、ドアが少し開いて、なにやら長いくちばしをした生きものがちょっとの間、頭を突き出し、「再来週《さ》まで出入り無用！」と言うなり、バターンとまた閉めてしまいました。

アリスは長い間むなしくノックし、ベルを鳴らしました。しかしとうとう、木の下にすわっていたひどく年寄りのカエルが立ちあがり、のろくさとアリスの方に足を引きずってやってきました。はでな黄色の着物を着て、大きな長靴をはいていました。

「何の用だあ？」深いしわがれた小声でカエルは言いました。

アリスは相手かまわず文句をつけてやろうと、振り返りました。「ドアに答える役目の召使いはどこにいるの？」アリスは怒って言い始めました。

「どのドアにだあ？」カエルは言いました。

相手ののろくさした歯切れの悪い話し方にじりじりして、アリスは地団太《じだんだ》ふみたいくらいでした。「このドアよ、決まってるでしょ！」

カエルは大きなとろんとした目でしばらくドアを見ておりましたが、やおら近寄って行くと、ペンキがはげるかどうか見ようという感じで、親指をあててドア

mutton

をこすりました。それからアリスを見やって「ドアに答える、と言わしゃったが」と言いました。「こいつが何をたずねただあ？」カエルだけに喉でひっくりかえるその声は、アリスにはほとんど聞きとれません。
「よくわからないわ」とアリスは言いました。
「おら、ひょうずん語しゃべっとるだあ」カエルは続けます。「あんださ、耳聞こえねえだか。こいつがあんだに何たずねただか？」
「何もたずねないわ！」じりじりしてアリスは言いました。「私、これを叩き続けてるのよ！」
「いげね――そりゃ、いげね――」カエルはつぶやきました。「こいつさ、えれええらかしちまうだよ。」そしてカエルは歩いていくと、大きな足でドアを蹴りとばしました。そして「こいつさほっとくだあ」のろくさ足を引きずって木のところへ戻りながら、あえぎあえぎ言いました。「んだば、こいつもあんださほっといてくれるだよ」
この時、ドアがぱっと開いて、甲高《かんだか》い声がこう歌うのが聞こえてきました――

こう言ったのはアリス、鏡の国に
「わらわこと手には笏杖、頭にかんむり、
やよ、鏡の国のもろびとこぞりて集《つど》おう
赤の女王、白の女王、そしてわらわとご馳《ち》走《そう》食《た》
びょう」

何百という声がコーラスに加わりました――

いざ疾《と》く　盃なみなみ満たせ、
ボタンともみがら、テーブルにまいて、
コーヒーに猫入れろ、ネズミはお茶に――
そして女王アリスに万歳、三を三十倍するほど
に！

それからごちゃごちゃと歓声が続きました。アリスは「三を三十倍すると九十じゃない。それ一体だれが数えてるのかしらねえ」と思いました。するとまたしんとし、さっきと同じ甲高い声が次の節を歌いました。

「鏡の国のものどもよ」とアリスのいわく「来《き》や、
もそっと近くに！
わらわにまみゆは身の栄え、声を聞くは身のめぐ
み、
してディナーにティーとはかたじけなくも身の誇
り、
赤の女王、白の女王、そしてわらわと同席に！」

それからまたしてもコーラスで――

糖蜜とインクで盃なみなみ満たせよ、

喉にうまきもの何でも入れろ、
砂とサイダーかきまぜろ、羊毛とワインをごちゃ
まぜに——
そして女王アリスに万歳、九を九十倍するほど
に！

「九を九十倍ですって！」アリスはそう繰り返しながら、絶望的な気持ちになりました。

「そ、そんなのできっこないわよ！　すぐに入った方がいいみたい——」そこで中に入って行くと、彼女が現れたとたん、あたりは水を打ったようにしんと静まりかえりました。

　アリスは大広間を歩いて行きながら、おずおずとテーブルに目を走らせ、そこにあらゆる種類の客が五十ほどもいるのを知りました。動物の客あり、鳥の客あり、花の客まで二、三まじっておりました。「呼ばれるまで待ってないで、みんな自分の方から来てくれて大助かりよ」とアリスは思いました。「だって、だれを招けばいいのやら、私にはわかりっこなかったはずだもの！」

　テーブルの上座《かみざ》に椅子が三つありました。そして赤と白、二人のクィーンがもう二つの椅子に腰かけていて、まん中の一つだけが空《あ》いていました。アリスはそれに腰かけたままではいいのですが、みんなの沈黙がなんとも気まずくて、早くだれかが口をきいてくれないものかと思っていました。

　やっと赤のクィーンが切り出しました。「あなたはスープと魚を食《しょく》しそこないましたえ」と彼女は言いました。「大切り身をのせるのじゃ！」すると給仕たちは、アリスの前に羊肉《マトン》の足を置きました。アリスは気もそぞろに眺めていました。以前に肉の大切り身を切ったことなんかなかったんですものねえ。

「何だかはにかんでるようね。あなたをあの羊の足に紹介しましょう」と赤のクィーンは言いました。「アリス——こちらマトンさん。マトンさん——こちらアリス」羊の足は深皿の中で立ち上がると、アリスにちょこりっとおじぎをしましたが、アリスの方はびっくりすべきか面白がるべきかもよくわからないまま、おじぎをし返しました。

「一切れしかと切って差し上げましょうか？」ナイフとフォークを手に、二人のクィーンを見ながら、アリスは言いました。

「いりません」とてもきっぱりと赤のクィーンが申されました。「一度紹介してもらった相手にしかとなどと、エティケットに反しますよ。大切り身をさげや！」すると給仕たちがそれをさげてしまい、かわりに大きな干しぶどうプディングを持ってきました。

「プディングさんには紹介していただかなくて結構よ」あわててアリスは言いました。「でないと、ディナーにも何にもならないもの。ちょっと食べてよろし

いかしら？」

　しかし赤のクィーンはむっとして、うなり声で言いました。「プディング――こちらアリス。アリス――こちらプディング。プディングをさげや！」アリスがおじぎさえ返さぬうちに、給仕たちはたちまちさげてしまいました。

　ところで、なぜ赤のクィーンだけがさしずしているのかアリスにはわかりませんでしたから、ちょっとためしに叫んでみました。「給仕！　プディングをもってきや！」するとたちまち戻ってきました。まるで手品みたい。羊肉のときと同じで、相手があんまり大きいものですから、アリスはちょっと気恥ずかしい気持ちになりました。しかし、何とか恥ずかしいのをこらえて一切れ切ると、赤のクィーンに渡しました。

「無礼な！」とプディングが言いました。「このお、もしあんたから一切れ切ったら、あんたどうだい！」

　それはいかにも脂肪《あぶら》ばった声で言いました。そしてアリスは返す言葉もないので、ただただじっとすわって、あえぎながら相手を見つめるばかりでした。

「何かお言い」赤のクィーンが言いました。「おしゃべりをすべてプディングにまかせきりなど阿呆なことじゃ！」

「あのお、今日、私、詩をたくさん聞かせてもらったのですが」口を開いたとたんに、あたりがしんと静まり、すべての目が自分に注がれているのがわかって、ちょっとびくびくしながら、アリスは言い始めました。「とっても不思議なんですが――どの詩もなんだか魚のことを歌ってるの。ここではどうしてそんなにみんな、魚が好きなのか、御存知でしょうか？」

　と、アリスは赤のクィーンに話しかけたのですが、クィーンの答はいささか的をはずれていました。「魚のことならば」クィーンはアリスの耳元に口をもってきながら、とてもゆっくり重々しく申されました。「白のクィーンがすてきな謎々を御存知じゃ――詩でできておってな――全篇、これ魚じゃ。ひとつやってもらいましょうかの」

「赤の陛下、よくぞそのことを申して下すった」白のクィーンがアリスのもうひとつの耳に、鳩《はと》のくうくう声でささやきました。「めっぽうな馳走《ちそう》になりましょうぞ！　やってみましょうかの」「お願いしますわ」と、アリスはとても丁重に言いました。

　白のクィーンは嬉しそうに笑うと、アリスのほほをなでました。そしてやり始めました。


「まずは魚をば釣らにゃならぬ」

そいつぁかんたん、赤子にできる。

「次はこの魚買わにゃならぬ」

そいつもかんたん　一銭ありゃつりがでる。


「いざ、この魚をばさばいておくれ！」

そいつぁかんたん、一分かからぬ。
「そいつを皿にのっけておくれ！」
そいつもかんたん、もともと皿にのっておる。
「もってきや！　ひとくち賞味だ！」
造作ない、こんな皿テーブルにのせるの。
「皿ぶた取りや！」
いやこいつが難儀、ちょっとやそっと！

そやつがふたをにかわづけた——
そやつは中におさまって、貼っつける皿とふたとを。
全体どっちがかんたんか、
皿ぶたバラすと、この謎はらすと

「一分考えてから、答を出しや」と赤のクィーンが言いました。「その間に、我らはあなたに乾杯しますほどに——女王アリスに乾杯じゃ！」クィーンは声を限りに叫びました。すると客全員がすぐに乾杯を始めましたが、そのやり方の奇妙きてれつなことったら。盃をろうそく消しのように頭の上にのせて、顔にしたたってくるものをみななめているものがあるかと思えば——酒びんをひっくり返し、テーブルのへりからしたたり落ちていくワインをすすっているものもあり——中の三たり（カンガルーそっくりでしたが）は、這《は》って羊の焼肉の皿に入りこむと、わき目もふらず、肉汁をぴちゃぴちゃ舐《な》め始めています。「まるでかいばおけの中のブタそっくり！」とアリスは思いました。

「ちゃんとお礼の言葉を述べねばなりません」アリスにしかめっつらを向けながら、赤のクィーンが言いました。

「二人して支えてやらねばなるまいの」白のクィーンがささやきました。アリスはおとなしく、でも、ちょっぴりびくびくしながら、おしゃべりのために立ちあがろうとしていました。

「ありがとうございます」アリスはささやき声で答えました。「でも一人でうまくやれますわ」

「そりやまるきりよくないことじゃぞ」赤のクィーンがとてもきっぱりと言いました。それでアリスは快く従うことにしました。

（「あの人たちのひどく押したことったら！」後日《ごじつ》姉様にこの祝宴の話をした時に、アリスは言ったものです。「私をぺちゃんこにしてしまう感じだったのよ！」）

実際、しゃべっている間も、アリスがちゃんとしているのはなかなかむつかしいことでした。二人のクィーンがそれぞれの側からアリスをひどく押して、もうほとんど彼女を空中に持ちあげそうでした。「私、お礼を言いたくて浮き浮きして——」とアリスは言い始めましたが、言いながら床から数インチ、ほんとうに浮き浮きしてたんだな。テーブルのふちをつかむと、何とかもう一度体を引きおろしました。

「気いつけなされ！」アリスの髪を両手でつかむと、白のクィーンが叫びました。「異変が起こる！」

　そしてその時、（後日アリスが言ったところによると）たちまち大いなる異変が起こりました。ろうそくのたぐいは背が伸びて天井にまで届いたので、てっぺんに花火をつけた燈心草の花畑みたいになりました。壜《びん》どもと言えば、それぞれがお皿を二枚ずつ抱えると、これを翼にし、フォークを足にすると、もう四方八方に飛び回っている始末。「まるで鳥じゃないこと」。もち上がりつつある恐るべき混乱の中、アリスはそんなことを考えるのが精一杯でした。

　この時です、アリスはかたわらにしわがれた笑い声を聞きました。白のクィーンに何ごとがと、アリスが振り向くと、クィーンの代わりに羊肉《マトン》の足が椅子に腰かけていました。「わらわはここぞ！」スープ皿から叫び声が上がりましたので、アリスがまた振り向くと、ちょうど白のクィーンの大きな人の好さそうな顔がスープ皿のふちの上にちょっとアリスの方ににっこりするのが見え、やがてスープの中に消えていきました。

　もう一刻の猶予《ゆうよ》もなりません。すでに客の幾たりかは深皿の中にころがっており、スープのおたまはテーブルをのぼってアリスの椅子の方に歩いてきて、いらだたしげに道をあけろと合図しておりました。

「こんなのもう許せない！」アリスは叫ぶと、飛び上がって両手でテーブルクロスをつかみました。そして、ぐいっとひと引き。そして皿も深皿も、客もろうそくもひとかたまりになって床の上に砕け散ったのでした。

「さあ、あなただけど」言いながら、アリスは赤のクィーンにすごい勢いでつっかかっていきました。この混乱の原因はすべてこの相手にあるのだとアリスは思っていたからです――でもクィーンはアリスのかたわらにはもはやいませんでした――突然小さくなって人形ほどの背丈になると、今はテーブルの上で、自分が引きずっているショールを追って楽しそうにぐるぐるぐるぐる回っておりました。

　別の時だったら、これにはさすがのアリスもびっくりしたでしょうが、あんまりびっくりのし通しでしたから今では何を見てもびっくりなんかしません。「あなただけどね」テーブルに着陸したばかりの壜《びん》をぴょんと跳ぼうとしているその小さな生きものをつかまえると、アリスはもう一度言いました。「あんたなんかゆすぶって仔猫にしてしまうから、覚悟なさい！」

第10章 ゆすぶって

言いながら、アリスは相手をテーブルから持ちあげ、力いっぱい前に後にゆすぶりました。

赤のクィーンは手向かいも何もしませんでした。が、その顔はとっても小さくなり、その目は大きくなり、緑色になっていました。そして、アリスがさらにゆすぶり続ける間にも、それはどんどん背丈が縮み——どんどんずんぐりむっくり——どんどんもふもふ——どんどん丸っこくなって——なんと——

第11章 めざめて

——なんと、それはほんとうに仔猫なのでした。

第12章 夢みたのはどっち

「赤の女王陛下にあらせられましては、お喉《のど》をごろごろお鳴らしになってはいけません」目をこすりながらアリスは言いました。仔猫にうやうやしく、でもちょっぴりきつい調子で話しかけているのです。「おまえったら、私をさましてしまったのね。ああ！　すてきな夢だったのに！　キティや、おまえはずっと私といっしょだったんだよ——あの鏡の国じゅうずうっとね。そのこと知ってたのかい？」

　仔猫ってほんとうに不便なもので（と、アリスは前に言ったことがありました）、彼らに何を話しかけても、彼らのほうではいつだってごろごろいわすだけなんですね。『はい』ってときにはごろごろ、『いいえ』ってときにはニャーとかなんとかいうきまりさえあれば」と、アリスはよく言ったものでした。「会話が続けられるのにねぇ！　相手がいつだって同じことしか言わないとしたら、その人とおしゃべりなんかできる？」

　この時だって仔猫は喉をごろごろいわすばかりでしたが、それが「はい」のつもりなのか、「いいえ」のつもりなのか当てることはできませんでした。

　そこでアリスはテーブルの上のチェスの駒たちをさがして、赤のクィーンを見つけだしました。それから炉絨毯の上にひざをつくと、赤のクィーンと仔猫を向かいあわせに置きました。「さあ、キティや！」勝ち誇ったように手を打つと、アリスは叫びました。「おまえ、この姿になっていたんだって白状なさい！」

（「でも相手を見ようともしないんだから」後日《ごじつ》このときのことを姉様に説明しようとしてアリスは言ったものです。「顔をそむけて、見えないふりなんかしてるの。でも自分でもちょっと恥ずかしそうにしてたから、この子がたしかに赤のクィーンだったんだってわかったのね」）

「体をつっぱって、しゃんとおすわり！」愉快そうに笑いながらアリスは叫びます。「言うことを——ごろごろさせて言うことを——考えているあいだにおじぎをおすまし。時間のむだだからねえ、いいこと！」それから仔猫をつかみあげると、ちょっとキスしてやりました。「おまえが赤のクィーンだった記念よ」って。

「スノードロップちゃん！」肩ごしに、まだじっとして身づくろいしてもらっている白い仔猫の方を見やりながら、アリスは言いました。「ダイナったら、いつ白の女王陛下を仕上げてさしあげるのかしらねえ。おまえが夢の中であんなにだらしなかったのはこれが原因なのねえ――ダイナったら！　おまえ、白の女王様をおこすり申し上げてるのがわかってるの？　ほんとに、おまえったら、おそれおおいこと！」

「ところで、ダイナは何になってたのかしら」アリスはしゃべりながら、すっかりくつろいで横になり、片肘を敷物にのせ、そして手であごを支えて、仔猫たちを眺めました。「ねえ、ダイナや、おまえはハンプティ・ダンプティになったのかい？　私、そうだと思うわ――だけど、そのことお友だちにはまだ言わないでねっ。私にも自信ないから」

「ところで、キティ。もしおまえ、ほんとうに私といっしょに夢のお国にいたんだったとしたら、おまえが喜びそうなことがひとつあったわよ――私ね、たっくさん詩を聞かせてもらえたんだけど、みんなおさかなのことばっかりだったわ！　明日の朝は、おまえに本もののごちそう、あげようねぇ。おまえが食べてる間じゅう、私がおまえに『せいうちと大工』をそらんじてあげるわね。そしたらおまえ、牡蠣《かき》を食べてるつもりになれてよ！」

「さあ、キティ。あの夢は誰が見たのか考えてみましょう。これ、まじめな問題なのよ。だからそんなふうに足ばっかりなめてちゃやあよ――まるで今朝ダイナがなめてくれなかったみたいじゃない！　ねえ、キティ。私か、赤のキングかの、どっちかなのよ。キングは私の夢の一部分なの、もちろんよ――でも、私だってキングの夢の一部だったのよ！　赤のキングの方だったのかしらねえ、キティや。おまえ、あの人の奥さんだったんだもの、知ってるはずでしょ――ねえ、キティ。どっちか決めるの助けてちょうだい！　足なめるの、別にあとだってかまわないでしょう！」

　でも、じれったいことに、仔猫ちゃんはもう一方の足にかかるばかりで、そんなことなんかまるで聞こえないふうでしたよ。

きみは、どっちだったんだと思う？

跋詩

あかるき空にたゆたえ
り　ゆめみるごとひとひら小舟
すみわたる七月の　暮れつかたのことで

ぷくぷくとふくよかに　身寄する三たりな
れば　目こらし　耳そばだててや
ざれごとのおとぎをばたのしま

んと　真澄の空ぞ褪
する　こだま消え　思いで去
り　秋来りてつゆじもと七月はや　か

ど曲り　いまだ幻と我がうちに憑きた
るままに　あまじゆく**ありす**の姫を見た

ることなし　醒むる目いまさら

いざ話　聞かむとや　子ら三たり目こら
す　また耳そばだてつ　いとおしや
きみ身こそ寄せてむ　たまずさは

やすらけく　不思議の国にまつ
ろうて　日のゆくままにぞゆめみつ
る　夏逝くままにみる夢あさく

いやはやに水とながるる言の葉
の　夕かぎろいにたゆたいなが
る　ゆめならずしてなに　この生は

訳者あとがき

自伝的な御文章の中で（たとえば『leaf/poetry―紙片の狭間へ―』（青木画廊、二〇一一）の中で建石修志画伯は、氏が殆ど宿命的な繋がりを持つであろうルイス・キャロルとその「アリス」ストーリーとの出会いを藝大での卒業制作の事態から出発して語っている。アリスをハンス・ベルメール流の球体関節人形に見立て、濃淡グラデーションの筆致で酔わせるその鉛筆画アリス像は今見てもショッキングだ。「そもアリス自体よりもルイス・キャロルの創り出す論理の世界に魅かれていったのだと思う」というわけで、一九七〇年代後半に英文学者高橋康也氏を中心に旋風のように生じた本邦キャロル・ブームの中でも、大／小とか生／死とかいう逆説テーマの「論理の世界」を、まさにそれにぴったりの新しい鉛筆という「美しい手法」でとてもハード・エッジな美術世界として結晶しせしめたこの俊英マニエリストの出現は、はっきり未来を先取りする衝撃力を持っていた。当時の画伯が澁澤龍彦・種村季弘を溺愛しており、卒業制作に向けて知恵を絞っていたさなかに三島由紀夫が割腹により自裁して果てた、と言えば、これはもういつ頃のことか自明であろう。

初画集『凍結するアリスたちの日々』（一九七六）が、見慣れぬ文学を味わうのに見慣れぬ美術への親しみがいかに必要かという時代のそうした気分が、今見ても一目瞭然だ。美術を論じるのを二人ペアの大英文学者、由良君美に比べて明らかに得手《えて》としていなかった高橋康也氏が名作『ノンセンス大全』（晶文社、一九七七）で右アリス鉛筆画には特別の紙幅を割いている。これからを担う若い文学研究者で、それを機に同時に美術に深くはまっていった人間は、僕を含め決して少なくない。建石氏も極めつけ愛読書にあげてあるG・R・ホッケの『迷宮としての世界―マニエリスム美術』（美術出版社、種村季弘・矢川澄子訳、一九五七［邦訳一九六六］）がこうした人文学新世代に共通の出発点だった。要するに今日「マニエリスム」と呼ばれ、意外にも混沌たる文学美術の動向を一挙に説明してくれているのかもしれないと（一部では少なくとも）目《もく》されている「論理の世界」への敏感感覚への親和ないし耽溺という、突風のごとく駆け抜けた動向を、視覚的部分で象徴していたのが建石修志だったり、柄澤齊《ひとし》だったりした。『凍結するアリスたちの日々』が話題になり、『ノンセンス大全』がにわかに生じたキャロル・ブームに研究者の目で一大展望を与えてくれた頃、僕は大学院を終えて、プロの物書きになったわけで、こういう関係を一寸頭に入れておいてもらうと、殆どの御方が読み方がわからなくて苦労すると聞く僕の処女評論集『アリス狩り』（一九八一）の正体もおのずとわかってくるのではないだろうか。

＊

要するに最初から大の付く建石ファンだった。奇策を連発しながら、自分の本がそれなりに熟成を始めたと感じられ始めたら、この御方の装本でというのが久しい夢だった。伝説の雑誌『幻想文学』毎号の建石修志作表紙を眺めながら、絶対この人と僕は完全に心に決めていた。いろんな企画を画伯装本で世に送らせてもらったが、『終末のオルガノン』と『痙攣する地獄』といった作品社の「ファンタズマル」シリーズは編集加藤郁美、装本建石修志両氏とのコンビネーション抜きには有り得なかった。『痙攣する地獄』表紙は内容と装本の一致した作に与えられるダヴィンチ賞をいただけて、僕の久しい夢はそこで一応はかなえられた。『庭の綺想学』（ありな書房）の宙空に浮く少年図は是非にと言って、紀伊國屋書店画廊での僕の奇妙な展覧会の目玉にと拝借して、原画の大きさと見事な画力に改めて驚嘆したことであった……。

夢一応かなえりという不埒なことを右に書いてしまったが、本当の夢は二人共通の出発点たる『アリス』でコラボ作業してみたいということだった。それが実現したのが本書である。今では積めば簡単に天井まで届いてしまう学魔文業の頂点へ（と、そしてひょっとしたら遺作？）の堂々たる位置を占め得べき名作である。訳者としても、いったい何度繰り返し活字にしてきたか分からない僕の『アリス』訳全訳業の（えらぶらないのも故意の）ベスト作に仕上がったという自負がなければ、建石画伯の画業に立ち向かうことなんか到底できゃしません！　建石さん、同じ時代に生きられた偶然の奇跡に、改めて、そして何度も有り難う‼

青土社の西館一郎氏には企画から何からすべて大変お世話になった。そもそも『アリス狩り』企画・編集担当もこの御方だったわけで、学魔文業のすべて、西館一郎に始まり西館一郎に終わる（のか）。とりわけ深いえにしを感じる。感謝あるばかり。

二〇一九年一月九日

学魔　高山　宏　識

Lewis Carroll
Alice's Adventures in Wonderland
Through the Looking-Glass and What Alice Found There

新訳 不思議の国のアリス　鏡の国のアリス

2019 年 4 月 10 日　第 1 刷印刷
2019 年 4 月 20 日　第 1 刷発行

著者——ルイス・キャロル
訳者——高山 宏
絵——建石修志

発行人——清水一人
発行所——青土社
東京都千代田区神田神保町 1-29　市瀬ビル　〒101-0051
電話　03-3291-9831（編集）、03-3294-7829（営業）
振替　00190-7-192955

印刷・製本——ディグ

装幀——建石修志

ISBN978-4-7917-7150-9　Printed in Japan